헬드라이브
Hell Drive

엽사 판타지 장편소설
FANTASY STORY & ADVENTURE

헬 드라이브 1

초판 1쇄 인쇄 / 2010년 3월 8일
초판 1쇄 발행 / 2010년 3월 18일

지은이 / 엽사

발행인 / 오영배
편집장 / 김경인
펴낸 곳 / (주)삼양출판사 · 드림북스

주소 / 서울특별시 강북구 미아8동 322-10호
대표 전화 / 02-980-2112 팩스 / 02-983-0660
편집부 전화 / 02-980-2116 팩스 / 02-983-8201
블로그 / blog.naver.com/dream_books

등록번호 / 제9-00046호
등록일자 / 1999년 3월 11일

ⓒ 엽사, 2010

값 8,000원

(주)삼양출판사 · 드림북스의 서면 허락 없이는 어떠한
형태나 수단으로도 이 책의 내용을 이용하지 못합니다.

ISBN 978-89-542-3684-3   04810
ISBN 978-89-542-3683-6   (세트)

* 지은이와 협의하에 인지는 생략합니다.
* 잘못된 책은 구입한 곳에서 바꾸어 드립니다.

Hell Drive

헬드라이브 ①

엽사 판타지 장편소설
FANTASY STORY & ADVENTURE

dream books
드림북스

Hell Drive
헬드라이브

Prologue | 007

제1화　헬리오스 마탑의 젊은 탑주 | 015

제2화　오드만 | 031

제3화　헬리오스 마탑의 독특한 수련 방법 | 051

제4화　리자크 | 075

제5화　메딘 산의 산적 | 111

제6화 **다섯 번째 파멸** | **151**

제7화 **람스, 헬리오스 마탑을 떠나다** | **185**

제8화 **메딘 산맥의 현자** | **201**

제9화 **배신자의 말로** | **237**

제10화 **브로큰하트** | **269**

제11화 **브로큰하트의 굴욕** | **307**

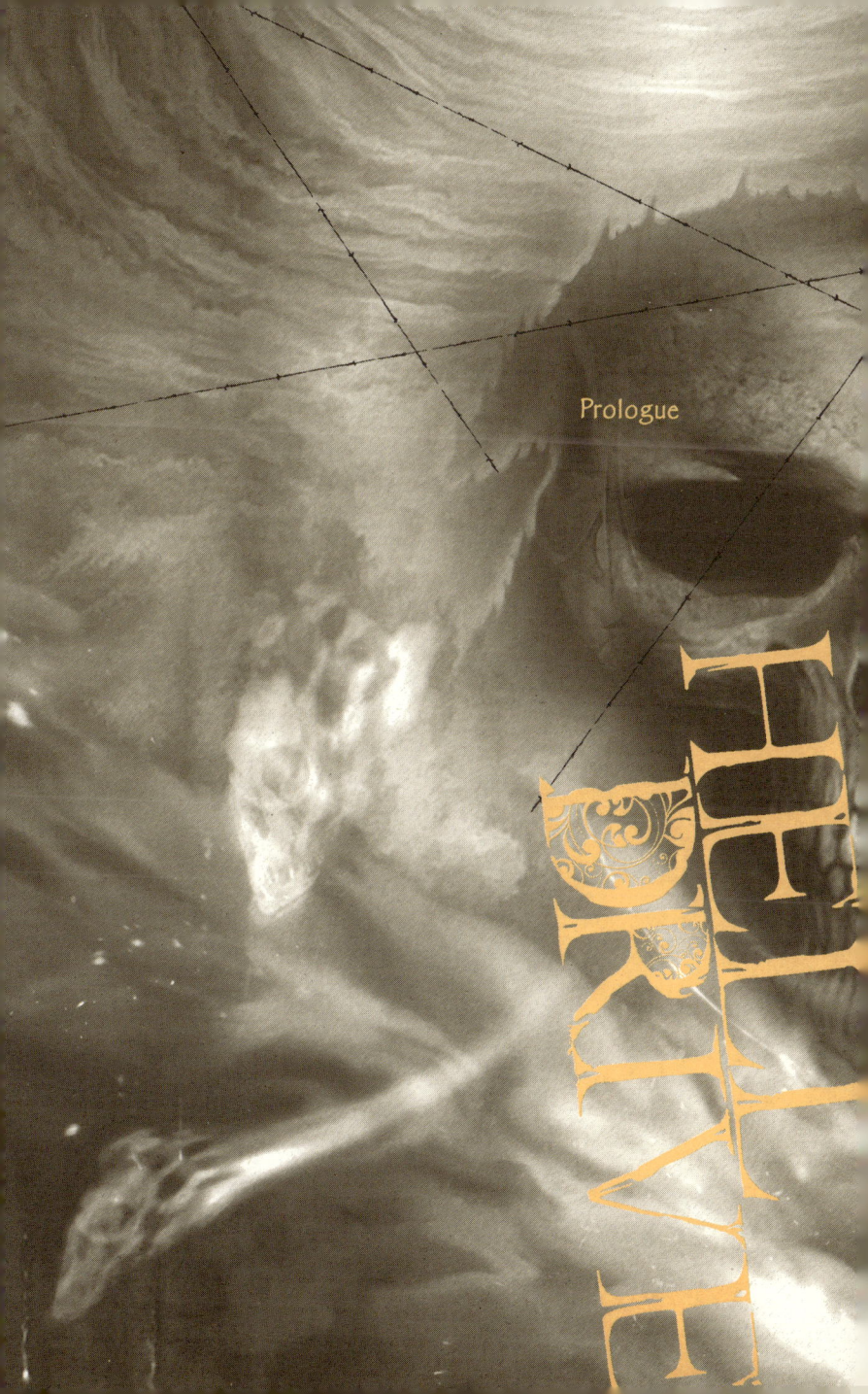

세상이 열린 이후로……
신화의 시대가 있었고
마법의 시대가 있었고
용들의 시대가 있었고
왕들의 시대가 있었고
암흑의 시대가 있었고
거인의 시대가 있었고
기계의 시대가 있었다 한다.

　이 이야기는 왕들의 시대를 살았던 위대한 어둠의 이야기다.

스산한 바람이 불어왔다.
겨울이 그리 멀지 않은 계절.
차디찬 바람에 누렇게 변색된 낙엽이 사방으로 흩날렸다.
찬바람을 맞으며 람스는 초라한 무덤을 향해 절을 올렸다.
"스승님."
무덤 앞에 무릎을 꿇은 람스가 슬픔에 잠긴 목소리로 스승을 불렀다.
그렇다.
이 무덤에 묻힌 사람은 바로 그의 스승이었다.
무덤가의 흙을 만지며 람스는 스승과의 추억에 잠겼다.

생각해 보면 참으로 괴팍하고 별난 사람이었다.

그리 좋은 스승도 아니었던 것 같다.

매일 술에 절어 살았고, 연구를 한답시고 몇 달 동안 얼굴조차 내비치지 않은 적도 많았다.

하지만 고아였던 그를 거둬준 고마운 사람이다.

가끔씩은 원망도 했지만, 그래도 세상에서 유일하게 기댈 수 있는 사람이었다.

그런 스승이 이렇게 갑자기 죽어 버릴 줄이야.

스승의 죽음으로 많은 것이 변했다.

스승의 뒤를 이어 마탑의 어린 탑주가 되었으며, 다 쓰러져 가는 헬리오스 마탑을 떠맡게 되었다.

람스의 나이 이제 고작 13살.

어린 소년이 감당하기엔 마탑주란 직위는 너무도 버겁다. 게다가 유산으로 받은 헬리오스 마탑도 다 쓰러져 가는 가옥에 불과했다.

마탑이라 부르기도 민망한 폐가 수준의 집이다.

멍하니 무덤을 보던 람스가 곁에 놓인 상자를 열었다.

상자 안에 영롱한 빛깔의 구슬이 들어 있었다.

구슬의 크기는 성인의 머리통만 했는데, 구슬 속에 담겨진 색색의 빛깔이 아름답기 그지없었다.

스승이 생전에 아끼던 물건이다.

우연히 얻은 이 구슬을 보물처럼 아끼며 연구에 전념했다.

스승은 술만 취하면 항상 그에게 외쳤다.

'이 구슬의 비밀만 풀면 천하제일의 마법을 얻을 수 있을 게다. 암암, 그렇고말고. 이 구슬이 어떤 물건인지 다른 마법사 놈들이 알게 되면 다들 까무러칠걸. 으하하하!'

스승은 정말로 이 구슬에 큰 비밀이 숨어 있다고 믿었다. 수십 년 동안 구슬의 비밀을 풀어 보겠다고 애썼다.

그러나 얻은 것은 아무것도 없었다.

그 정성을 제자 양성에 힘썼으면 적어도 지금보다는 더 그럴듯한 실력이 될 수 있었을 텐데. 람스는 구슬을 스승의 무덤 앞에 조심스럽게 내려놓고 맹세했다.

"전 아직 어리고 실력도 부족합니다. 하지만 헬리오스 마탑의 번영을 위해 노력할게요. 그리고 스승님께서 평생 목매셨던 구슬의 비밀도 제가 풀어 보도록 노력하겠습니다."

이 짧고 간단한 맹세로 그는 헬리오스 마탑의 탑주가 되었다. 스승과 단둘뿐인 마탑이었다. 스승이 죽었으니 그가 다음 대 탑주가 되는 것은 당연한 일이다.

스승과의 약속을 마친 람스가 구슬을 들고 나무 상자에 넣었다. 그런데 나무 상자의 위치가 안 좋았던 모양이다. 받침대 역할을 하던 돌무더기가 비스듬히 기울어지더니 그만 나무 상자가 기우뚱 쓰러지고 말았다.

그리 높은 곳에서 떨어진 것도 아닌데 나무 상자가 요란하게 박살났다. 그 안의 구슬 역시 산산조각 나 버리고 말았다.

"아……! 구슬이!"

람스는 부서진 구슬의 파편들을 끌어모으며 안타깝게 외쳤다. 스승의 죽음에 이어, 유품과도 같던 구슬마저 부서지고 말았다. 구슬 연구를 남은 인생의 목표라 생각했던 람스에겐 그야말로 하늘이 무너지는 충격이었다.

돌아가신 스승에게 큰 잘못을 저지른 느낌이었다.

갑자기 슬픔이 복받쳤다.

냉정한 세상에 홀로 남겨졌다는 외로움이 가슴에 사무쳤다. 그는 부서진 구슬 조각을 끌어안고 대성통곡했다.

그 순간, 부서진 구슬 속에 갇혀 있던 붉은 기운이 연기처럼 솟아올랐다. 신기루처럼 일어난 연기는 구슬을 대신할 용기를 찾아 이곳저곳을 헤매다 결국 람스의 코로 스며들었다.

그러나 정작 람스는 스승이 애지중지하던 구슬을 부숴 버렸다는 죄책감에 그 사실을 알지 못했다.

"이를 어쩐다. 스승님께서 아끼던 구슬을 부숴 버렸으니, 이제 난 뭘 해야 한단 말인가."

깊은 절망이 람스를 휘감았다.

"난 정말 쓸모없는 녀석이로구나."

람스는 스스로를 책망했다.

그러는 사이 그의 주변에서 놀라운 일이 벌어지고 있었다.

주변 공간이 빗물에 일그러진 수채화처럼 마구 일렁이기 시작했다.

 신들이 정한 금기의 벽.

 차원의 경계가 무너지고 있었다.

 람스의 몸속에 깃든 구슬의 연기가 그 원인이었다.

 그러나 정작 람스 본인은 슬픔에 잠긴 나머지 그러한 변화를 알지 못했다. 그가 주변에서 일어나는 변화에 대해 눈치챘을 때는 이미 사태가 극도로 악화된 다음이었다.

 쿠르르르르.

 용암이 산비탈을 타고 흘러내리는 듯한 굉음.

 끔찍한 소음에 람스는 정신을 차렸다.

 "뭐, 뭐야?"

 주변을 둘러본 그는 경악하지 않을 수 없었다.

 어찌된 이유에선지 그의 주변에 있는 모든 것이 이글이글 녹아내리고 있었던 것이다.

 풀, 땅, 바위.

 존재하는 모든 것이 녹아서 노르스름한 용암으로 변해 갔다. 어느 틈엔가 입고 있던 옷들도 모조리 녹아 없어졌다.

 "이게…… 대체……!"

 람스가 초미의 사태에 어리둥절해 있을 때였다.

 쩌거거거거거걱!

 벼락 치는 소음과 함께 흐물흐물 녹아내리던 그의 주변이 마침내 최후의 붕괴를 시작했다.

멀쩡한 허공이 유리처럼 갈라지고 부서지며 완전히 무너져 내렸다. 상상을 초월하는 열기가 마침내 차원의 벽, 그 자체를 붕괴시킨 것이다.

부서진 공간의 저편은 짙은 암흑과 붉은 기운으로 충만했다. 그 섬뜩한 공간의 균열이 빛조차 흡수하는 블랙홀처럼 람스의 몸을 빨아들였다.

"으아아악!"

람스는 처참한 비명을 지르며 괴물의 아가리처럼 쪼개진 공간 안쪽으로 끌려 들어갔다. 두 손을 허우적거리며 빠져나오려 애썼지만, 공간의 흡입력은 그 모든 노력을 무위로 돌려 버렸다.

순식간에 람스는 공간의 저편으로 사라지고 말았다.

그그극.

람스를 삼켜 버린 공간의 균열은 크게 벌렸던 아가리를 닫았다. 지옥의 일면처럼 붕괴되던 그곳이 원래의 평화로운 풍경으로 돌아왔다.

그리고 그 후로 많은 시간이 흘렀다.

제1화
헬리오스 마탑의 젊은 탑주

 추운 겨울이 지나고 어느새 봄이 찾아왔다.
 1년 내내 찬바람이 메아리치던 메딘 산맥에도 훈훈한 봄바람이 찾아왔다.
 넓은 풀밭.
 무덤 하나가 덩그러니 놓여 있었다.
 관리하는 사람 하나 없는 무덤은 오랜 세월 비바람에 쓸리고 잡초에 묻혀, 이젠 관심을 가지고 보지 않으면 그것이 무덤인지조차 알 수 없을 정도였다.
 오랜 세월, 이곳을 찾는 이는 아무도 없었다.
 무덤은 잡초만이 무성한 평원을 홀로 지키고 있었다.

덧없이 흐르는 세월의 무상함을 노래하는 무덤 근처에서 돌연 이변이 일어났다.

쩌어억!

텅 빈 허공이 요란한 소음을 토하며 위아래로 쩍 하고 갈라졌다. 고양이의 눈동자처럼 세로로 쪼개진 공간 안에서 한 사람이 성큼 걸어 나왔다.

20대 초반의 청년이었다.

오랫동안 이발을 못한 듯 그의 긴 머리카락이 바람결에 흩날렸다. 붉고 긴 머리카락과 타는 듯한 붉은 눈이 인상적인 청년이었다.

쯔아압.

청년이 나오자 갈라진 물살이 합쳐지듯 공간의 균열이 스르르 사라졌다. 십 수 년 전 어린 소년을 삼킨 그날처럼 균열이 사라진 허공엔 아무런 흔적도 남지 않았다.

공간의 저편에서 나타난 청년은 감상하듯 주변을 살폈다. 그리고 눈을 감고 숨을 깊게 들이마셨다.

폐 속 깊숙이 스며드는 상쾌한 공기.

귓가를 스치는 부드러운 바람.

멀리서 들려오는 은은한 새소리.

"이곳은 여전하구나."

청년의 입가에 절로 미소가 그려졌다.

고향으로 돌아온 감흥을 만끽하던 청년은 주변을 살폈다.

"이쯤에 있을 텐데."

스승의 무덤.

분명 이곳에 있어야 했다.

청년은 이내 찾던 것을 발견했다.

무성한 잡초에 묻힌 야트막한 봉분.

몇 년 사이에 무덤은 초라한 모습으로 변해 있었다.

스승의 무덤을 본 청년이 눈시울을 붉혔다.

"스승님."

그는 스승의 무덤에 절을 했다.

그리고 가볍게 손을 내저어 잡초를 정리했다.

손을 허공에 대고 흔든 것만으로 무덤을 덮고 있던 잡초들이 먼지처럼 사라졌다.

"8년 만입니다, 스승님."

스승의 무덤 앞에 무릎을 꿇은 채 청년은 보고하듯 말했다.

그렇다.

그는 바로 8년 전에 사라졌던 람스였다.

공간의 균열 속으로 빨려 들어갔던 그가 무려 8년이 지난 오늘에야 고향으로 돌아온 것이다.

람스는 할 말이 많았다.

공간의 저편에서 겪은 많은 일들.

힘들고 고단했던 지난 날.

하지만 그는 굳이 스승의 무덤에 대고 주절주절 떠들지 않앉다. 그저 부드러운 눈길로 오랫동안 무덤을 바라보고 있을 뿐이었다. 람스는 저녁이 다 되어서야 스승의 무덤을 떠났다.

비탈진 길을 걸어 내려가자 볼품없는 건물 한 채가 나타났다.

헬리오스 마탑이었다.

8년의 세월은 쓰러지기 직전이던 헬리오스 마탑을 폐가로 만들어 버렸다.

바닥엔 먼지가 수북했고, 거미줄이 사방을 뒤덮고 있었다.

지붕을 버티고 선 기둥엔 심각한 균열도 보였다.

바람이라도 심하게 불면 그대로 넘어가 버릴 것만 같았다.

8년이나 버틴 것이 신기할 지경이다.

람스는 헬리오스 마탑이라는 이름의 폐가에 남다른 감회를 느꼈다.

어렵게 돌아온 고향.

아무도 그를 기다려 주지 않을 것이라 생각했는데, 헬리오스 마탑이 모진 풍파를 견디며 그를 기다리고 있었던 것이다.

"고맙다."

람스는 갈라진 기둥을 두드려 주곤 건물 안으로 들어갔다. 내부의 모습은 더욱 형편이 없었다.

"청소부터 해야겠군."

람스는 창문을 모두 열고 청소를 시작했다.

굳이 번거로운 방법을 쓸 필요가 없음에도 그는 손수 비질을 하고 바닥을 닦았다.

8년 동안 쌓인 더러움은 쉽게 지워지지 않았다.

작업은 지루할 정도로 더디게 진행되었다.

평범한 사람이라면 비명을 지를 만한 중노동이었다. 하지만 람스는 즐기듯 그 힘든 작업을 꼼꼼하게 해내 갔다.

어둠 속에서 의문의 목소리가 들려온 것은 바로 그때였다.

『주인님, 그런 일은 저희에게 맡겨 주시옵소서.』

한두 목소리가 아니었다.

『주인님, 고귀한 분께서 어찌 그런 일을…….』

『저희가 하겠나이다.』

『부디 비천한 저희에게 맡겨 주시옵소서.』

하나같이 끔찍한 악몽에서 막 튀어나온 듯한 괴이하고 두려운 음성들이었다.

순식간에 건물 전체가 음산한 기운으로 가득 찼다.

귀를 따갑게 하던 풀벌레 소리와 멀리서 들려오던 짐승들의 울음소리도 사라졌다.

숲 전체가 침묵에 휩싸였다.

람스는 의문의 목소리들을 두려워하지 않았다.

오히려 부드럽게 웃으며 말했다.

"괜찮다. 이곳만은 내가 직접 하고 싶구나."

그의 한마디는 커다란 효과를 발휘했다.

간절하게 외쳐 대던 목소리들이 일순간에 사라졌다.

방 안에 넘쳐나던 검은 파동도 감쪽같이 흩어졌다.

잠시 끊겼던 풀벌레 소리와 짐승들의 울음소리도 다시 들려왔다. 람스는 청소에 열중했다. 구석구석, 마치 건물 전체를 쓰다듬어 주듯 정성을 기울였다.

그렇게 한참이 흐른 후에야 청소를 마칠 수 있었다.

청소를 끝내고 하늘을 보니 어느새 별이 한 가득이다.

그마저도 반가웠다.

람스는 빙그레 미소를 지었다.

이제야 고향으로 돌아온 것을 실감할 수 있었다.

* * *

다음 날, 람스는 쓰러져 가는 헬리오스 마탑을 보수했다.

이대론 올해 여름을 넘기지 못할 것이다.

구멍 난 지붕을 수리하고, 갈라진 기둥을 교체했다.

가옥의 상태는 처참한 지경이라 전문가들이 와도 반달 이상을 작업해야 할 정도였다. 그 많은 작업량을 람스는 불과 며칠 만에 끝냈다. 작업을 끝내고 나니 그런대로 몇 년은 더 버틸 수 있어 보였다.

람스는 헬리오스 마탑을 보며 미소를 지었다.

어린 시절을 보낸 추억의 장소.

허름한 모습이 마음에 걸리지만 적어도 몇 년은 더 추억을 기억하고 싶었다.

대강의 정리가 끝났을 때다.

『주인님.』

음침한 목소리와 함께 그의 그림자 속에서 한 조각의 어둠이 몸을 일으켰다.

람스가 어둠의 이름을 불렀다.

"스키머."

그를 따르는 수많은 어둠 중에서도 가장 강대한 존재 중 하나였다.

스키머가 그에게 고개를 조아렸다.

"주인님."

"그것에 대해서는…… 조사해 봤나?"

스키머가 고개를 조아리며 대답했다.

"네크로맨서들을 통해 정보를 입수했습니다."

"결과는?"

"깨끗했습니다."

"깨끗하다?"

"이 세상 어디에서도 놈의 흔적은 발견되지 않았습니다."

"의외로군."

람스가 차분한 음성으로 말했다.

다소 의외이긴 하지만 놀라거나 실망할 일은 아니다.

그런 분위기였다.

하지만 스키머는 그처럼 차분할 수 없었다.

"괜찮으십니까?"

"뭐가 말이냐?"

"이 세상으로 돌아오기 위해 주인님은 큰 희생을 치르셨습니다. 그런데 놈이 만약 이곳에 오지 않았다면…… 주인님의 숭고한 희생은……"

물거품이 된다.

람스는 흥분하지 않았다. 오히려 홀연한 미소를 띠었다.

"놈이 이 세상으로 오지 않았다면…… 차라리 잘 된 일이야."

만약 놈이 이곳에 있었다면, 이 세상은 지금처럼 평화롭지 못했을 것이다. 그것이면 족하다.

"……"

스키머는 말없이 고개를 조아렸다.

놈의 흔적을 찾지 못한 것이 마치 그의 잘못인 것처럼, 그렇게 오래도록 말이 없었다. 그러다 간신히 입을 열었다.

"앞으로…… 어떻게 하실 생각이십니까?"

람스가 휘어진 기둥을 쓰다듬으며 대답했다.

"이곳을 너무 오래 방치해 뒀다는 생각이 드는구나. 당분간은…… 저쪽 세상에 대한 일은 잊고 원래의 나로 돌아갈 생각이다."

고향에 돌아와서일까.

말로 표현 못할 아늑함이 느껴졌다.

본래 있어야 할 자리로 돌아온 기분.

람스가 미소를 지으며 말을 이었다.

"지금 생각해 보면 스승님은 그리 대단한 마법사가 아니었던 것 같다. 헬리오스 마탑의 수련법엔 허점이 많아. 정상적인 방법으로 익힌다면 몸에 무리도 많이 오고, 성취는 한숨이 나올 만큼 느리지. 60대까지 죽어라고 수련해야 고작 수련 마법사 수준을 간신히 넘길 수 있는 정도랄까?"

"……"

"하지만 그 발상만큼은 뛰어나. 전혀 새로운 마법 체계. 인간의 한계를 생각하지 못하고 만들었다는 단점이 있지만, 그 무한한 상상력만큼은 인정해 주지 않을 수 없더군."

"효율이 떨어지는 모양이군요. 굳이 그런 방식을 사용하실 이유는……"

"지금은 괜찮아. 조금 손을 봤거든."

람스가 부드럽게 웃었다.

스키머도 그를 따라 웃었다.

조금 손을 봤다니.

평소 겸손하게 말하는 주인의 성격으로 볼 때, 아예 기본적인 체계 자체를 송두리째 바꿔 버렸음이 분명하다.

아마도 이쪽 세상과 저쪽 세상을 통틀어 그 짝을 찾기 힘들 만큼 뛰어난 기술이 되었을 것이다.

람스가 입을 열었다.

"그가 이 세상을 어지럽히지 않았다면…… 당분간 이곳에 머물며 쉬고 싶다. 이곳에서 생활하며 보통 사람처럼 지내고 싶구나. 스승의 마법을 연구하고, 제자도 들일 생각이다. 그리고…… 날 저쪽 세상으로 끌어들였던 오브에 대해서도 조사를 할 생각이다."

스승님이 돌아가시던 그날.

람스는 스승이 아끼던 유리구슬을 깨 버렸다.

모든 불행과 처참한 과거는 그때부터 시작되었다.

구슬이 깨짐과 동시에 차원에 균열이 일어나며 그는 저쪽 세상으로 날아가 버렸다. 평범한 이쪽 세상의 소년이었던 그에게 저쪽 세상은 지옥과 다를 바 없었다.

구슬은 그에게 절망만을 안겨주지는 않았다.

그에게 믿지 못할 엄청난 힘도 주었다.

그 힘과 재능을 바탕으로 그는 저쪽 세상의 정점에 올라설 수 있었다.

당시엔 오브에 관한 일을 생각해 볼 여유가 없었다.

하지만 이젠 사정이 다르다.

이곳은 그를 노릴 자객도, 천하를 놓고 경쟁할 경쟁자도 없다. 여유가 생기자 힘의 근원이 궁금해졌다.

스승이 아끼던 구슬.

그 구슬은 대체 뭐였을까?

어떻게 만들어진 것이며, 구슬 속에 담겨져 있던 힘은 무엇일까?

내내 그것이 궁금했다.

이제 이쪽 세상으로 돌아왔으니 시간 나는 대로 그것에 대해 조사해 볼 생각이다.

"이제 난 저쪽 세상의 공포가 아니라 이쪽 세상의 람스로 지내겠다."

람스가 자리에서 일어났다.

"우선 제자부터 들여야겠다."

람스가 아랫마을을 향해 걸음을 옮겼다.

그가 몇 걸음 옮기는 순간, 그의 신체에 변화가 생겼다.

붉고 긴 장발이 단발로 변하고, 그 색 또한 검게 변했다. 크고 훤칠한 키도 적당하게 줄어들고, 타는 듯한 눈동자 또한 검어졌다. 세상을 아우르는 듯한 존재감 역시 사라져서, 방금 전의 람스와 그가 동일인물인지 의심스러울 정도였다.

"좋군."

람스는 만족한 눈으로 변화된 자신의 신체를 보았다.

그리고 그 길로 아랫마을을 향해 내려갔다.

* * *

헬리오스 마탑이 있는 메딘 산맥 주위엔 작은 마을이 몇 곳 있었다. 대다수가 척박한 땅을 일구며 사는 가난한 사람들이지만, 다들 순박하고 착했다.

헬리오스 마탑에 탑주가 돌아왔다는 소식은 이내 인근 마을에 파다하게 퍼졌다. 8년 전에 갑자기 사라진 소년이 갑자기 청년이 되어 돌아왔다는 이야기는 한가로운 시골 마을을 한동안 떠들썩하게 만들었다.

곧 그가 제자를 구한다는 소문도 들려왔다.

소문의 진원지는 마을 어귀마다 세워져 있는 팻말이었다.

투박한 솜씨로 만들어진 팻말엔 제자를 구한다는 내용의 글이 적혀 있었다.

그 자격 요건은 아래와 같았다.

> 10세 전후의 영특한 아이일 것
> 스승에 대한 존경심이 남다를 것
> 입탑 시험 있음
> 기부금을 받음

제법 까다로운 조건이었다.

하지만 다른 마탑들의 황당하기까지 한 조건들에 비하면 그나마 현실적이라고 할 수 있는 조건들이었다.

아니, 현실적이라는 말로도 부족하다.

파격 그 자체다.

일반적으로 마탑들이 제자를 뽑을 땐 천문학적인 기부금을 요구한다. 또한 자격 요건도 까다롭기 그지없다.

마법이란 돈과 재능, 그 모두를 가지고 있어야 간신히 입문할 수 있는 여러모로 어려운 학문이었다.

그에 반해 람스가 내건 조건은 간단했다.

마법을 배우고자 하는 사람에겐 매력적인 조건이 분명했다.

하지만 나름대로 신경을 쓴 자격 요건에도 불구하고 찾아오는 제자는 단 한 사람도 없었다.

메딘 산맥 인근의 주민들은 대부분 농사와 사냥을 겸하는 평범한 사람들이다. 그 중에 마법사가 되고 싶어 하는 사람은 매우 드물었다. 그나마 마법에 관심이 있는 사람들도 헬리오스 마탑에서 배우길 거부했다.

헬리오스 마탑의 탑주는 이제 고작 20대 초반의 청년.

마법 실력은 수련 시간과 밀접한 관계가 있다.

다른 학문에서는 간혹 남들 10년 수학한 것을 1년 만에 끝마치는 천재가 있을 수 있지만, 마법이라는 학문엔 그러한 경우가 매우 드물었다.

기왕에 마법을 배울 것이라면 좀 더 제대로 된 스승에게서 배우고 싶어 하는 것이 당연한 사람의 심리.

그리하여 제자를 구한다는 팻말을 세운 지 한 달이 넘도록 정작 제자가 되겠다고 찾아오는 사람은 단 한 명도 없었다.

"제자 구하는 것이 이렇게 어려울 줄은 몰랐군."

람스는 한숨을 쉬었다.

아무래도 자격 요건에 문제가 있었던 듯싶었다.

그는 팻말의 내용을 조금 수정했다.

    나이가 조금 많아도 상관없음
    스승에 대한 존경심이 남다를 것
    입탑 시험 있음
    소정의 기부금을 받음

이번에도 제자는 모이지 않았다.
반달을 더 기다린 람스는 다시 팻말의 문구를 고쳤다.

    나이 불문
    입탑 시험 없음
    식사와 잠자리 제공

비굴한 냄새마저 풍기는 내용이건만 여전히 제자는 오지 않았다.
람스는 긴 탄식을 흘리고 말았다.
그리고 다짐했다.
누구든 찾아오기만 하면 제대로 가르치겠노라고.
원래 계획은 이쪽 세상의 마법만을 전수하려 했지만, 이젠 찾아오기만 하면 뭐든 전수해 주겠노라 결심했다.
그것도 아주 제대로 말이다.
"누구든 와라. 제발."

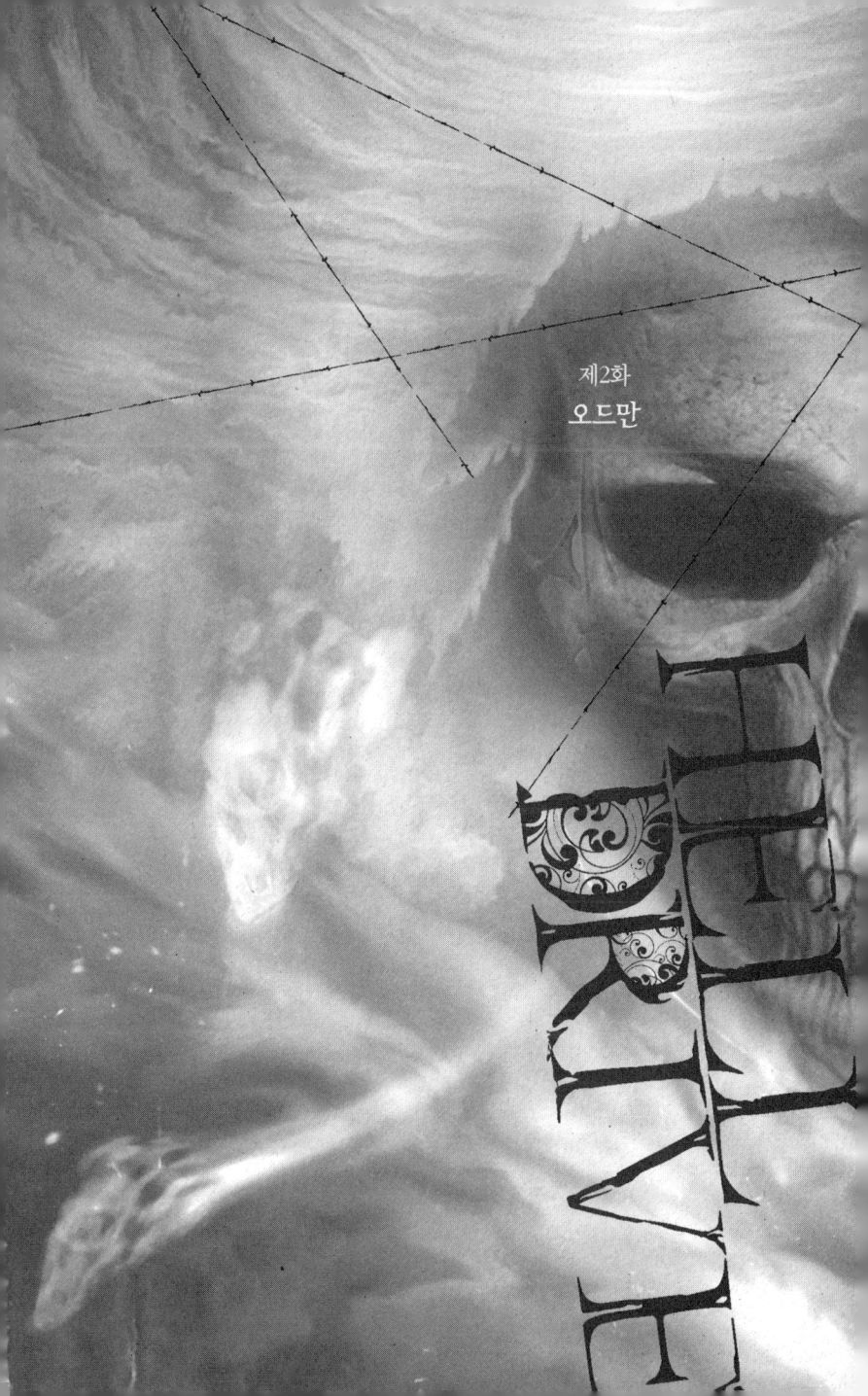

람스의 탄식이 흘러나온 며칠 후.
반백의 노인이 험한 산길을 힘겹게 오르고 있었다.
"무슨 산이 이리 험한지……."
바삐 걸음을 옮기던 노인은 주변 산자락을 살피며 달아오른 얼굴로 땀을 식혔다.
울창한 숲이 파도처럼 겹겹이 포개어져 있다.
앞을 봐도 숲이고 뒤를 돌아봐도 온통 숲이다.
이렇게 깊은 산중에 마탑이 있다니 믿기지 않는 일이다.
"산을 오르다 해가 질까 걱정이군."
아닌 게 아니라 슬슬 걱정이 되기 시작했다.

육체를 단련하는 수도승도 아닌데, 굳이 이렇게 높은 곳에 탑을 지은 이유를 알 수가 없다.

"그러니 제자 하나 없지."

노인이 쯧쯧 혀를 찼다.

그 역시 마을 어귀의 팻말을 보았다.

나이, 성별, 자질 불문하고 누구든 제자로 받아들이겠다는 내용이었다.

처음 그 내용을 봤을 땐 두 눈을 의심했다.

너무 허술한 내용 탓이다.

설사 시골의 대장간에서 허드렛일 하는 사람을 구한다 해도 그보다는 조건이 더 까다로울 것이다. 나이나 자질은 둘째 치고 숙식까지 제공해 가며 마법을 가르쳐 주겠다니!

파격도 이런 파격이 없다.

바꿔 말하면 그만큼 제자 구하기 힘들다는 소리다.

실제로 헬리오스 마탑에 제자가 생겼다는 소식은 듣지 못했다.

당연한 일이다.

스승이라곤 달랑 탑주 한 명.

그나마도 새파랗게 젊다.

젊다는 건 권위와 실력이 필요한 탑주에게는 큰 결격 사유다. 고위 마법사가 되려면 오랜 참오와 노력이 필요하다. 이러한 노력은 뛰어난 재능만으론 극복하기 어려운 문제다.

어느 마탑에서나 5레벨 이상의 마법사는 대개 수염을 길게 기른 노인인 것도 다 이런 이유 때문이다.

"그래, 젊은 사람이니 당연히 아는 것도 많지 않을 게야."

노인의 입가에 미소가 맺혔다.

그는 평생을 마법 연구에 바쳤다.

마법에 대한 그의 애정은 남달랐다.

하지만 불행하게도 마법사들은 그러한 그의 열정을 알지 못했다. 젊은 시절, 그는 마법을 배우기 위해 대륙의 모든 마탑을 신발이 닳도록 방문했다.

로브를 입고 지팡이를 든 사람이면 누구에게든 제자로 받아 달라 애원했다.

그러나 아무도 그를 제자로 받아 주지 않았다.

그는 가진 것이 너무도 없었다.

그럴듯한 배경도 없었고, 신분도 비천했으며, 가진 재산은 더더욱 없었다. 사정이 이렇다 보니 어느 마탑의 마법사도 그를 제자로 받아 주지 않았다.

나이 서른에 이를 때까지 그는 스승을 구하지 못하고 독학으로 엉터리 마법을 공부했다. 그나마 말년에 이르러 작은 성취가 있었으나, 그마저도 잘못된 실험으로 모조리 날려 버리고 말았다.

정신을 차려 보니 어느새 그는 반백의 노인이 되어 있었다.

마법도 사용할 수 없는 노인.

어디 의탁할 곳도 없었다. 다행히 그동안 모아 놓은 돈이 조금 있었다.

그 돈으로 여행을 다녔다.

대륙의 여러 곳을 여행하다 보면 응어리진 마음도 풀리지 않을까 하는 기대에서였다.

그러나 모든 것이 헛된 바람에 불구했다.

아무리 좋은 것을 보고 맛 좋은 음식을 먹어도 마법에 관한 욕구와 망가진 육신에 대한 원망에서 벗어날 수 없었다.

그러던 중 헬리오스 마탑의 소식을 들었다.

젊은 탑주 혼자서 힘들게 탑의 살림을 꾸려 나가고 있단다.

제자가 되려는 사람이 없어 홀로 고군분투한다지?

좋은 기회란 생각이 들었다.

그는 헛되게 인생을 살지 않았다.

비록 정통은 아니더라도 마법에 관한 적지 않은 지식을 알고 있다. 몸이 망가지기 전까지 행한 숱한 실험도 귀중한 재산이다. 젊고 무능력한 탑주에게 소일거리 삼아 그러한 지식을 전수하며 남은 일생을 보내는 것도 나쁘지 않은 일일 것이다.

처음 그와 같은 결심을 하고 난 후 산을 오를 때만 해도 그의 기분은 더없이 좋았다.

막막하던 앞날에 마침내 서광이 비치는 듯했다.

메딘 산맥은 그가 경험한 그 어떤 산보다도 험하고 높았다. 그럼에도 그는 힘든 줄 몰랐다.

정확하게 3시간 전만 해도 그랬다.

하지만 지금 그의 생각은 처음과는 사뭇 달라졌다.
무려 반나절을 헤맸다.
힘들다. 피곤하다. 쉬고 싶다.
아니, 할 수만 있다면 눕고 싶다.
열심히 산을 올랐건만, 메딘 산 어디쯤엔가 있다던 헬리오스 마탑은 코빼기도 보이지 않았다.
절로 한숨이 흘러나왔다.
"시간이 너무 늦었어."
서쪽 하늘을 바라보았다.
한층 붉어진 해가 산마루에 슬며시 발을 걸치고 있었다.
곧 날이 저물 태세다.
다 늙어서 노숙이라니. 사양하고 싶다. 아무런 준비도 없이 으슥한 산속에서 그래야 한다면 더더욱 그렇다.
"서둘러야겠군."
노인이 다시 몸을 일으켰다.
산 정상을 향해 부지런히 걸음을 옮겼다.

* * *

2시간 후.
노인은 낭패한 표정이 되었다.
딴에는 제법 서둘렀건만 그만 해가 지고 말았다.

헬리오스 마탑은 여전히 보이지 않았다.
이미 사위는 분간하기도 어려울 정도로 어둡게 변했다.
노인은 한숨을 쉬었다.
결국 원치 않던 상황이 오고 말았다.
'이럴 줄 알았으면 야영 준비라도 해올 것을.'
애초에 산이 이렇게 험할 줄 몰랐다.
이제 와 돌아갈 수도 없는 일.
꼼짝없이 야영을 해야 할 판이다.
노인은 적당한 장소를 물색했다.
다행히 근처에 작은 공터가 있었다.
적당히 자리를 만들고, 마른 나무를 주워 모닥불을 피웠다.
그나마 모닥불이라도 피우니 아쉬운 대로 추위는 몰아낼 수 있었다.
푸른 달이 어두운 밤하늘을 구른다.
모닥불 곁에 앉은 노인은 어느새 꾸벅꾸벅 졸게 되었다.
심각한 상황이 닥친 것은 그즈음이었다.
"킁킁킁!"
답답한 콧소리가 들려왔다.
바닥을 훑으며 킁킁거리는 소리.
'빅보어!'
노인은 경기를 일으키듯 자리에서 일어났다.
귀를 기울이니 킁킁거리는 콧소리가 더 크게 들린다.

빅보어라는 산짐승이 분명하다.

곧 풀숲이 흔들리며 놈이 모습을 드러냈다.

과연 예상대로 빅보어였다.

집채만 한 덩치의 거대한 멧돼지.

놈이 충혈된 눈으로 노인을 보며 코를 킁킁거렸다.

모닥불의 불빛에 놈의 크고 긴 송곳니가 불길한 음영을 드리웠다.

빅보어는 매우 흉악한 산짐승이다.

불을 보면 달려드는 습성이 있어, 종종 모닥불을 피워 놓고 휴식을 취하던 야영객들이 봉변을 당하기도 한다.

노인이 피워 놓은 모닥불이 놈을 유인한 것이다.

문제는 이 빅보어라는 녀석이 간혹 인간을 잡아먹기도 한다는 점이다. 이곳에 나타난 빅보어가 바로 그런 녀석이었다.

무슨 일인지 놈은 잔뜩 굶주렸다. 굶주린 빅보어는 어지간한 몬스터들도 피해 갈 정도로 흉포하다. 붉게 충혈된 눈으로 노인을 보더니 뒷발로 바닥을 긁어 댄다. 금방이라도 돌진할 기세다.

노인은 반사적으로 지팡이를 들었다.

오랜 세월 함께한 지팡이다.

이 지팡이만 있으면 그 어떤 강적도 두렵지 않았다.

그런데 지금은 지팡이를 들었음에도 조금도 안심이 되지 않았다. 지팡이를 든 팔이 덜덜 떨려 왔다. 마법을 잃은 후로 자신감마저 잃어버렸다.
"쿵쿵쿵!"
땅을 긁던 빅보어가 돌연 쏘아진 포탄처럼 달려들었다. 그 기세가 얼마나 흉험하던지 노인은 저도 모르게 비명을 지르며 쓰러졌다.
빅보어가 그를 밟아 죽일 기세로 달려들었다.
노인은 몸을 웅크리고 눈을 감았다.
저 거대한 덩치에 말려들면 그 순간 온몸의 뼈가 무사하지 못할 것이다.
'이렇게 덧없이 죽다니.'
회한이 몰려왔다.
돌이켜 보면 참으로 힘겨운 인생이었다.
이렇게 죽는 것도 그리 나쁘지는 않을 것 같았다.
그때, 누군가의 목소리가 들려왔다.
"언제까지 그렇게 계실 건가요?"
사람의 목소리!
노인은 자신도 모르게 눈을 떴다.
검은 머리의 준수한 청년이 그를 내려다보고 있었다.
"안녕하세요."
청년이 인사를 건넸다.
노인은 자신도 모르게 답했다.
"안녕……."

뒤늦게 인사나 할 상황이 아님을 깨달았다.

빅보어! 분명 녀석이 씩씩거리며 달려들지 않았던가.

노인은 급히 주위를 둘러보았다.

빅보어는 근처에 있었다.

청년의 왼손에 목을 잡힌 채, 컥컥 답답한 비명을 토하고 있었다. 빅보어의 크기는 성인 남성의 한 배 반에 이른다.

아무리 청년에게 목을 잡혔다고 해도 허공으로 덜렁 들릴 리가 없었다.

지금도 빅보어의 뒷다리는 땅에 닿아 있다.

당장이라도 두터운 발굽으로 청년의 머리를 찍을 것 같다.

그런데 이상하게도 청년에게 목을 잡힌 빅보어는 반항하지 않았다.

겁에 질린 듯 부르르 떨기만 할 뿐이었다.

노인은 안도의 한숨을 쉬었다.

이유야 어떻든 청년 덕에 목숨을 건졌다.

그는 몸을 털고 일어나 청년에게 감사의 말을 던졌다.

"고맙네. 덕분에 짐승의 먹이가 되는 신세를 면했군."

청년이 쾌활하게 대답했다.

"아닙니다. 앞마당에 이런 녀석이 설치고 다니는데도 방치한 제 잘못이죠."

앞마당이라는 청년의 말에 노인이 물었다.

"이 동네 사냥꾼인가?"

빅보어를 잡은 솜씨가 예사롭지 않다.

커다란 덩치의 빅보어를 한 손으로 제압하다니.

분명 전문적인 사냥꾼이리라.

청년은 고개를 저었다.

"아닙니다."

그가 산 위를 가리키며 다시 말을 이었다.

"저 위쪽에 헬리오스 마탑이라는 곳에 살고 있습니다."

"헬리오스?"

노인의 눈이 반짝 빛을 발했다.

"분명 헬리오스 마탑에 살고 있다고 했는가? 그렇다면 마탑의 젊은 탑주라는 사람이……."

"바로 접니다."

노인이 그의 손을 덥석 잡았다.

그토록 찾아 헤맬 때는 없더니, 이렇게 제 발로 나타날 줄이야! 그동안의 고생이 떠올라 절로 눈시울이 붉어졌다.

"찾았군. 찾았어. 이제야 찾았네. 허허허허."

청년, 람스는 갑자기 너털웃음을 터트리는 노인에게 뭔가 사연이 있음을 깨달았다.

"혹시 절 찾아오셨습니까?"

노인은 고개를 끄덕였다.

"물론일세. 볼일이 없다면 이 험한 산길을 왜 올라왔겠나?"

"어떤 볼일이신지?"

노인이 호탕한 목소리로 그에게 외쳤다.
"날 제자로 받아 주게."
람스의 얼굴이 일그러졌다.
노인의 표정도 어색해졌다.
"어떻게…… 안 될까?"
하긴 자신이 생각해도 어이없는 발상이었다.
무슨 은덕을 쌓겠다고 다 늙은 노인을 제자로 받아들이겠는가?
"역시 안 되겠지?"
노인이 실망한 얼굴로 고개를 돌렸다.
다시 한 번 외면을 당했다.
슬픔이 밀려왔다.
그의 일생은 이렇듯 외면의 연속이었다.
이제 와 다시 산을 내려가려면 또 얼마나 시간이 걸릴까.
발이 천근만근 무거웠다.
노인이 실망을 가득 담은 채 산을 내려가려 할 때였다.
청년이 노인의 앞을 가로막으며 물었다.
"방금 뭐라고 하셨습니까?"
그의 눈동자가 이글이글 불타고 있었다.
겁 많은 초식 동물을 노리는 맹수의 그것과 같았다.
설마 화가 난 것일까?
다 늙은 노인네가 제자로 받아 달라는 망언을 해서?

깜짝 놀란 노인이 덜덜 떨며 대답했다.
"아, 아니야. 노, 농담이었네."
람스가 다시 물었다.
"방금 뭐라고 하셨습니까?"
노인이 모기 소리처럼 가는 목소리로 간신히 대꾸했다.
"제자로 받아 달라고……."
힐끔 람스의 눈치를 봤다.
람스는 부리부리한 눈동자에 격동을 일으키고 있었다.
흥분한 탓인지 몸마저 부들부들 떨었다.
노인은 이제 완전히 겁을 집어먹었다.
당장이라도 이 순진하게 생긴 청년이 그를 후려칠 것 같았다.
"노, 농담일세. 심각하게 받아들이지……."
그때, 람스가 돌연 노인을 꽉 끌어안았다.
숨이 턱 하고 막힐 정도로 깊은 포옹이었다.
이어 람스는 큰 소리로 외쳤다.
"환영합니다!"
그렇게 람스는 첫 제자를 들이게 되었다.

*   *   *

헬리오스 마탑의 제자가 되기 위한 절차는 그야말로 간단했다.
노인을 탑에 데려와서는 몇 마디 질문을 던지고, 지저분한 두루마리에 끼적끼적 몇 줄을 적더니 끝이란다.

그야말로 번갯불에 콩 볶아 먹듯 모든 절차가 지나갔다.

멍한 상태로 이리저리 끌려 다니다 문득 정신을 차려 보니 이미 헬리오스 마탑의 제자가 되어 있었다.

"귀신에라도 홀린 기분이군."

노인은 한숨을 쉬었다.

산을 오를 때만 해도 어떻게든 마탑에 가입할 수만 있다면 좋겠다고 생각했다. 비록 마법을 익히지는 못해도 연구만이라도 할 수 있다면 여한이 없겠다고 말이다.

생각보다 쉽게 헬리오스 마탑의 소속이 될 수는 있었지만……

"설마 이렇게 엉망인 마탑일 줄이야."

헬리오스 마탑은 마탑이 아니었다.

마탑이라 함은 최소한 4층 이상의 뾰족한 구조물의 형태를 이뤄야 하는 것이 정상.

하지만 헬리오스 마탑엔 그러한 모양의 건물이 없었다. 쓰러져 가는 가옥 한 채만이 덩그러니 있을 뿐이다. 놀라운 것은 이 쓰러져 가는 헛간처럼 생긴 가옥이 헬리오스 마탑이라는 점이다.

제자 한 명 없이 젊은 탑주 혼자서 고군분투한다는 말에 조금쯤은 의심을 해 봤어야 하거늘. 그나마 한 가지 위안이 있다면 탑주인 람스가 좋은 사람 같아 보인다는 점이다.

람스는 지금 고기를 굽고 있었다.

커다란 불을 피우고 그 위에 먹음직해 보이는 큰 돼지를 올렸다.

빅보어다.

제자를 들인 것이 매우 기쁜 모양이다.

그 제자라는 사람이 언제 죽을지 모르는 노인임에도 말이다.

"드셔 보시지요."

밝은 목소리와 함께 노인 앞에 접시 하나가 불쑥 내밀어졌다. 람스였다. 그가 내민 접시 위엔 제법 좋은 향기를 풍기는 고기 요리가 빼어난 자태를 뽐내고 있었다.

그 구수한 향기란, 없던 식욕도 생길 판이다.

하물며 노인은 점심나절부터 먹은 것이 없었다.

염치 불구하고 요리를 받아먹으며 람스에게 물었다.

"탑주님."

람스가 고개를 돌려 그를 보았다.

노인이 그에게 물었다.

"정말로 괜찮겠습니까?"

"뭐가 말입니까?"

"절 제자로 받아들인 것 말입니다."

"혹시 물리고 싶으신 겁니까?"

람스가 심각한 표정으로 물었다.

혹여 노인이 그만둘까 전전긍긍하는 모습이다.

그 모습에 절로 웃음이 새어나왔다.

"아닙니다. 저야 이곳에 있을 수 있다면 더없이 좋겠지요."
"그럼 뭐가 문제입니까?"

노인이 한숨을 쉬며 답했다.

"바로 이 사람에게 문제가 있지요. 제 나이 올해로 쉰둘입니다."
"연륜이 생길 나이군요."
"그럴지도 모르지요. 하지만 마법을 익히기엔 나이가 너무 많은 것도 사실입니다."
"일이라도 시킬까 봐서요? 걱정 마세요. 당분간은 그런 일 없을 겁니다."

당분간이라는 말이 묘하게 마음에 걸렸다.

노인은 크게 개의치 않았다.

정작 하고픈 말이 있었던 까닭이다.

"전 마법을 익힐 수 없습니다. 나이도 많고, 무엇보다……몸이 망가졌습니다."

이 말을 하기가 쉽지 않았다.

그러나 순진한 탑주의 모습에 진심을 털어놓지 않을 수 없었다.

'실망하겠지.'

어렵게 얻은 제자가 마법을 익힐 수 없는 사람이라면 실망하는 게 당연한 일이다. 그런데 람스의 반응은 이번에도 그의 예상과는 달랐다.

"아! 그런 문제였군요."

마치 별거 아니라는 듯 태평하게 말하며 고개를 끄덕이는 것이다.

이쯤 되니 노인도 놀라지 않을 수 없었다.

"절 제자로 들인 것이 후회되지 않습니까?"

람스가 반문했다.

"어째서 후회할 거라 생각하십니까?"

"나이도 많고 마법도 익힐 수 없으니까요."

"그 문제라면 결격 사유가 될 수 없겠군요. 전 분명 나이와 마법에 대한 자질을 불문에 부친다고 했으니까요."

"하지만 그래도……."

람스가 고개를 저으며 말했다.

"마법을 익힐 수 없는 게 걸리는 모양이군요. 그 문제라면 크게 걱정하지 않으셔도 됩니다. 다 나름의 방법이 있으니까 말이죠."

"……?"

나름의 방법이라?

문득 호기심이 일었다. 혹시 이 젊은 탑주에겐 그의 몸을 치료할 방법이라도 있는 것은 아닐까?

왠지 모를 기대가 생긴다.

'아니야. 그럴 리 없지.'

노인은 이내 고개를 저었다.

안다. 헛된 바람일 뿐이라는 것을.

하지만 왜일까? 젊은 탑주에게 생기는 이 은근한 기대는.

생각해 보면 참 독특한 사람이다.

마탑의 탑주라는 사람이 새파랗게 젊은 청년이라는 점에서부터, 마법을 익혔다는 사람이 거대한 빅보어를 한 손으로 제압했다는 점까지. 게다가 불을 피울 때도 마법을 사용하지 않았다. 일개 촌민들처럼 불씨를 옮겨 온다. 지금까지 그가 마법을 사용하는 모습을 단 한 번도 보지 못했다.

어쩌면 그는 마법을 사용하지 못하는 게 아닐까?

'생각보다 이곳에서의 생활이 즐거울지도 모르겠군.'

노인이 빙그레 웃었다.

"아! 그러고 보니 아직 제자의 이름도 모르고 있었군요."

뒤늦게 생각난 듯 람스가 물었다.

노인이 눈가에 주름을 만들며 답했다.

"오드만이라고 합니다."

제3화
헬리오스 마탑의 독특한 수련 방법

 헬리오스 마탑의 첫 번째 제자가 된 오드만은 한동안 호의호식하며 편하게 쉬었다.

 람스는 어렵게 얻은 첫 제자에게 아무 일도 시키지 않았다.

 청소나 빨래 같은 가사는 물론이고, 장작을 구해 오거나 음식을 장만하는 것도 그 혼자서 모두 했다. 오드만이 하는 일이라곤 하루 종일 람스의 극진한 보살핌을 받으며 먹고, 자고, 쉬는 것뿐이었다.

 호사도 이런 호사가 없었다.

 놀고 싶으면 놀고, 자고 싶으면 자고, 배가 고프면 젊은 스승을 부르면 됐다.

람스는 혼자 사는 남자답지 않게 요리를 잘했다.

찬거리라 봐야 산에서 흔하게 구할 수 있는 나물 몇 가지가 전부였지만, 그것을 조물조물 주물러 맛깔 나는 요리를 만들어 내곤 했다.

무려 한 달이나 신선놀음을 하듯 실컷 휴식을 취했다.

그렇게 잘 먹고 푹 쉬자, 망가질 대로 망가진 오드만의 몸도 점차 회복되기 시작했다. 바싹 말랐던 피부에도 윤기가 흐르고, 퀭한 두 눈에도 생기가 돌아왔다.

거칠고 황폐해진 정신에도 평온함이 찾아왔다.

평생 이렇게 안락한 적은 처음이었다.

하지만 부담이 되는 것도 사실이었다.

계속해서 놀고먹자니 은근히 눈치가 보였다.

물론 젊은 탑주는 별다른 말이 없었지만 말이다.

오드만은 사냥을 다녀온 람스에게 넌지시 말을 걸었다.

"저…… 탑주님, 이제 슬슬 제게 일거리를 주시는 것이 어떨지요."

"수련을 하고 싶다고요?"

람스가 눈을 반짝인다.

기다렸다는 듯한 반응이다.

오드만은 어색하게 웃을 수밖에 없었다.

"몸이 이 모양이라 수련은 무립니다. 다만 마법 연구라면 조금의 도움은 될지도 모르겠습니다."

람스가 고개를 저었다.

"마법 연구라면 할 필요 없습니다. 이미 제가 다 알고 있으니까요."

오드만은 속으로 웃었다.

마법에 대해 다 알고 있다니.

누가 들으면 배를 잡고 웃을 일이다.

일평생을 바쳐도 반의반도 깨닫지 못하는 것이 바로 마법이라는 학문이다.

젊은 사람이라 그런지 패기가 넘친다.

나쁜 일은 아니다. 적어도 소극적인 것보다는 좋다.

"물론 탑주님께선 헬리오스 마탑의 마법에 대해 잘 알고 계시겠지요. 하지만 탑주님께서도 미처 모르는 부분이 있을 수 있습니다. 괜찮으시다면 제게 한 번 기회를 주심이……."

람스는 턱을 쓰다듬으며 잠시 생각했다.

"일리 있는 말이네요. 그러자면 일단 헬리오스 마탑의 마법에 대해 공부해야겠죠?"

오드만의 얼굴에 화색이 돌았다.

이 순간이야말로 그가 바라 마지않던 순간이다.

"알려만 주신다면 성심성의껏 연구하겠습니다."

람스는 흔쾌히 허락했다.

"최선을 다해 주신다면 저야 좋죠. 그럼, 일단 헬리오스 마탑의 마법 체계에 대해서 알려드리겠습니다."

이어 그는 헬리오스 마탑의 마법에 대해 설명했다.

그 설명을 들으며 오드만은 입을 쩍 벌리지 않을 수 없었다. 비록 체계적인 교육을 받지는 않았지만, 나름대로 마법에 일가견이 있다고 자부하던 그다. 그러나 람스가 말하는 마법 이론은 그 어디에서도 들을 수 없는 독특하고 신기한 것이었다.

"그러니까…… 자신의 몸을 마법의 통로로 사용한단 말씀이십니까? 지팡이 대용으로?"

"그렇습니다."

"그럼, 지팡이는 언제 사용합니까?"

"지팡이를 왜 사용해야 합니까?"

람스의 말에 오드만은 일시 말문이 막혔다.

지팡이를 왜 사용해야 하다니?

마법사에게 지팡이는 검사의 검처럼 꼭 필요한 필수 용품이지 않은가.

오드만은 애써 침착한 목소리로 설명을 했다.

"지팡이는 집중력을 높여주고, 마나의 흐름을 조율하며, 더 나아가 마법의 위력을 증폭시켜 주는 역할을 합니다. 간혹 수인으로 지팡이를 대신하는 경우는 있지만…… 그럴 경우 마법의 효율이 극히 떨어지게 됩니다."

하지만 이어진 람스의 말에 오드만은 다시 한 번 말문이 막히고 말았다.

"하찮은 나무 지팡이가 할 수 있는 일을 왜 사람의 신체로는 못한단 말입니까?"

 "나무 지팡이와 사람은 다르지 않습니까. 사람의 신체는 유동적이고 구성이 복잡합니다. 나무 지팡이와 같은 무기물과는 다릅니다."

 인체는 겉보기와 다르기 시시각각 변화한다.

 심장 박동, 혈액의 이동, 내장의 움직임.

 심지어 체온조차도 수시로 변한다.

 그러한 변화된 환경에 맞춰 마나를 운용하는 것은 매우 힘든 일이다. 때문에 마법사들은 지팡이나 다른 매개물을 이용하여 마나를 운용하는 것이다.

 그런데 그에 대한 람스의 대답이 또 걸작이었다.

 "인체가 유동적이라 나무 지팡이처럼 활용할 수 없다고요? 그렇다면 인체를 자신의 마음대로 조정할 수 있으면 되겠군요."

 "그건 불가능합니다."

 오드만은 고개를 저었다.

 인체를 마음대로 조종하는 일.

 언뜻 쉬워 보이지만 실상은 불가능한 일이다.

 일례로 머리카락. 세상의 그 어떤 사람도 머리카락을 손발처럼 마음대로 사용하지는 못한다. 손톱, 발톱은 말할 것도 없고, 혈액의 움직임이나 심장 박동은 더더욱 그렇다.

 감기에 걸렸을 때, 재채기나 콧물 등도 마음대로 조절하지 못하는 게 바로 인간이지 않은가.

사람의 신체를 나무 지팡이 대용으로 사용하려면 적어도 머리카락 정도는 마음대로 할 수 있는 경지에 이르러야 한다.

람스의 대답은 이번에도 간단했다.

"노력만 하면 누구나 할 수 있습니다."

"그런 수행법이 있다는 말은 들어본 적이 없습니다."

"그거야 아무도 시도하지 않았기 때문이죠."

"헬리오스 마탑에서는…… 가능하단 말입니까?"

"물론입니다."

람스는 자신만만하게 고개를 끄덕였다.

오드만은 그의 말이 믿기지 않았다.

인체를 마음대로 조절할 수 있는 경지.

그런 수행법이 정말로 존재한다는 말인가?

아니, 그보다는 굳이 그런 수행을 할 필요성을 찾기 힘들었다. 애초에 그런 쪽의 수행이라면 마법사보다는 기사들이 더 환영할 만한 일이 아닌가. 지팡이 하나만 있으면 해결될 일을 굳이 힘들게 수행까지 해가며 익혀야 할 까닭이 뭐란 말인가.

람스의 대답은 이번에도 간단했다.

"그 편이 더 효율적입니다. 그리고……."

람스는 오드만을 보며 말을 이었다.

"제자의 몸을 치료하기 위해서도 꼭 필요한 수행입니다."

치료라는 말에 오드만은 신선한 충격을 받았다.

이 어린 스승은 그의 몸을 치료할 생각이란 말인가.

절대로 불가능한 일이다. 그럼에도 불구하고 어쩐지 믿음이 간다. 그는 반신반의하는 마음으로 람스를 따라나섰다.

람스는 근처의 계곡으로 향했다.

"이곳이 좋겠군요. 바닥에 부드러운 흙이 깔려 있어서 넘어져도 크게 다치지 않을 것 같고, 공터도 넓으니 마음대로 뛰어다닐 수 있겠습니다."

주위를 둘러보니 과연 수행을 하기에 적합한 곳이었다. 다만 그 수행이 마법보다는 육체 단련에 더 어울리는 곳이라는 게 문제였지만 말이다.

"가만있자. 처음부터 내가 직접 하면 너무 힘들 것 같고, 기초만은 누가 대신해 주는 게 좋을 텐데…… 누가 좋을까."

람스는 턱을 쓰다듬으며 진지한 표정으로 중얼거렸다.

그의 말과 행동을 본 오드만은 해괴한 생각이 들었다.

'누가 좋을까?'

이 말은 누군가 다른 사람이 있을 때나 쓸 수 있는 말이다. 하지만 이곳엔 다른 사람이 없다. 지난 한 달 동안 함께 지내오면서 다른 누군가를 본 기억이 없다. 오드만은 혹시 자신이 못 올 곳에 온 것은 아닐까 걱정이 되었다.

람스의 고민은 그리 오래가지 않았다.

"그래, 몸 만드는 일엔 디스터가 제격이겠어."

오드만은 묻지 않을 수 없었다.

"탑주님."

"네?"

"방금 제 몸을 치료하기 위해 디스터라는 분을 부른다고 하셨습니까?"

람스가 고개를 끄덕였다.

"분명 그렇게 말했습니다."

"그분이 근처에 살고 계신가요?"

"근처는 아니지만 언제든지 부를 수 있는 곳에 있기는 합니다."

"……?"

또 한 번의 해괴한 발언이다.

근처에 사는 것은 아니다. 하지만 언제든 곧바로 부를 순 있다.

대체 어디에 사는 누굴 어떻게 부른다는 말일까?

이 주변에 다른 민가는 없다. 아랫마을까지 가기 위해선 적어도 반나절 이상을 걸어야 한다.

그런데 부르면 언제든 달려온다니?

람스의 정신 상태가 의심되는 순간이다.

그때, 우두커니 서 있던 람스가 늙은 제자를 위해 행동을 개시했다. 그가 먼저 한 일은 아무것도 없는 텅 빈 허공을 향해 성호를 긋듯이 손을 가볍게 휘저은 것이었다.

그 간단한 동작에 너무도 놀랄 만한 일이 벌어졌다.

쩌억.

텅 빈 허공이 쩍 하고 갈라진 것이다.

오드만의 입도 덩달아 쩍 벌어졌다.

공간을 갈라?
차원의 경계가 허물어졌단 말인가?
헛것을 본 건가?
눈을 비볐다.
그러고 보니 요즘 혈압도 높아진 것 같다.
관자놀이도 한 번 지그시 눌러 줬다.
가벼운 주문으로 평정심마저 찾았다.
그렇게 차분하게 마음을 가라앉힌 다음, 앞을 보았다.
그러나 쩍 벌어진 공간은 여전히 그의 눈앞에 존재했다.
헛것을 본 게 아니다.
오드만은 대경실색했다.
"이, 이게 무슨……."
공간을 가르다니!
그는 지금 마도 시대 이후로 그 어떤 마법사도 해내지 못한 차원 마법의 절정을 보고 있는 것이다.
하지만 진짜 경악할 사건은 그다음에 벌어진 일이었다.
람스가 차원의 균열을 향해 말했다.
"디스터."
나직한 목소리.
그러나 위엄이 넘친다.
지금까지의 밝고 쾌활한 목소리와는 사뭇 다르다.
듣는 것만으로도 몸이 떨리고, 당장 그의 앞에 무릎이라도 꿇고 싶어진다.

그것은 너무도 강력한 마력이자 주술이었다.

그 어떤 존재라도 굴복하지 않을 수 없게 만드는 속박.

그때, 차원의 균열 너머에서 시커먼 무언가가 튀어나왔다.

"흐억!"

멍하니 지켜보던 오드만의 입에서 급기야 비명이 터져 나왔다. 차원의 균열 너머에서 나타난 그것은…… 너무도 흉측하고 불길한……

"마, 마족!"

마족이었다.

* * *

차원의 균열.

그 너머에서 모습을 드러낸 거대한 마족.

연이은 충격적인 사태에 오드만은 혼이 달아날 지경이었다.

뒤늦게 비명처럼 람스에게 외쳤다.

"타, 타, 타, 탑주님! 이, 이, 이게 대체 어떻게 된 일입니까?"

"왜요?"

람스가 태연하게 반문했다.

차원이 열리고 마족이 튀어나왔는데, 이 무슨 어울리지 않는 태평이란 말인가! 기가 막힐 노릇이다.

"모, 모, 몰라서 물으십니까?"

람스가 순진하게 고개를 끄덕였다.

표정을 보아하니 전혀 짐작도 못하고 있음이 분명했다.

"허허허."

오드만의 입에서 헛웃음이 새어 나왔다.

그가 차원의 균열과 마족을 번갈아 가리키며 말했다.

"이건 뭐고…… 이건 또 뭡니까?"

오드만의 지적에 마족이 대뜸 그르릉 위협적인 목 울림을 흘렸다. 찔끔한 오드만이 급히 마족에 대한 지칭을 수정했다.

"이, 이분은 누구시죠?"

그제야 람스는 무엇이 잘못되었는지 깨달았다.

차원의 균열, 마족.

둘 모두 이쪽 세상에서는 흔히 볼 수 없는 것들이다.

평소 아무렇지도 않게 접하다 보니 그런 사실을 깜빡 잊고 있었다.

"뭡니까, 이, 이, 이것과 이분은?"

오드만이 다시 물었다.

고심하던 람스가 어렵게 변명했다.

"차원의 균열은…… 헬리오스 마탑의 고유 마법입니다."

"마, 마법이라고요?"

그의 말이 사실이라면 헬리오스 마탑은 차원 마법의 신기원을 이룩한 셈이다.

"그, 그럼 이분은……"
"아! 그 마족은…… 우리 헬리오스 마탑의 장로님이십니다."
"자, 장로요?"
놀라긴 마족도 마찬가지였다.
그 흉악하게 생긴 눈을 휘둥그레 뜨며 람스를 봤다.
'장로요? 제가요?'
람스가 그를 향해 눈을 부라렸다.
오우거가 울고 갈 거대한 덩치의 마족이 어깨를 움츠렸다. 그러곤 얼떨떨한 표정의 오드만을 향해 말했다.
"그래, 나 장로 맞다."
람스가 만족했다.
장로라고 하면 대충 이해하겠지.
그러나 오드만은 오히려 더 큰 혼란에 빠졌다.
마족이 마탑의 장로라고?
이 마탑은 대체 어떻게 된 물건이란 말인가!
"대, 대체 헬리오스 마탑은…… 아니, 탑주님은 누구십니까?"
람스는 은근슬쩍 말꼬리를 돌렸다.
"뭐, 그런 건 천천히 알기로 하고…… 일단은 수행부터 시작하도록 하죠. 디스터."
"흐흐흐."
디스터라 불린 마족이 끌끌거리며 웃었다.
람스가 디스터에게 말했다.

"이 사람은 내 첫 번째 제자다. 마법을 가르치고 싶은데, 몸이 부실하다는구나."

그 말에 디스터가 자신감 넘치는 목소리로 대답했다.

"맡겨 주십시오. 강철과 같은 몸으로 만들어 놓겠습니다."

오드만의 안색의 하얗게 질렸다.

'가, 강철과 같은 몸은 필요 없는데…….'

* * *

"내부가 비틀어졌군."

오드만을 쓱 한 번 훑어본 디스터가 말했다.

그 건조한 평가에 오드만은 정신이 번쩍 들었다.

내부가 비틀어졌다. 이 말보다 현재 그의 상태를 제대로 알려 주는 말도 없을 것이다.

'과연 마족, 보는 것만으로 내 상태를 훤히 꿰뚫어 보다니.'

어쩌면 이 마족이라면 자신의 상태를 고칠 수도 있을 거라는 생각이 문득 들었다. 인간 중에선 그를 고칠 사람이 없다. 하지만 마족이라면…….

대개의 사람들은 마족을 두려워한다. 하지만 일부의 사람들은 오히려 그들과의 만남을 학수고대한다.

왜일까? 바로 마족이 가진 엄청난 능력 때문이다.

마족과 계약을 하면 꿈꾸던 모든 것이 현실이 된다.

어마어마한 부자가 될 수도 있고, 매력적인 여성들을 부인으로 들일 수도 있다. 세상을 호령하는 정치가나 부호 가운데엔 마족과 관련이 있는 사람이 적지 않았다.

'이 마족과 계약을 한다면…… 어쩌면 마법을 다시 쓸 수 있게 될지도 모른다.'

몸속이 후끈 달아올랐다. 마법을 다시 사용할 수 있게 된다. 꿈에서도 바라마지않던 일이다.

하지만 오드만은 망설이지 않을 수 없었다.

마족과의 계약은 큰 모험이다.

마족과 계약을 하게 되면 영혼이 오염된다. 죽음 이후, 영원히 마족의 노예가 되어 절망의 구렁텅이를 기어 다녀야 한다.

마법을 얻기 위해 그런 모험을 감수해야 할까?

게다가 디스터라는 이 마족은 절대 평범한 마족이 아니다.

위압감과 풍기는 분위기가 결코 범상치 않다.

적어도 상위급, 어쩌면 최상위급 이상일지도 모른다.

이런 마족과 계약을 한다면 영혼만으로 끝나지 않을 것이다. 어쩌면 영원히 불구덩이 속에서 고통받게 될지도 모른다. 하지만…….

'마법을 다시 사용할 수만 있다면…….'

마법에 대한 오드만의 열망은 실로 간절했다.

결국 그는 결심했다.

"디, 디스터 님이라고 하셨죠?"

디스터가 오만한 목소리로 말했다.

"그렇다."

"제 몸을 정말 치료해 주실 수 있습니까?"

디스터가 자신의 가슴을 소리 나게 두드리며 호언장담했다.

"물론이다."

오드만이 마른침을 삼키며 말했다.

"그, 그렇다면 좋습니다. 디스터 님과 계약을 하겠습니다. 원하시는 것이 영혼이든, 아니면 저의 절망이든 마음껏 취하십시오. 다만 그 대가로 잃어버린 마법을 되찾게 해 주십시오."

오드만의 말에 디스터가 람스를 돌아보았다.

"이 철부지가 저와 계약을 원합니다만……."

람스는 일언지하에 거절했다.

"안 돼. 내 제자가 마족과 계약을 하다니, 있을 수 없는 일이야."

그의 단호한 말에 오드만은 움찔 어깨를 떨었다.

그제야 깨달았다.

이 엄청난 마족도 실은 람스가 불렀다는 것을.

착하고 순진하게만 생각했던 탑주.

알고 보니 무시무시한 인물인 모양이다.

오드만은 즉시 람스에게 무릎을 꿇었다.

닭똥 같은 눈물을 흘리며 간청했다.

"제발 부탁드립니다. 잃어버린 마법을 되찾게 도와주세요. 마법만 되찾을 수 있다면 무슨 짓이든 하겠습니다."

그의 간절한 호소에 람스는 고개를 끄덕거렸다.
"까짓것, 그렇게 해드리겠습니다."
오드만의 표정이 눈에 띄게 환해졌다.
"정말이십니까?"
"물론이죠. 그러려고 이곳으로 온 것이니까요."
"아아! 탑주님!"
오드만은 감격했다.
마법을 되찾을 수 있게 도와준다니!
그 대가로 마족과의 계약이나 영혼을 요구하지도 않는단다. 단지 제자라는 이유로 그 엄청난 혜택을 마음껏 주겠다지 않는가. 이 순간만큼은 람스가 저 하늘 위의 신보다도 더 위대해 보였다. 설사 그의 진실한 정체가 사악한 마계의 왕이라 할지라도 따르고 숭배할 것이라고 다짐했다.

람스는 끊임없이 절을 하는 그를 일으켜 세우며 말했다.
"그렇게 간절히 바란다니 잘됐네요. 수행하는 과정이 조금 과격해서 힘들어하지 않을까 걱정했는데. 그 정도 마음가짐이라면 충분히 해낼 수 있을 겁니다."

따뜻한 표정과 함께 격려를 아끼지 않는 람스.
이때 눈치를 챘어야 했다.
이 사람이 말하는 수련이 얼마나 과격한 것인지를 말이다. 하지만 이때의 오드만은 마법을 되찾을 수 있다는 생각에 냉정한 사고 능력이 마비되어 버린 상태였다. 그래서 함정처럼 숨어 있는 위험한 내용을 전혀 감지하지 못했다.

"그럼 슬슬 시작해 보겠습니다."

람스가 말했다.

기다렸다는 듯 디스터가 웅크리고 있던 몸을 바로 했다.

"마력을 되찾으려면 우선 몸부터 고쳐야 한다. 그 몸, 지나치게 비틀어졌어. 지금까지 살아 있는 것만도 용한 일이다."

오드만은 무심결에 고개를 끄덕였다. 확실히 그렇다. 사고 당시 그를 진찰한 마법사들도 그와 같은 결론을 내렸다.

살아 있는 게 기적이라고.

디스터는 단지 한 번 보는 것만으로도 오드만의 상태를 정확하게 진단한 것이다. 그래서 더 믿음이 생겼다. 이 마족이 도와준다면 잃어버린 마력을 반드시 되찾을 수 있을 것이다.

오드만은 애타는 목소리로 물었다.

"모, 몸을 고치려면 어떻게 하면 될까요?"

디스터가 씩 웃으며 말했다.

"우선 단련부터 해야지."

그 말끝에 작은 단서를 달았다.

"조금 과격하게 말이다."

불길한 냄새를 솔솔 풍기는 발언이었다.

오드만도 이때만큼은 살짝 불안을 느꼈다. 하지만 몸을 고칠 수 있다는 희망에 부풀어 불길한 예감 같은 것은 저 멀리로 치워 버렸다.

"그럼 오늘은 첫날이니까 가볍게 시작하도록 하지."

느긋하게 말한 디스터가 차원의 균열 속으로 손을 불쑥 집어넣었다. 그러곤 마치 주머니 속에 든 구슬을 꺼내듯 검은 덩어리 몇 개를 꺼냈다.

모두 세 개.

오드만은 디스터가 꺼낸 검은 덩어리를 확인하고 속으로 신음을 삼켜야 했다. 검은 덩어리들은 다름 아닌 마수들이었다.

전체적인 모양은 늑대를 닮았다. 하지만 몸 전체가 먹물을 뒤집어쓴 듯 검고 크기가 황소만 했다.

"우, 울펜!"

마물의 이름은 울펜.

무리를 지어 사냥을 하는 마계의 흉악한 마수 중 하나였다.

오드만은 묻지 않을 수 없었다.

"제 수련이 마수들과 관련이 있습니까?"

"물론이다. 지금부터 넌 이 녀석들과 싸움을 벌인다."

"네?"

오드만은 기겁을 했다.

단련된 기사들조차도 상대하기 버거워 하는 마수가 바로 울펜이다. 그런 마수가 한 마리도 아니고 세 마리나 나왔다. 마법도 잃은 오드만이 무슨 수로 울펜들을 상대한단 말인가.

무리다. 절대 무리다.

그때, 인자한 미소를 짓고 있던 람스가 미간에 주름을 만들었다.

'그래, 역시 스승님! 제자의 어려움을 눈치채셨구나. 당장 이 말도 안 되는 수련을 중지시켜 주십시오, 스승님!'

오드만의 간절한 바람과 달리 정작 람스의 입술을 비집고 흘러나온 말은 충격 그 자체였다.

"세 마리론 조금 부족하지 않을까?"

오드만은 기겁을 했다.

맙소사! 이 순진해 보이는 젊은 스승님은 울펜 세 마리가 부족하다고 말하고 있다.

"아닙니다. 절대로 부족하지 않습니다. 아니, 과해요. 너무 과합니다."

오드만이 입에 거품을 물며 외쳤다.

람스는 턱을 쓰다듬으며 고민했다.

불만이 남은 표정.

보아하니 울펜 다섯 마리쯤은 더 꺼낼 기세다.

오드만은 황급히 디스터에게 외쳤다.

"지금 당장 하게 해 주십시오."

디스터가 씩 웃었다.

"규칙은 간단하다. 계곡 안쪽을 경계로 울펜 녀석들과 싸워라. 시간은 관계없다. 녀석들을 모두 쓰러트릴 때까지 수련은 계속될 것이다."

"아, 알겠습니다."

오드만이 팔소매를 걷으며 울펜들에게 달려들었다.

"이 녀석들! 오드만 님께서 가신다!"

오드만은 백발을 휘날리며 지팡이를 휘둘렀다.

그러나 울펜들이 으르렁하고 포효하자 이내 꽁지가 빠져라 달아나기 시작했다.

"히엑!"

울펜을 쓰러트리라는 디스터의 주문과 달리 오드만은 필사적인 도주를 시작했다. 그 모습을 본 디스터가 히죽거리며 웃었다.

"자고로 운동은 목숨을 걸고 하는 게 정석이지."

람스는 아직 불만이었다.

"울펜 세 마리는 너무 적은데. 수행이 너무 쉬울 것 같아. 적어도 열 마리는 돼야 몸이라도 풀 수 있을 텐데 말이야. 그런데 제자는 왜 저렇게 허겁지겁 도망만 다니는 거지? 저렇게 도망 다니면 약이 올라서 울펜들이 더 사나워질 텐데."

아니나 다를까, 울펜들의 울부짖음이 한층 더 거칠어졌다.

"크어어어엉!"

오드만의 비명도 한층 더 처절해졌다.

"히이익!"

* * *

람스의 기준으로 너무 쉬운 수행은 그날 밤이 다 되어서야 간신히 끝났다. 오드만은 울펜을 한 마리도 쓰러트리지 못했다. 그가 한 것은 하루 온종일 살기 위해 도망 다닌 것이 전부였다.

맹세코 그는 평생 이렇게 열심히 달려본 적이 없었다. 죽자 살자 달린다는 말이 어떤 의미인지 절실히 깨달을 수 있었다.

"고생 많았다. 내일부터는 너무 열심히 하지 말고, 적당히 요령도 피우고 그래라. 그렇게 죽자 살자 해서야 어디 몸이 버티겠느냐?"

디스터가 오드만의 어깨를 토닥여 주었다.

오드만은 이 흉악한 괴물에게 약간의 정을 느꼈다.

수행할 때는 그렇게 괴롭히더니, 그래도 일말의 동정이라는 것이 있는 모양이다.

착각이었다.

"그러다 죽기라도 하면 갖고 놀 수가 없게 되잖아. 아! 스켈레톤으로 부활시키면 되려나? 그것도 나쁘지 않겠군."

울컥 울분이 솟았다.

'참자. 이게 다 마법을 되찾기 위한 시련이다.'

간신히 울분을 참아 넘긴 오드만이 디스터에게 물었다.

"저기…… 그럼 마법은 언제쯤…… 그러니까 제 몸은 언제 치료해 주시는 겁니까?"

"치료? 지금 하고 있잖아."

"네?"

"오늘 네가 한 것이 바로 그 준비다. 일단 망가진 몸을 고쳐야 마법이든 무술이든 배울 수 있지 않겠느냐."

"그, 그런……! 그렇다면 앞으로도 계속 이런 수행을 해야 한단 말입니까?"

"오늘은 쉬운 편이었지. 초보자를 위한 배려라고 생각해라. 내일부터는 본격적으로 시작할 거야."

오드만의 안색이 파랗게 질려 버렸다.

오늘이 쉬운 편이었다고? 초보를 위한 배려라고?

오늘만 해도 죽을 고비를 수없이 넘겨야 했는데, 본격적으로 하면 대체 얼마나 험악한 상황이 연출된단 말인가.

"어, 언제까지 이런 수행을 해야 하는 겁니까?"

디스터가 씩 웃으며 대답했다.

"네 몸이 강철처럼 단단해질 때까지."

"……!"

강철이라는 말이 쐐기처럼 박혀 들었다.

오드만은 입 밖으로 흘러나오는 신음을 참을 수 없었다.

"마, 마법사에게…… 강철의 몸뚱이라니……."

헬리오스 마탑.

이곳에 대한 의문이 강하게 들기 시작했다. 하지만 너무 늦은 후회였다. 그는 이미 헬리오스 마탑의 제자였고, 지옥의 수련을 자초했다.

그렇게 오드만의 지옥이 시작되었다.

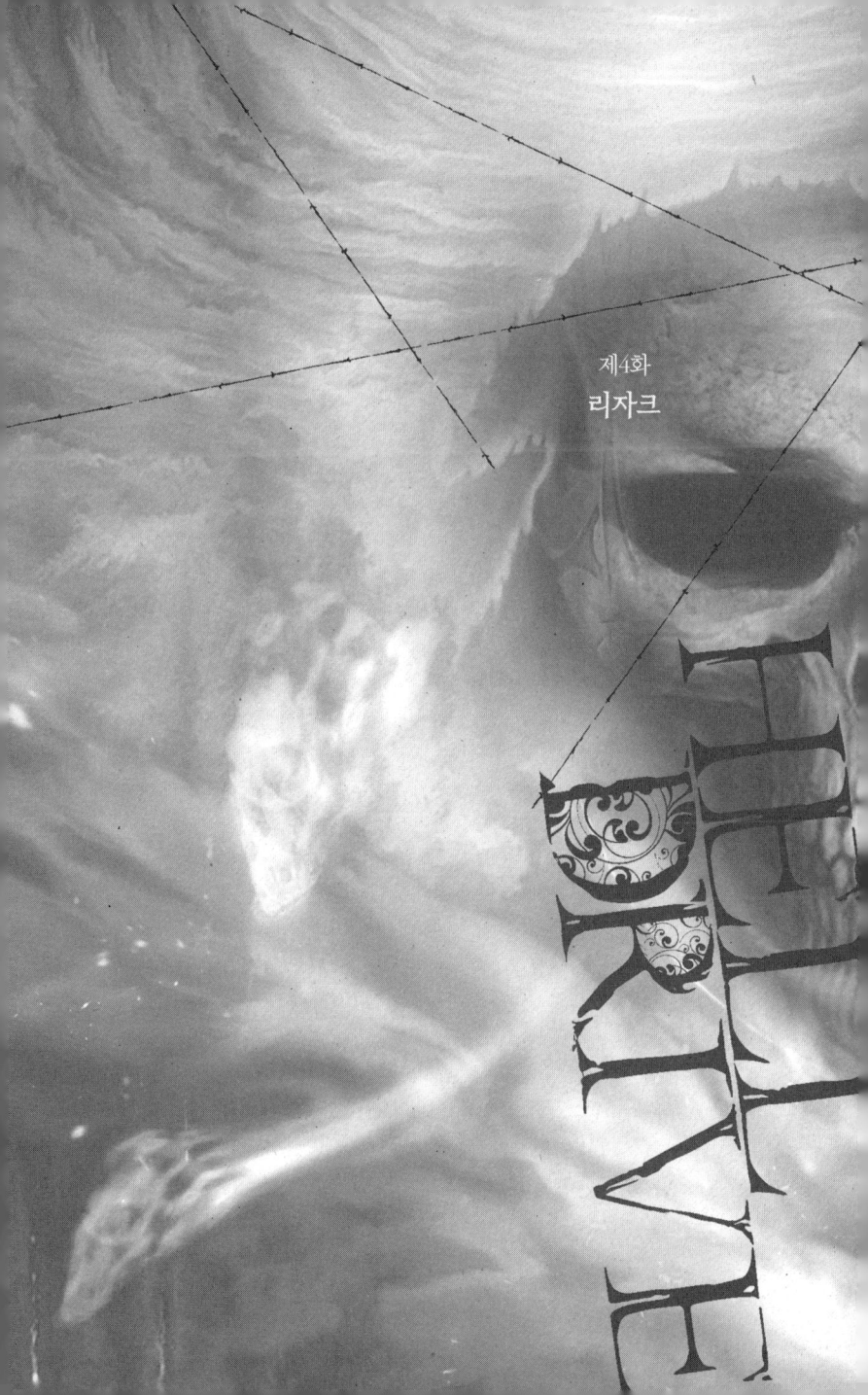

 계절은 봄에서 여름으로, 그리고 다시 가을에서 겨울의 문턱으로 흘러갔다. 제법 쌀쌀한 바람이 불어오는 산길을 20대 중반의 청년이 힘겹게 오르고 있었다.

 키도 크고 이목구비도 뚜렷한 것이 제법 준수한 청년이었다. 하지만 번듯한 외모보다 더 눈에 띄는 것이 있었으니, 바로 그의 몸집이었다.

 그는 지나칠 정도로 뚱뚱했다.

 얼마나 뚱뚱했던지, 걸음을 옮길 때마다 툭 불거져 나온 뱃살이 파도처럼 출렁거렸다.

 "오지게도 높은 곳에 있군."

청년은 산봉우리를 올려다보며 잠시 땀을 식혔다.

그의 이름은 리자크.

산 아래 작은 마을 출신이다.

메딘 산맥 유일의 여관이 바로 그의 집이다. 그러나 그가 여관을 운영하는 것은 아니다. 여관은 그의 여동생과 어린 남동생이 운영을 하고 있다.

그는 단순히 그곳에서 밥만 축내는 사람일 뿐이다.

그가 처음부터 이렇듯 무능했던 것은 아니다.

그도 한때는 잘나가던 시절이 있었다.

의욕 왕성했던 그는 돈을 벌어 오겠다며 수년 전에 마을을 떠나 도시로 향했다. 하지만 몇 개월 전에 귀향한 그는 성공하겠다는 장담과는 달리 상거지 꼴이 되어 마을에 나타났다.

이제나저제나 그의 귀향을 기다리고 있던 여동생 리리아와 남동생 리들은 그를 환영했다. 그간 고생이 많았다면서 그를 극진하게 보살폈다.

그 후로 반년.

리자크는 여동생과 남동생에게 의지하여 빈둥거리기만 했다. 이리 뒹굴 저리 뒹굴 하며 시간을 보내다 보니 어느새 이렇게 살이 뒤룩뒤룩 찌고 말았다.

보다 못한 여동생 리리아가 그에게 따진 것이 바로 어제다.

리리아는 성실하던 오빠가 무능력한 사람으로 변한 것이 못내 아쉬웠다.

성공을 못한 것은 상관없다.

일을 하다 보면 실패할 수도 있으니까.

하지만 매사에 의기소침하고 무능력한 것만은 절대로 용서할 수가 없었다.

"언제까지 그렇게 놀기만 할 거야? 그렇게 할 일이 없다면 차라리 여관의 허드렛일이라도 도와. 막내 리들이 얼마나 힘들게 일하는지 몰라?"

"여관 일? 싫다. 사내로 태어나서 큰 뜻을 펴지는 못할망정 여관 일처럼 하잘것없는 일에 인생을 낭비하고 싶지는 않아!"

"그럼 마을 어른들과 함께 사냥이라도 하든가."

"허허, 사냥을 해서 얼마나 벌 수 있겠니. 고작해야 푼돈 몇 푼 쥐는 게 고작이지. 난 그렇게 배포가 작은 사람이 아니야."

"그럼 대체 뭘 하고 싶은 거야?"

"글쎄."

고민하던 리자크가 기어들어 가는 소리로 답했다.

"기왕이면 한 나라의 기사단장이나, 마탑의 고위 마법사 정도는 돼야……."

리자크의 답답한 대답에 리리아는 한숨부터 쉬었다.

시골 출신의 무능력한 청년이 대체 무슨 수로 기사단장이나 고위 마법사가 될 수 있단 말인가.

기가 차서 웃음도 안 나올 상황이다.

그때, 리들이 둘 사이의 대화에 끼어들었다.

"기사라면 몰라도 마법사가 될 생각이라면 이곳에서도 가능하잖아. 메딘 산 정상에 마탑이 있으니까 말이야."

"이곳에 마탑이 있어?"

"응, 헬리오스 마탑."

"난 또……. 헬리오스 마탑이라면 폐허로 변한 지 오래인 곳이잖아."

"얼마 전에 젊은 탑주가 돌아왔어. 듣자 하니 최근엔 제자도 들였다고 하던걸."

"쳇, 그런 자그마한 마탑에서 배워 봐야 고작 불쏘시개 만드는 마법밖에 더 배우겠어?"

리자크는 터무니없는 소리라고 생각했다.

그러나 리리아의 생각은 달랐다.

"아니야, 오빠. 어쩌면 그게 좋을지도 모르겠어."

"……?"

"생각해 봐. 오빠는 기사단장이나 마법사가 되고 싶다고 했잖아. 솔직하게 말해서 둘 모두 가능성은 희박해. 특히 기사단장은 배경이 좋지 못하면 아예 불가능한 직책이야."

"마법사도 마찬가지 아니냐? 마법을 배우려면 돈이 많이 들어."

"헬리오스 마탑은 달라. 전에 제자를 구한다는 팻말을 본 적이 있는데, 나이, 재능 불문하고 무조건 제자로 받아들인대. 기부금도 안 받고 말이야."

리자크는 코웃음을 쳤다.

"마탑이 무슨 자선단체냐? 기부금도 한 푼 안 받게."

"정말이라니까? 숙식까지 제공해 준다고 했어. 반년 전에 헬리오스 마탑을 찾아간 할아버지도 그곳에서 잘 생활하고 있는걸. 이따금씩 식료품을 사러 마을에 내려오는데, 예전보다 훨씬 건강해졌더라."

"······정말이냐?"

"오빠, 마법에 뜻이 있다면 일단 한번 찾아가 보는 게 어때? 만약 팻말에 적힌 내용과 다르면 그냥 마을로 돌아오면 되잖아. 손해 볼 건 없다고 생각해."

가만 생각해 보니 과연 손해될 것은 없었다.

'이대로 뒹굴거리고 있는 것도 눈치가 보이니, 외출하는 셈 치고 가볼까?'

새삼 도시에서의 실패가 아쉽다.

일이 잘 풀렸으면 불쌍한 동생들을 편히 쉬게 할 수 있었을 텐데. 그만 작은 실수로 인해 호강은커녕 도망 다니는 신세가 되고 말았다.

'못 이기는 척 다녀와야겠군.'

리자크는 헬리오스 마탑을 찾아가기로 결심했다.

마법을 배우기 위해서가 아니다.

공짜로 가르쳐 주는 마법이라는 것은 안 봐도 뻔하다. 고작해야 엉터리 약장사 수준일 것이다.

산책 삼아서 다녀오는 것도 나쁘지는 않으리라.

그렇게 해서 리자크는 헬리오스 마탑을 찾으러 산을 올랐다. 하지만 헬리오스 마탑으로 향한 발걸음은 시작부터 고행의 연속이었다.

"미치겠네! 무슨 놈의 마탑이 이렇게 높은 곳에 있어?"

아침나절부터 부지런히 걸었건만 아직 산 정상은 까마득하게 멀기만 하다.

"에잇, 이렇게 된 이상 오기다!"

리자크는 주먹을 불끈 쥐었다.

동생들을 생각해서라도 헬리오스 마탑이라는 곳을 직접 두 눈으로 확인하고야 말리라. 발걸음을 독촉한 리자크는 해가 질 무렵에야 가까스로 산 정상에 다다를 수 있었다.

"대체 헬리오스 마탑은 어디에 있는 거지?"

주위를 둘러봐도 마법사의 탑이라고 할 수 있는 건물은 보이지 않았다.

건물이 하나 있기는 했다.

다 쓰러져 가는 헛간 한 채.

"설마 저건 아니겠지?"

아무렴, 아무리 궁핍하다고 해도 마법사의 탑인데.

설마 헛간을 탑이라고 부를 리는 없을 것이다.

'밥 짓는 연기를 보아하니 사람이 살고 있는 모양이네. 잘 됐다. 헬리오스 마탑이 어디에 있는지 물어봐야지.'

리자크는 헛간으로 보이는 건물을 향해 걸어갔다.

건물 앞마당에는 반백의 노인이 도끼질을 하고 있었다.

노인은 땔감을 만드는 중이었다.

오랫동안 이런 일을 해온 듯, 도끼를 다루는 실력이 제법 능숙했다. 도끼를 휘두를 때마다 굵직한 통나무들이 반듯한 장작으로 변했다.

'나이도 적지 않아 보이는데 힘이 장사로군.'

슬쩍슬쩍 보이는 노인의 팔과 가슴 근육.

젊은 사람이 부럽지 않을 정도로 대단했다.

적당히 그을린 구릿빛 피부와 어울려 마치 청동으로 빚어낸 예술 작품처럼 느껴졌다.

리자크는 헛기침을 하며 노인에게 말을 걸었다.

"저, 실례합니다."

노인이 도끼를 내려놓고 그를 보았다.

'헛! 무슨 사람의 눈빛이……'

노인의 눈빛을 본 리자크는 속으로 헛바람을 집어삼켰다.

한순간 노인의 형형한 두 눈에 압도당할 것 같았다.

'전장을 여럿 전전한 기사 출신인 모양이군. 적어도 기사단장 이상의 실력자인 것 같다.'

상대가 범상치 않음을 알게 되자 자연스럽게 말투 또한 공손해졌다.

"뭔가?"

노인이 퉁명스레 물었다.

"이 근처에 헬리오스 마탑이라는 곳이 있다고 하던데, 어디에 있는지 알고 계십니까?"

"헬리오스 마탑?"

노인의 눈빛이 요상하게 변했다.

"그곳을 왜 찾는 겐가?"

"그게…… 제자를 구한다는 소리에……."

"제자!"

노인의 표정이 돌변했다.

벼린 칼날처럼 날카롭던 인상이 한순간에 헤벌쭉하게 늘어졌다.

"제자가 되기 위해 왔는가?"

노인이 리자크의 손을 덥석 잡으며 외쳤다.

리자크는 깜짝 놀랐다.

이 노인이 갑자기 왜 이러는 걸까?

반사적으로 고개를 끄덕이며 대답했다.

"우선은 어떤 곳인지 알아보려고만……."

"잘 왔네, 잘 왔어."

노인이 그의 손을 힘차게 흔들었다.

그 순간 리자크는 노인이 헬리오스 마탑과 관련 있는 사람임을 눈치챘다.

"헬리오스 마탑의 관계자십니까?"

"그러네. 내가 바로 헬리오스 마탑의 제자인 오드만이라는 사람일세."

"아! 그렇다면 반년 전에 제자가 됐다던……."

비로소 노인이 누구인지 알 수 있었다.

여동생 리리아가 말하길, 반년 전쯤에 헬리오스 마탑을 찾아간 노인이 있다고 했다.

눈앞의 노인이 바로 그 사람인 모양이다.

그러나 다음 순간 리자크는 고개를 갸웃했다.

'리리아의 말로는 금방이라도 쓰러질 것처럼 약해 보이는 노인이라고 했는데…….'

정작 눈앞에 있는 노인은 약해 보이기는커녕 쇠라도 씹어 먹을 것처럼 튼튼해 보인다. 가슴 근육이 젊은 그보다도 더 탄탄하다.

현역 기사라고 해도 믿을 지경이다.

'그동안 좋은 약초라도 먹었나?'

리자크가 오드만 대한 의문을 이어 가고 있을 때다.

오드만이 안쪽을 향해 소리쳤다.

"스승님! 스승님! 나와 보십시오. 제자가 되겠다는 사람이 찾아왔습니다."

말이 채 끝나기도 전에 문이 벌컥 열리며 한 사람이 나는 듯이 뛰어나왔다.

람스였다.

"제자가 되겠다는 사람이 찾아왔다고?"

그는 대뜸 리자크의 손을 덥석 잡았다.

"잘 왔네. 환영하네."

그야말로 극진한 환영이었다.

리자크는 의아했다.

반백의 노인에게 스승 소리를 듣고 있는 사람.

아직 20대 초반의 젊은이가 아닌가!

아마도 이 사람이 소문의 그 탑주일 것 같은데…….

이건 젊어도 너무 젊다.

반백의 노인이 새파랗게 젊은 사람에게 스승님이라고 부르는 것도 영 적응이 안 된다.

"어서 오게, 어서 와. 제자가 되겠다고? 대환영일세."

람스는 리자크의 손을 붙들고 흡족한 표정을 지었다.

오드만을 제자로 들인 지 반년 만에 새로운 사람이 나타났다. 게다가 이번엔 나이까지 젊은 청년이다.

람스는 리자크의 출현이 더없이 만족스러웠다.

하지만 리자크의 생각은 달랐다.

그의 목적은 어디까지나 상황 파악이다. 일단은 이 엉성한 헬리오스 마탑이 어떤 곳인지 파악하는 게 우선이다.

제자가 되고 안 되고는 그 이후의 문제다.

"전 그저 이곳이 어떤 곳인지 궁금해서 왔을 뿐입니다."

"그, 그래?"

람스의 얼굴에 실망이 걸렸다.

제자 될 사람이 온 줄 알았더니, 이제 보니 단순한 구경꾼인 모양이다. 그러나 곧바로 이어진 리자크의 말에 그의 구겨진 표정이 활짝 펴졌다.

"물론 이곳이 마음에 들면 제자가 되겠다는 생각도 아예 없는 것은 아닙니다만……."

"그, 그런가? 신중하군. 하긴 마법사를 지망하는 사람이라면 모름지기 신중해야 하는 법이지."

람스의 말에 오드만이 고개를 끄덕이며 거들었다.

"그럼요, 그럼요."

리자크가 다시 물었다.

"저…… 그런데 이곳이 정말 헬리오스 마탑 맞습니까?"

이곳은 헛간이고 진짜 마탑은 따로 있길.

돌아온 대답은 실망스러웠다.

"헬리오스 마탑을 찾아온 것이라면 바로 찾아왔네."

"좀…… 허술하군요."

람스는 속으로 뜨끔했다.

'역시 너무 볼품없나?'

하긴 자신이 생각해도 그리 볼 만한 구석은 없다.

처음에 그도 이곳을 완전히 새로 뜯어고칠 생각이었다. 하지만 스승과의 추억이 있는 곳이라 차마 그러지 못했다.

'그래도 제자를 들이기 위한 일이라면…….'

추억은 과거의 일이다.

헬리오스 마탑의 번영을 위한 변신이라면 돌아가신 스승님도 이해하실 것이다.

"나중에 증축할 생각일세."

"그래요?"

그다지 신빙성 있어 보이지 않는 말에 리자크는 떨떠름한 표정을 지었다. 허름한 헛간과 같은 집을 마탑이라고 주장하는 사람들에게 무슨 돈이 있겠는가.

눈치를 살피던 오드만은 리자크의 속내를 짐작했다.

그는 경험이 많았다. 리자크의 표정만으로도 그가 무슨 생각을 하고 있는지 훤히 꿰뚫어 보았다.

그는 주저하고 있는 리자크의 손을 잡았다.

"자, 자, 그리 우두커니 서 있지만 말고 안을 한번 살펴보게. 겉보기보다는 제법 괜찮을 걸세."

리자크는 오드만의 손에 끌려 자칭 헬리오스 마탑이라 불리는 헛간 안으로 들어갔다. 과연 오드만의 말처럼 겉보기완 다르게 내부는 그럭저럭 봐줄 만했다.

아니, 오히려 어지간한 곳보다 더 아늑하게 꾸며져 있었다. 사람이 생활하는 데 필요한 가구와 집기들은 모두 갖추어져 있었으며, 청결 상태도 마음에 들었다.

'남자들만 사는 곳치고는 제법이군.'

남자 둘이 사는 마탑.

분명 지저분하고 퀴퀴한 냄새가 코를 찌를 줄 알았다. 웬걸,

하녀들이 일하는 어지간한 저택보다도 더 청결하고 깔끔했다.

'사는 곳은 그럭저럭 괜찮고, 그렇다면 실력은 어떨까?'

오드만은 이번에도 리자크의 생각을 읽었다.

그를 데리고 앞마당으로 나갔다.

"마법사가 되겠다면 당연히 헬리오스 마탑의 실력이 궁금할 테지."

오드만은 아직 손질이 끝나지 않은 커다란 통나무 하나를 가져왔다.

"우리 헬리오스 마탑의 마법은 대륙 어느 곳의 것과도 다르다네. 이제 자넨 그 차이가 무엇인지 알게 될 걸세."

오드만이 '핫' 하고 짧은 기합을 지르며 손바닥으로 통나무를 힘껏 쳤다.

쿠콰쾅!

벼락이라도 떨어진 듯 묵직한 폭음이 울렸다.

그 충격이 얼마나 대단했던지 두꺼운 통나무가 주르륵 뒤로 3미르나 밀려 나갔다.

"……!"

리자크는 깜짝 놀랐다.

다 늙은 노인의 괴력에도 놀랐지만, 그보다 더 놀라운 것은 마법을 보여준다면서 차력을 보여 주는 행태다.

'역시 이곳은 마탑이 아니었군.'

분위기로 보나 사람들의 태도로 보나, 이곳 사람들은 마법사라기보다는 전사에 가깝다.

 그러니 마법을 보여준다면서 괜한 통나무 후려치기나 보여주지.

 그때, 오드만이 말했다.

 "아직 아닐세. 내가 후려친 통나무를 잘 보게."

 리자크가 무심결에 통나무를 보았다.

 오드만이 후려친 통나무엔 손자국이 깊숙이 새겨져 있었다. 특이한 것은 그 손자국에 붉은 기운이 넘친다는 것이다.

 "저건…… 불?"

 붉은 기운은 다름 아닌 불이었다.

 통나무의 겉껍질에 손바닥 모양으로 불이 붙었다.

 오드만이 뿌듯한 표정으로 말했다.

 "이게 바로 헬리오스 마탑의 마법일세. 난 아직 수양이 낮아 고작해야 손바닥 정도의 불길밖에는 만들지 못했지만, 능숙하게 되면 이 커다란 통나무를 한순간에 재로 변화시킬 수도 있다네."

 그제야 리자크도 조금 놀랐다.

 "이게 마법이란 말입니까? 하지만 분명 주문도 외우지 않았고 지팡이도 사용하지 않았습니다만……"

 "내가 이미 말하지 않았는가. 헬리오스 마탑의 마법은 다른 마탑의 것과는 다르다고."

 "그런……"

내내 무시하던 표정이던 리자크의 눈빛에 흥미와 호기심이 감돌았다.

깊은 산속에 처박혀 있는 허름한 마탑.

그 실력도 뻔할 것이라고 생각했다.

그런데 웬걸. 이건…… 상상 이상이다.

어쩌면 엄청난 보물을 발견한 것인지도 모른다는 생각이 들었다.

"저…… 그럼 탑주님의 실력은 어느 정도시죠?"

"궁금한가?"

람스가 물었다.

리자크가 마른침을 삼키며 고개를 끄덕였다.

"궁금합니다."

"그럼 보여주도록 하지."

람스가 성큼 앞으로 나섰다.

우두커니 서 있던 오드만이 돌연 그의 앞을 가로막았다.

"아, 아닙니다, 스승님. 이런 일에 굳이 스승님께서 힘을 쓰실 필요는 없습니다."

"하지만 그가 궁금하다고 하는데……."

오드만이 비밀 이야기를 하듯 람스의 귓가에 중얼거렸다.

"스승님, 처음부터 이 청년에게 모든 걸 보여주시면 흥미가 식어 버립니다."

"흥미가 식어?"

예전에는 오드만에게 존대를 하던 람스다. 하지만 이젠 편하게 그를 대하고 있다. 오드만 또한 람스에 대한 존칭에 존경심이 흘렀다. 스승과 제자의 사이가 확고해졌음을 알 수 있었다.

"그렇지요. 모름지기 사람을 꾈 땐 처음부터 모든 걸 다 보여주지 말아야 합니다. 적당히 감추는 것이 있어야 호기심을 가지고 계속 흥미를 보이는 법입니다."

일리가 있는 말이었다.

람스는 수긍하며 고개를 끄덕였다.

"그럼 조금만 보여주도록 하지."

오드만이 앗 뜨거 하는 표정으로 다시 말했다.

"스, 스승님, 작은 볼거리도 곤란합니다."

"왜?"

"흥미가 식으니까요."

"그래서 일부만 보여준다니까."

"하지만 저 친구가 그 말을 믿을까요?"

"……?"

"스승님께선 작은 재주를 보여주시면서 이렇게 말씀하시겠지요. '이건 내 능력의 일부에 불과하다. 네가 제자가 된다면 더 대단한 것들을 알려 주겠노라.' 이렇게 말이죠."

람스가 고개를 끄덕였다.

오드만의 말이 이어졌다.

"하지만 저 친구는 스승님의 말씀을 믿지 않을 겁니다. 아마도 이렇게 생각하겠죠. '아, 고작 저 재주가 전부구나.' 죽어도 스승님께서 다른 재주를 감춘다고는 생각하지 않을 겁니다."

람스가 다시 생각해 보니 그럴듯했다.

"그럼 내가 어떻게 하면 되지?"

"스승님께선 그저 가만히 계십시오. 저 사람에 대한 일이라면 제가 다 알아서 하겠습니다."

"그러게."

람스가 한발 물러섰다.

오드만은 안도의 한숨의 쉬었다.

정말 큰일 날 뻔했다.

람스가 잔재주를 보여준다면서 헬게이트라도 열어 버리면 어떻게 될까.

생각만으로도 아찔하다.

헬게이트 너머로 마족의 모습이라도 보게 된다면 이 순진한 청년은 아마도 곧바로 기절해 버릴 것이다.

"이보게, 청년."

"리자크라 불러 주십시오."

"그러지. 리자크, 자네…… 마법사가 되고 싶다고 했나?"

오드만의 질문에 리자크가 슬쩍 시선을 피하며 대꾸했다.

"뭐, 그런 셈입니다."

"흐음, 마법을 배우고 싶다 이 말이로군. 그런데 자네, 돈은 있나?"

"없습니다."

"그럼 배경이라도 든든한가?"

"아닙니다."

"허허, 돈도 없고 배경도 없다. 그렇다면 마탑의 제자가 되는 것이 결코 쉽지는 않겠군."

"그런…… 셈이지요."

"그렇다면 이곳이 바로 자네에게 제격일세. 현재 헬리오스 마탑은 특별 행사 기간일세. 제자가 되려는 사람에게 기부금도 받지 않고 나이나 자질과 같은 제한도 과감히 철폐했지. 자네가 정말 마법사가 될 생각이라면 이곳보다 조건이 좋은 곳은 없을 걸세."

"그건 그렇습니다만……."

리자크는 여전히 고민하는 모습을 보였다.

오드만이 그의 곁에 다가가 귓속말로 속삭였다.

"지금 당장 결정하기 어렵다면, 한 달간 수습 제자로 지내보는 건 어떤가?"

"수습 제자요?"

"그렇지. 이곳에서 한 달 간 머물면서 마탑의 생활을 간접 체험하는 걸세. 헬리오스 마탑의 제자가 될지 말지는 그 이후에 결정하면 되는 걸세."

오드만의 말에 리자크는 눈이 번쩍 뜨였다.

그야말로 그가 원하던 조건이 아닌가.

공짜로 숙식을 해결하며 이곳에서 시간을 보낸다면 그로서는 더 바랄 것이 없다. 적당히 눈치를 보고 수양을 쌓는 척하다가, 한 달이 지나서 적성에 안 맞는다고 그만두면 되는 일이다. 한 달이나 버티고 있다가 내려가면 여동생도 그의 노력을 어느 정도는 인정해 줄 테고 말이다.

리자크는 오드만이 던진 미끼를 덥석 물었다.

"좋습니다. 그렇게 하지요."

오드만이 짙은 미소를 지었다.

"잘 생각했네. 결코 후회하지 않을 게야."

* * *

리자크는 곧바로 헬리오스 마탑의 수습 제자가 되었다.

한 달 간 헬리오스 마탑에서 생활하며 이곳 생활을 간접 체험하는 것이다. 수습 기간 동안 리자크는 말로 표현 못할 정도로 편안한 시간을 보냈다. 그를 대하는 람스와 오드만의 태도는 그야말로 극진했다.

청소며 빨래며 모두 오드만이 도맡아 처리하고, 매끼 고기 반찬이 올라왔으며, 수련도 없었다.

그가 하는 것이라곤 먹고 놀고 자는 게 전부였다.

전에도 뚱뚱했지만, 이젠 그와는 비교도 안 될 정도로 뒤룩뒤룩 살이 올랐다. 어느 날, 때가 무르익었음을 깨달은 오드만이 리자크에게 물었다.

"자네가 온 지도 오늘로써 한 달째군. 어떤가? 헬리오스 마탑에서의 생활이."

"만족스럽습니다."

리자크가 방만한 자세로 앉은 채 히죽 웃음을 보였다.

그가 말을 할 때마다 항아리처럼 튀어나온 배가 힘겹게 들썩였다.

"만족스럽다니 다행이군. 그럼 이제 슬슬 결정할 때가 되었군. 어떤가? 헬리오스 마탑의 제자가 될 텐가, 아니면 이곳을 나가겠는가?"

리자크가 눈동자를 빙글 굴렸다.

그는 이곳의 생활이 무척 마음에 들었다.

매끼 풍족한 식사에 하루 종일 놀아도 누구 하나 건드리는 사람이 없다. 특별히 수행을 한답시고 고행을 강요하지도 않는다. 이런 안락한 생활을 포기하고 다시 잔소리를 쏟아 내는 누이동생의 곁으로 돌아갈 생각을 하니 벌써부터 입맛이 쓰게 느껴진다.

"생각 같아서는 헬리오스 마탑에 남고 싶습니다만……."

"왜? 걸리는 일이라도 있는가?"

"그것이…… 몇 가지 걱정되는 일이 있어서 말입니다."

"뭐가 걱정되는가? 혹 우리가 자넬 서운하게 대한 것이라도 있는가?"

"그건 아닙니다."
"그럼?"
"두 분께선 절 너무도 극진히 대해 주셨습니다. 한 달 동안 정말 편했지요. 전 다만…… 이곳의 제자가 되자마자 그런 편한 생활이 끝나지는 않을까 걱정이 됩니다."
"허허, 별걸 다 걱정하는군. 그래, 구체적으로 어떤 점이 걱정되는가?"
"가령 지금은 두 분께서 귀찮은 일들을 도맡아 처리해 주고 계시지 않습니까? 청소라든가 빨래라든가."
"사실 내가 다 하고 있네."
"제자가 되면 제가 그 일을 해야 되지 않을까……."
"허허허, 걱정할 필요 없네. 우리가 설마 자네에게 그 일을 시키겠는가? 나와 스승님은 절대로 자네에게 그런 일을 강요하지 않을 걸세."

리자크는 반색했다.

설마 이렇게 쉽게 응할 줄이야.

내친김이다.

그는 눈치를 보며 터무니없는 요구를 이어 나갔다.

"그리고 갑자기 수련을 시킬까 두렵습니다. 전 지금처럼 놀고 싶습니다."
"놀고 싶다라……. 그 또한 문제없네. 놀고 싶다면 얼마든지 놀아도 되네. 스승님과 난 절대로 자네에게 강요하지 않을 걸세."

"사냥이라든가 돈을 벌어 오라는 요구도 안 하시겠죠?"

"물론이지. 얼마든지 약속할 수 있네. 스승님과 난 절대로 그런 요구를 하지 않을 걸세."

"잔심부름도 시키지 않으실 거죠?"

"허허, 물론일세. 스승님과 난 지금과 다름없이 자넬 금이야 옥이야 소중하게 대할 걸세."

그밖에도 리자크는 얼토당토않은 요구를 이어 갔다.

그때마다 오드만은 '스승님과 난……'이라는 말로 흔쾌히 허락했다. 세세한 내용까지 모두 허락을 받은 리자크는 속으로 쾌재를 불렀다.

'미련한 사람들이로구나. 이런 터무니없는 약속을 하다니. 그만큼 제자에 목매달았다는 증거겠지?'

그로서는 손해 볼 일이 아무것도 없다.

'그래도 혹시 모르니 확실하게 해둬야지.'

리자크는 슬며시 종이 한 장을 꺼냈다.

"오드만 님을 못 믿는 건 아니지만, 확실히 해두고 싶은데……."

오드만이 만면에 인자한 미소를 흘리며 고개를 끄덕였다.

"허허허, 뭐든 확실한 게 좋겠지. 원한다면 얼마든지 해도 괜찮네."

신이 난 리자크가 약속한 내용들을 종이에 적어 내려갔다.

내용을 재삼 확인받고 람스와 리자크의 서명까지 받은 다음에야 희희낙락한 표정으로 두 사람에게 절을 했다.

"그럼, 앞으로 잘 부탁드리겠습니다. 스승님, 사형."

람스와 오드만이 미소를 지었다.

"제자가 된 것을 환영하네."

"후후후, 정말 기쁘게 생각하네. 사, 제."

오드만의 말투에 어딘가 모르게 가시가 돋쳐 있었다.

리자크는 크게 개의치 않았다.

'날 괴롭히려 해도 소용없을걸. 이미 약조한 내용이 있으니까 말이야. 스승님과 사형은 절대로 날 괴롭힐 수 없어. 흐흐흐흐.'

그는 속으로 휘파람을 불었다.

이제 앞으로 남은 인생은 불행 끝, 행복 시작이다.

젊은 스승과 늙은 사형의 내조를 받으며 놀기만 하면 되는 것이다.

'그야말로 행복한 인생이군.'

리자크는 속으로 껄껄 웃었다.

그러나 그는 몰랐다.

앞으로 그에게 펼쳐진 미래는 결코 행복한 인생이 아니라는 것을. 오히려 절망적인 인생에 가까우리라는 것을.

헬리오스 마탑의 제자가 된다는 것이 무엇을 뜻하는 것인지, 그는 다음 날이 돼서야 깨달을 수 있었다.

* * *

 다음 날, 해가 중천에 뜨도록 리자크는 지난 한 달 동안 그랬던 것처럼 방 한구석에서 빈둥거렸다.
 그렇게 하릴없이 빈둥거리다 보니 문득 배가 고파졌다.
 "식사 때가 된 것 같은데."
 늙은 사형이라도 불러 볼까 생각할 때였다.
 때마침 벌컥 문이 열렸다.
 리자크는 늙은 사형이 식사를 챙겨 들어오는 것이라 생각했다. 문을 열고 들어온 사람을 향해 기쁘게 외쳤다.
 "사형, 사제가 배고픈 걸 알고 또 식사를……."
 말을 하다 말고 그의 두 눈이 찢어질 듯이 홉떠졌다.
 문을 열고 들어온 사람은 사형이 아니었다.
 아니, 애초에 그것은 사람조차 아니었다.
 시커멓고 거대한데다 머리에 긴 뿔까지 있는 끔찍한 괴물이었다.
 "마족?"
 그렇다.
 바로 마족이었다.
 그 이름 디스터.
 마족이라는 말에 디스터가 활짝 웃었다.
 물론 갓난아이가 보면 당장에 자지러질 듯한 그런 흉측한 웃음이었다.
"이 녀석, 아직도 정신을 못 차렸네."
"네?"
정말이다. 리자크는 실제로도 정신을 차릴 수 없었다.
밑도 끝도 없이 돌연 마족 출현!
이 무슨 과감한 전개란 말인가.
지금 꿈을 꾸고 있는 것은 아닌지 의심이 들 지경이었다.
"가자."
디스터가 대뜸 그의 뒷덜미를 들고는 방을 나섰다.
방 밖엔 람스와 오드만이 그를 기다리고 있었다.
"스승님! 사형!"
스승과 사형을 발견한 리자크가 반가운 표정으로 외쳤다. 착하고 순진한 스승과 사형이 당장이라도 그를 이 위기에서 구해 줄 것만 같았다.
아니었다.
"나왔냐? 가자."
람스가 무심한 음성으로 말하며 성큼 걸음을 옮겼.
리자크를 흘끔 돌아본 오드만도 앞서 간 스승의 뒤를 총총 따라갔다.
리자크는 혼란에 빠졌다.
"가다니요? 어딜 간다는 말씀이십니까?"
"몰라서 물어? 당연히 수행을 하러 가는 거지. 이제 마탑의 제자가 되었으니 마법사가 되기 위한 수행을 해야 하지 않겠느냐?"

"네?"

리자크는 모든 것이 혼란스러웠다.

뒤늦게 속았다는 것을 깨달았다.

"스승님! 사형! 어떻게 제게 이럴 수가 있습니까?"

오드만이 그를 돌아보며 반문했다.

"뭐가?"

"분명 어제 약속하지 않았습니까!"

"어떤 약속?"

"절 괴롭히지도 않을 것이며, 귀찮게 하지도 않을 것이라고 말입니다. 더더구나 수행은 절대 시키지 않을 것이라고 맹세하시지 않았습니까? 문서도 남기지 않았습니까?"

"아! 그거? 물론 남겼지."

오드만이 귀를 후비며 성의 없이 말했다.

"그래서 나와 스승님은 절대로 널 귀찮게 하지 않을 생각이야."

"네?"

리자크가 놀란 표정으로 쳐다보자 오드만이 히죽 웃음을 보였다.

"분명 약속했잖아. 나와 스승님은 절대로 널 귀찮게 하지 않을 거라고. 그래서 네 수련은 특별히 다른 분께 부탁할 생각이다."

"다, 다른 분이라니요?"

오드만이 디스터를 가리키며 말했다.

"인사드려라. 우리 마탑의 장로님 되신다."

"네에?"

리자크는 간이 배 밖으로 튀어나올 만큼 놀라고 말았다.

장로라고? 이 마족이?

덜덜 떨리는 눈으로 디스터를 올려다보았다.

디스터가 붉은 눈으로 그를 내려다보며 말했다.

"잘 부탁한다, 애송이."

딴에는 잘 보인답시고 미소를 보이는데, 정작 그의 미소를 접한 리자크는 안색이 하얗게 질렸다.

"마, 말도 안 돼!"

리자크는 비명을 지르고야 말았다.

* * *

수련 장소에 이르자 디스터는 리자크를 바닥에 내동댕이쳤다.

"어이쿠!"

리자크가 앓는 소리를 내며 바닥을 데굴데굴 굴렀다.

아픔을 달래며 주위를 둘러보니 계곡 입구였다.

바로 헬리오스 마탑의 공식 수련 장소였다.

리자크가 당황한 눈으로 주위를 둘러보는 동안 디스터가 람스에게 묵직한 목소리로 청했다.

"주인님, 제게 저 녀석을 맡겨 주십시오."

"왜?"

"저 녀석. 근본까지 썩어 빠진 놈입니다."

"뭐, 귀여운 수준이지."

"그래서 마음에 듭니다. 마음 놓고 망가뜨릴 수 있을 것 같군요."

디스터가 리자크를 힐끔 보며 입맛을 다셨다.

그 서슬 퍼런 눈빛에 리자크는 한기를 느꼈다.

그는 알 수 있었다. 이 순간 이후 자신의 인생이 람스의 말 한마디로 천국과 지옥으로 갈린다는 것을.

다행히 람스는 무심하지 않았다.

"아니야. 넌 너무 과격해. 리자크와는 맞지 않을 것 같다."

디스터는 잠자코 듣기만 했다.

그의 뜻대로 되진 않았지만, 조금의 불만도 비치지 않았다. 그저 람스의 말에 복종할 뿐이다.

"리자크의 수련은…… 그 녀석이 좋을 것 같다."

마음의 결정을 내린 람스가 가볍게 손을 내저었다.

쩍 하며 공간이 갈라졌다.

시뻘겋게 일그러진 균열을 바라보며 람스가 말했다.

"스키머."

차원의 균열 너머에서 새로운 존재가 나타났다.

검고 거대한 덩치의 디스터와는 달리 이번에 새로 나타난 존재는 호리호리하고 얼굴도 창백했다. 하지만 신장은 상당히 커서 성인 남자가 한참이나 올려다봐야 할 지경이었다.

"부르셨습니까."

스키머라 불린 마족이 람스에게 고개를 조아렸다.

"네가 할 일을 알고 있겠지?"

스키머가 리자크를 슬쩍 보며 답했다.

"저 가소로운 녀석을 교육시키면 될까요?"

"그래, 정신 상태부터 적당히 개조시키면 될 것 같다."

"맡겨 주십시오."

다시 한 번 람스에게 고개를 조아린 스키머가 리자크에게 고개를 돌렸다.

"들어서 알겠지만, 지금부터 널 가르칠 스키머다. 헬리오스 마탑의 장로지."

"자, 장로님요?"

리자크는 얼이 빠졌다.

이 마족도 장로라고?

대체 헬리오스 마탑은 어떤 곳이란 말인가!

그러나 그는 몰랐다. 똑같은 의문을 첫째 제자인 오드만 역시 품었다는 것을 말이다.

다짜고짜 스키머가 말했다.

"수련을 시작하겠다."

언젠가 디스터가 그랬던 것처럼 스키머 역시 람스가 열어 놓은 헬게이트에 손을 집어넣었다. 그러곤 울펜 한 마리를 꺼냈다.

"지금부터 넌 이 울펜과 싸워야 한다. 죽지 말고 쓰러트려라. 오늘 수련에서 네가 할 일은 오직 그것뿐이다."

"마, 마수와 싸우란 말입니까?"

리자크는 기가 질렸다.

마수라니!

첫 수업치고는 너무 엄청난 상대이지 않은가!

이건 이제 겨우 아장거리며 걸어 다니는 아기에게 정식 기사와 싸워서 이기라는 말과 같다.

"사, 사형! 설마 사형도 이런 수련을 겪은 겁니까?"

리자크가 늙은 사형, 오드만을 보았다.

오드만은…… 닭똥 같은 눈물을 줄줄 흘렸다.

왜 이러는 거지?

뭔가 잔뜩 억울한 표정이다.

"난……."

"……?"

"처음부터 세 마리였다, 망할 자식아."

* * *

오드만의 대답에 리자크는 경악하고 말았다.

세 마리?

설마 이 괴물을?

순간 오드만이 존경스러워졌다.

더불어 그의 멋진 근육이 어떻게 만들어졌는지도 이해할 수 있었다. 이런 괴물들을 매일 상대한다면 다 죽어 가는 노인이라도 건장한 전사로 재탄생할 것이다.

"그렇게 넋 놓고 있다간 죽는다."

스키머가 조용한 음성으로 말했다.

아니나 다를까.

잠시 딴생각을 하는 사이 울펜이 그의 머리를 부숴 버리기 위해 몸을 날리고 있었다.

"으헉!"

리자크는 비명을 지르며 급히 몸을 숙였다.

"흘흘흘. 그놈, 뚱뚱한 것치곤 제법 몸이 빠르군. 가르치는 맛이 있겠어."

게으르고 둔해 보이는 놈이 몸놀림 하나만큼은 일품이다.

위기 때마다 용케 몸을 피한다.

적어도 피하는 쪽으로는 재능이 있어 보였다.

"이건 차별인데요."

오드만이 불만을 표했다.

디스터가 그를 내려다보며 물었다.

"뭐가?"

"전 처음부터 세 마리였습니다. 다 죽어 가는 늙은이도 세 마리였는데, 젊고 팽팽한 녀석은 한 마리라니요. 이건 불공평한 처사입니다."

"뭐야, 그런 거였냐?"

디스터가 심드렁한 목소리로 말했다.

"걱정 마. 이걸로 끝이 아니니까. 나완 달리 스키머 저 녀석은 섬세하거든."

"그건 장점이잖습니까?"

디스터의 무식함에 기가 질릴 지경이다.

무턱대고 공격하고 때리고 부수고.

그에 반해 스키머는 섬세한 성격이란다.

그에게서 배우게 될 리자크가 조금은 부럽게 느껴졌다.

그러나 실상은 그렇지 않았다.

"그래, 녀석은 섬세해. 그래서 섬세하게 괴롭히지."

"네?"

"난 대충대충 넘어가는 것도 녀석은 용납하지 않거든. 조그만 실수도 용서하지 않지. 저 녀석을 만족시키려면 단 하나의 오점도 찾을 수 없을 만큼 완벽해야 해. 그래서 오히려 더 괴로울 게야. 두고 봐. 스키머에게 걸린 이상 리자크 녀석도 결코 무사하지는 못할 테니까 말이야."

그의 말은 사실이었다. 스키머는 섬세했다. 그래서 한 마리의 울펜으로 리자크를 죽기 직전까지 괴롭혔다.

그것도 무려 하루 온종일, 잠시도 쉬지 않고 말이다.

물량으로 육체를 단련시키는 디스터와 달리 스키머는 정신의 극한까지 리자크를 내몰았다.

"흐흐흐, 모름지기 인간의 욕구 중에 가장 참기 힘든 것이

잠과 굶주림, 그리고 성욕이지. 내가 너에게 행할 것이 바로 그러한 욕구들을 참아내는 훈련이니라. 흐흐흐, 기대해도 좋다. 내 수련을 견뎌 내면 넌······."

"가, 강해집니까?"

"아니다."

"그, 그럼······."

"욕구불만의 정점에 설 수 있을 것이니라. 흐흐흐흐."

"······!"

대체 욕구불만의 정점에 서는 것이 무슨 쓸모가 있단 말인가. 따져 묻고 싶었지만, 그러기엔 심신이 너무 지쳤다. 그는 곧 혼절하듯 수면에 빠지고 말았다.

"흐흐흐, 고놈 벌레처럼 꿈틀거리며 자는 모습이 참으로 귀엽구나."

리자크를 내려다보는 스키머의 눈빛이 섬뜩하기 그지없었다.

오드만은 자신도 모르게 몸을 부르르 떨었다. 자신을 가르치는 마족이 디스터인 것이 그렇게 기쁠 수가 없었다.

한편, 하루 온종일 이어진 수련에 지쳐 쓰러진 리자크를 보고 람스는 불만 어린 목소리로 중얼거렸다.

"역시 내가 직접 할 걸 그랬나?"

섬뜩한 마족의 수련마저도 터무니없이 부족하다고 생각하시는 탑주님이었다.

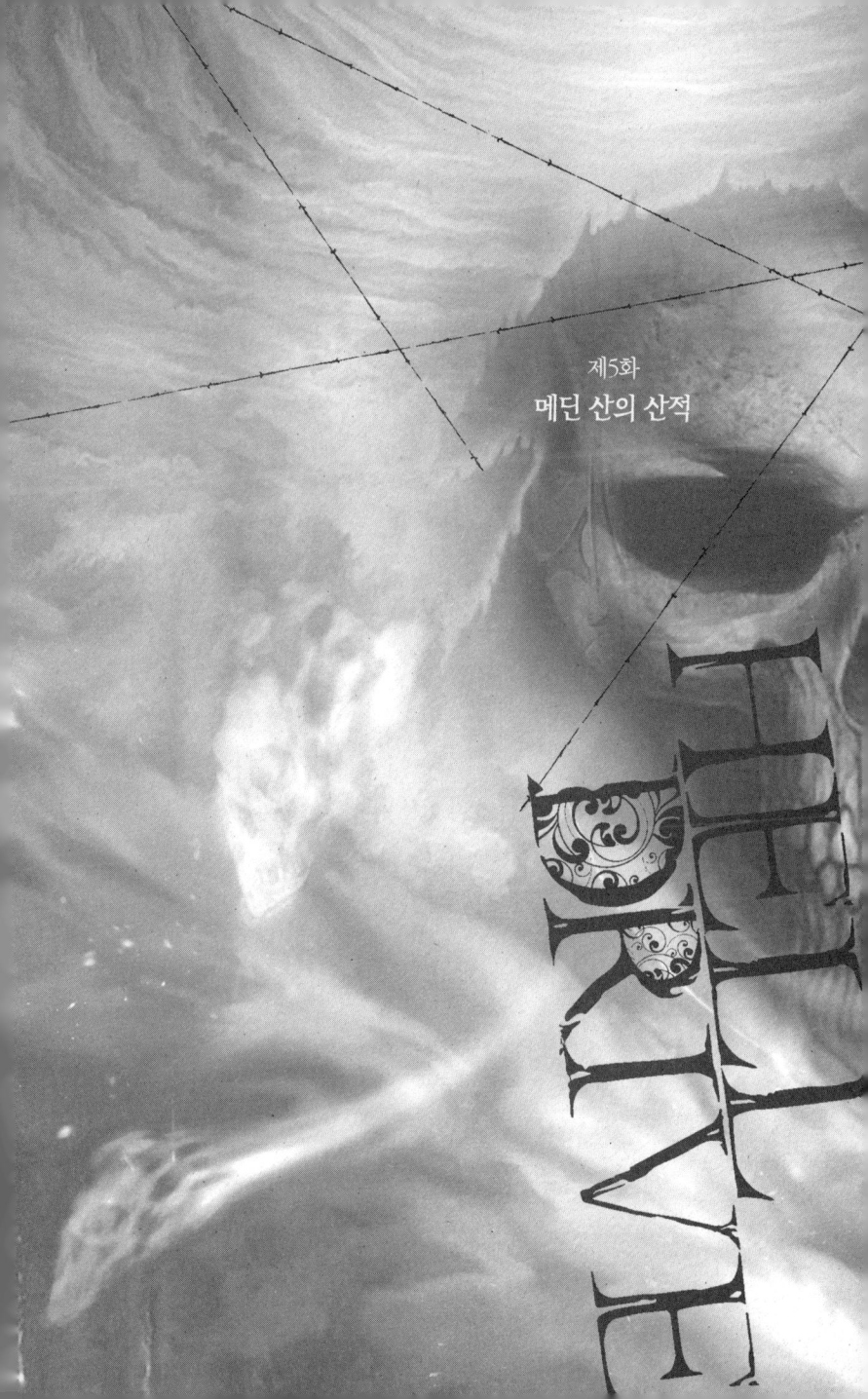

메딘 산맥 아래의 작은 마을.

그곳에 초라한 여관이 하나 있었다.

이름도 없는 이 여관은 사실 여러 가지 이유로 일대에 유명세를 떨쳤다. 일단 메딘 산의 촌락 중 유일하게 여행자가 쉬어갈 수 있는 여관이라는 점이 첫 번째 이유였고, 어린 오누이가 이 여관을 운영한다는 점이 두 번째 이유였다.

그리고 마지막 세 번째 이유는 바로 여관의 주인인 리리아가 산골 마을에서는 좀처럼 볼 수 없는 매우 뛰어난 미녀라는 점이다. 해가 뜨기 무섭게 여관의 주인이자 주방장인 리리아는 여느 날과 다름없이 영업 준비를 서둘렀다.

여관의 특성상 일찍부터 손님이 오는 경우는 매우 드물었다. 굳이 아침 일찍부터 청소를 서두를 필요는 없었다.

그럼에도 그녀는 하루도 거르지 않고 이와 같은 일상을 반복했다. 부모님이 살아 계실 때부터 해오던 일이라 인이 박혔다.

식탁을 닦고, 바닥을 쓸었다.

깨끗해진 여관을 보니 마음까지 개운해졌다.

문득, 그녀는 메딘 산을 올려다보았다.

"오빠는 잘 있을까?"

말썽쟁이 오빠가 헬리오스 마탑의 제자가 되겠다며 메딘 산을 오른 지 어느덧 1년이 지났다.

처음엔 며칠 못 견디고 돌아올 거라 생각했다.

그런데 예상과 달리 오빠는 무려 1년이나 버티고 있었다. 게다가 무슨 바람이 들었는지 부단히도 수련에 열중했다. 마치 수련을 안 하면 당장 죽게 될 사람처럼 미친 듯이 헬리오스 마탑의 마법에 빠져들었다.

게으른 오빠에게 그런 열정이 있을 줄이야!

놀라운 변화다. 또한 기분 좋은 변화이기도 했다.

헬리오스 마탑의 수련은 생각보다 힘든 모양이었다.

산을 오른 지 두 달 만에 모습을 보인 오빠는 예전과는 확연하게 달라져 있었다. 맥주 통처럼 뚱뚱하던 모습은 온데간데없이 사라졌다. 대신 바짝 마른 허수아비와 같은 몰골로 변해 버렸다.

걱정도 되었다.

헬리오스 마탑의 수련이 너무 힘든 것은 아닐까?

몰래 탑주인 람스에게 물어보기도 했다.

오빠가 재능이 없는 건 아니냐고.

너무 말라서 걱정이라고.

혹시 자질이 부족한 것이라면 괜한 고생시키지 말고 집으로 돌려보내 달라고.

그녀의 우려에 람스는 빙그레 미소 지었다.

"재능이 없다니요. 아닙니다. 리자크는 놀라운 재능의 소유자입니다. 저도 깜짝 놀랄 수준이에요."

"하지만 요즘 오빠의 모습이 너무 수척해 보여서 걱정이에요."

"아! 그건 건강해지기 위한 필수 단계입니다. 곧 건강해질 테니까 걱정할 필요 없습니다."

람스의 말을 들으니 이상하게 긴장이 풀리고 안심이 되었다. 그래서 그녀는 몇 달 더 지켜보기로 결심했다.

과연 람스의 말은 사실이었다.

그로부터 불과 한 달이 채 지나기 전에 리자크는 건강해졌다. 그렇다고 예전처럼 살이 뒤룩뒤룩 오른 것은 아니다.

오히려 보기 좋게 근육이 생기면서 체격이 좋아졌다.

말투도 씩씩하게 변하고 매사에 수동적이던 성격도 적극적으로 변했다. 과거의 나태하고 게으르던 모습은 어디에도 남아 있지 않았다. 어째서 마법 수련을 하는 오빠가 날이 갈수록 근육질의 건장한 모습으로 변해 가는지는 의문이지만, 어쨌든 즐거운 변화가 아닐 수 없었다.

"모두 탑주님 덕이지."

나약한 오빠가 씩씩하고 활기차게 변한 것은 모두 그분 덕이다.

"그나저나 요즘 영 장사가 안 되네."

리리아의 고운 미간에 깊은 고랑이 패였다.

그녀와 어린 동생이 운영하는 여관은 최근 경영난에 허덕이고 있었다. 여관의 주 고객은 가끔 메딘 산을 넘어가는 상인이나 여행객들. 애초에 메딘 산을 넘어가는 사람도 많지 않았던 데다 최근엔 흉흉한 소문 때문에 그나마도 발길이 뚝 끊기고 말았다.

"산적이 문제야, 산적이."

최근 이 일대에 행인들을 노리는 산적이 생겼다.

산적이라면 전에도 몇 번 생긴 적이 있었다.

그때마다 영주의 군대가 토벌을 하곤 했는데, 이번에 생긴 산적들은 과거와는 그 세력이 비교도 할 수 없이 대단했다.

영주가 보낸 토벌대를 한두 번도 아니고, 세 번이나 막아냈다. 어지간한 영지의 영지군보다도 더 대단한 전력을 보유하고 있다는 소문이 인근에 파다하게 퍼졌다.

그 때문인지 산적들의 소행은 날로 악랄해졌다.

메딘 산을 지나는 사람들의 발길이 뚝 끊긴 것은 그 때문이다.

"누나."

여관 문이 열리며 귀여운 소년이 들어왔다.

동생인 리들이었다.
"손님은?"
리리아의 물음에 리들은 고개를 좌우로 저었다.
이번에도 허탕이다.
리리아는 절로 한숨이 나왔다.
"큰일이네."
손님이 한 명도 없게 된 지 벌써 석 달이다.
이미 모아 놓은 돈은 바닥난 지 오래다.
리리아는 그만 여관을 접을까 고민했다.
사실은 오래전에 접었어야 했다.
손님이 많을 때도 그다지 큰 이득을 못 보던 여관이다.
부모님의 손때가 묻은 곳이 아니라면 일찌감치 팔아 버렸을 것이다.
"리들, 아무래도……."
리리아가 어렵게 여관 문제를 꺼낼 때였다.
창밖에서 웅성거리는 사람의 인기척이 들려왔다.
곧 문이 열리며 몇 사람이 여관 안으로 들어왔다.
"어서…… 아! 오빠."
손님인 줄 알았더니 오빠인 리자크다.
그 뒤로 오빠의 사형인 오드만과 스승인 람스의 모습도 보인다.
"오늘도 손님이 없니?"

여관 안을 둘러본 리자크가 인상을 찡그린다.

일주일 전에 왔을 때도 손님이 전혀 없었다. 그런데 오늘도 빈 식탁만 보일 뿐이다.

"산적 때문이냐?"

리리아는 침울한 얼굴로 고개를 끄덕였다. 무척 힘든 모양이다.

리자크가 그녀의 어깨를 두드려 주었다.

"힘내."

여동생을 향한 그의 목소리에 안쓰러움이 가득하다.

예전에는 볼 수 없었던 모습이다. 헬리오스 마탑의 제자가 된 이후로 오빠는 그야말로 사람 냄새 풍기는 호인이 되었다.

"괜찮아, 오빠."

리리아는 애써 웃음을 보였다.

"배고프지? 자리에 앉아. 내가 음식을 준비할게."

리리아가 손을 닦으며 주방으로 향했다. 굳은 표정으로 그 뒷모습을 보던 리자크가 람스와 오드만 곁에 앉았다.

"산적이 있어?"

람스가 물었다.

"그렇습니다, 스승님."

리자크가 공손하게 대답했다. 그 또한 과거에는 볼 수 없었던 모습이다. 그는 언제나 거만하고 다른 사람을 눈 아래로 깔아 보는 경향이 있었다.

하지만 이젠 달라졌다.

스승과 사형을 한없이 공경하고 사람을 어려워할 줄도 안다. 그게 다 헬리오스 마탑의 교육을 받은 덕이다.

다른 건 몰라도 정신 개조만큼은 가장 확실하게 하는 곳이 바로 헬리오스 마탑이다.

"산적들이 메딘 산 어딘가에 자리를 틀고 앉아 지나는 행인들을 노리는 모양입니다. 지난주에 처음 산적 이야기를 들었는데, 분위기를 보아하니 이렇게 된 지 벌써 여러 달인 모양입니다."

"힘들겠군."

여관에 손님이 없으면 힘들어지는 것은 당연지사.

이 여관 하나만 믿고 있는 리리아와 리들이 얼마나 고생을 하고 있을지는 안 봐도 뻔하다.

"그저 답답할 뿐입니다."

리자크는 한숨을 포옥 내쉬었다.

고생하고 있는 동생들이 안쓰럽기 그지없었다.

"도와주고 싶냐?"

"물론입니다. 하지만 전…… 그럴 능력이 없습니다."

"왜 없어? 산적이 문제라면 치워 버리면 되잖아."

영지군마저 몰아낼 정도의 산적 무리가 람스에겐 방 한구석에 쌓인 먼지처럼 보이나 보다.

"네?"

리자크가 놀란 얼굴로 되물었다.

람스가 말했다.

"그렇게 동생들이 신경 쓰이면 직접 해결하란 소리다. 가족과 네 자신을 지키기 위해서 죽자고 수련한 거잖아. 안 그래?"

아니었다.

'스승님과 사형에게 사기를 당한 거잖아요!'

리자크는 속으로 부르짖었다.

그가 헬리오스 마탑을 찾은 것은 어디까지나 호기심 때문이었다. 제자가 된 것은 사기를 당한 탓이요, 죽자고 수련을 한 것은 살아남기 위한 어쩔 수 없는 선택이었다.

하지만 결과적으로는 옳은 말이다. 억지로 익히게 된 힘이지만, 이럴 때 사용하지 않는다면 의미가 없다.

"저 혼자 힘으론 불가능합니다. 토벌군도 몰아낼 정도로 실력이 대단한 놈들이라고 하던데요."

"충분해."

"하지만……"

"왜? 불안해?"

"솔직히 그렇습니다."

수련을 시작한 지 이제 고작 1년이다.

제법 강해졌다는 것은 알고 있다. 하지만 상대는 닳고 닳은 도적 무리다. 그런 놈들을 상대로 고작 1년 동안 수련한 그가 무슨 도움이 될까 싶었다.

"흠, 전혀 걱정할 필요 없을 텐데……"

리자크의 소극적인 태도에 람스는 나직이 혀를 찼다.

그의 실력이라면 도적 무리쯤은 충분히 소탕하고도 남을 텐데. 무려 1년이나 지옥 같은 수련을 했음에도 아직 이 모양이라니.
 '경험 문제로군.'
 제자들은 이미 마수들과의 싸움엔 프로라 불릴 만했다.
 오드만은 울펜 서른 마리를 한꺼번에 상대할 실력이고, 리자크도 열대여섯 마리 정도는 충분히 감당할 수 있다.
 하지만 두 사람 모두 사람과는 싸워본 적이 없었다.
 그래서 망설이는 것이다. 고작 산적들을 상대로 말이다.
 '언제 기회를 봐서 제자들의 실전 감각을 길러 줘야겠군.'
 어떻게 하면 좋을까?
 기왕에 하려면 제대로 하는 쪽이 좋을 것이다.
 '어느 나라의 기사단과 싸우게 하면 되겠군.'
 물론 기사 한 명과 싸우게 한다는 의미가 아니다.
 기사단 전체와 단체전.
 적어도 그의 제자라면 그 정도 실력은 돼야 한다.
 '이번 일이 끝나면 곧바로 자리를 마련해 봐야겠어.'
 람스는 제자들을 보며 빙그레 미소 지었다.
 겉으로 보기엔 마냥 부드러워 보이는 그런 웃음이었다.

　　　　　　　　*　　　*　　　*

 "자! 요리가 나왔습니다."

리리아가 큰 소리로 외치며 요리를 내왔다.

"오오! 향이 끝내주는군."

"맛은 어때요?"

"최고야!"

리자크가 엄지를 들어 보였다.

오드만도 입이 닳도록 그녀의 음식 솜씨를 칭찬했다.

람스는 두 사람처럼 호들갑을 떨지는 않았지만, 천천히 음미하듯 요리를 즐겼다.

그렇듯 일행이 식사에 열중하고 있을 때였다.

말발굽 소리와 함께 거친 사내들의 목소리가 들려왔다.

"이곳에 여자가 있다고?"

"믿을 수 없어. 이런 산골에? 배 나온 아줌마 아니야?"

"멀리서 할머니를 보고 착각한 건 아니고?"

"아니야. 내 두 눈으로 똑똑히 봤다니까. 분명 젊은 여자였어. 그것도 상당한 미인이었다고."

왁자지껄 떠드는 소리와 함께 일단의 무리들이 여관 안으로 쏟아져 들어왔다.

중년의 사내들.

다들 인상이 험악하기 이를 데 없었다. 저마다 한 손에는 무기를 들고 있었다. 짐승의 털로 된 옷을 입은 자들도 섞여 있었다. 얼마나 오랫동안 씻지 않았는지, 그들이 들어서자마자 여관 안이 악취로 진동했다.

"어? 정말이다!"
"대단한 미인인데?"
"이런 곳에 보석이 숨겨져 있을 줄이야."
리리아를 본 사내들이 눈을 휘둥그레 떴다.
개중 성질 급한 한 놈이 여관 안으로 성큼성큼 들어와 대뜸 리리아의 팔을 잡았다.
"흐흐흐, 가까이서 보니 더욱 미인이구나. 마음에 들었다."
더러운 입 냄새를 풍기며 주절거린 그가 대뜸 리리아를 번쩍 들어 어깨에 올렸다.
"꺅!"
리리아가 비명을 지르며 반항하는 것은 당연했다.
"이년! 반항하지 마라. 곧 이 호걸님들께서 너에게 새로운 재미를 알려 줄 것이니라."
그 말에 다른 사내들이 침을 흘리며 음침하게 웃었다.
"저 야들야들한 살맛을 볼 생각을 하니…… 으흐흐흐."
"꿀꺽, 침이 절로 넘어가네."
리리아를 잡아챈 작자가 승리한 개선장군처럼 여관을 나섰다. 멍하니 그 모습을 보고 있던 리자크에게 람스가 물었다.
"보고만 있을 거냐?"
그 말에 비로소 리자크가 정신을 차렸다. 워낙 창졸지간에 벌어진 일이라 멍청하게 넋을 놓고 있었다. 설마 벌건 백주 대낮에 사람들이 보는 앞에서 여자를 대놓고 납치하는 놈들이 있을 줄이야!

"이놈들이!"

자리에서 벌떡 일어난 리자크가 여관 밖으로 뛰어나갔다.

리리아를 납치한 녀석이 말안장에 오르고 있었다.

리자크는 빠른 걸음으로 다가가 대뜸 놈의 허리춤을 잡아당겼다. 말안장에 반쯤 올라갔던 사내는 뒤에서 누군가가 당기자 비명을 지르며 말 위에서 굴러 떨어졌다.

사내와 함께 있던 리리아 역시 말안장에서 떨어졌다.

리자크가 그녀를 조심스럽게 받았다.

"괜찮니?"

리자크가 잔잔한 목소리로 물었다.

"오빠!"

리리아는 왈칵 서러운 울음을 터트렸다.

여관 일을 하면서 험악한 상황은 여럿 겪었지만, 지금처럼 당황스럽고 무서웠던 적은 처음이다.

"괜찮다, 괜찮아. 오빠가 있잖니."

리자크가 동생의 머리를 쓰다듬으며 위로했다.

"잠시만 있으렴. 오빠가 해결할게."

그는 리리아를 여관 입구에 내려놓았다.

"이놈들!"

벌건 대낮에 여자를 납치해? 그것도 내 여동생을?

사내들을 노려보는 리자크의 눈동자에 시퍼런 광기가 떠올랐다.

"저놈은 또 뭐야?"

사내들은 갑자기 등장한 리자크로 인해 혼란에 빠졌다.

"아까 여관 안에 있던 놈들 중 하나잖아?"

누군지는 기억이 났다.

문제는 놈의 실력이 그리 만만해 보이지 않는다는 점이다.

사내들은 서로를 돌아보았다.

그중 한 사내가 앞으로 나서며 대뜸 고함을 질렀다.

"이놈! 우리가 누구인지 아느냐?"

"몰라, 그런 거."

리자크가 심드렁하게 대꾸했다.

지금 중요한 것은 자신의 소중한 여동생이 낯선 놈들에게 납치당할 뻔했다는 점이다.

그 외의 사실은 그 무엇도 중요하지 않았다.

사내들의 표정이 일그러졌다.

이 녀석, 반응이 왜 이래?

당황스럽다.

우리가 누구인지 아느냐고 소리치면 적어도 조금쯤은 놀란 표정이나 의심 정도는 떠올려야 할 것 아닌가?

사내들은 서로를 보며 눈짓을 주고받았다.

'좀 위험한 놈 아니야?'

'그럴 리가.'

'보아하니 저 여자의 오빠인 것 같은데?'

'누이동생이 당하는 꼴을 보고 눈이 돌아간 모양이야.'

'그럼 별거 아니겠네.'

'당연하지. 이런 촌구석에 살고 있는 녀석이 대단해 봐야 얼마나 대단하겠어? 우리 정체를 듣게 되면 당장 오줌을 지리며 살려 달라고 애원할걸.'

사내들은 여유를 되찾았다.

"흐흐흐, 우리가 누구냐 하면 말이다……."

"바로 메딘 산을 공포에 떨게 만든 산적님들이시다!"

"이놈! 당장 무릎을 꿇어라!"

"반항하면 네놈과 네놈의 누이동생을 모조리 죽여 버리고 말 테다."

사내들이 저마다 흉악한 무기를 휘두르며 리자크를 위협했다.

리리아가 걱정하던 산적들.

이들이 바로 그놈들이었다.

"산적들?"

사내들의 정체를 들은 리자크는 눈을 휘둥그레 떴다.

사내들은 득의양양했다.

'이놈, 이제야 놀라는 모양이구나.'

그러나 정작 리자크의 반응은 그들이 기대했던 것과는 영 딴판이었다.

"고작 너희들이었어? 그 대단하다는 산적이?"

"……!"

고작이라는 말에 사내들의 얼굴이 일그러졌다.

"고, 고작?"

"이 자식이……."

놀라야 할 리자크는 멀쩡한데, 오히려 사내들이 당황하며 말을 더듬는다.

"영주의 토벌군을 몰아낼 정도라기에 엄청난 괴물일 줄 알았는데……."

리자크가 미심쩍은 표정으로 산적들을 훑었다.

아무리 봐도 별 볼일 없는 놈들이다.

좀 더 그럴듯한 녀석들일 줄 알았는데.

리자크는 조금은 실망하는 표정을 지었다.

실상 그의 반응은 너무도 당연한 것이다.

그는 1년 전부터 매일같이 마수들과 사선을 넘나드는 사투를 벌였다. 사악하고 흉악한 마수들에 비하면 제아무리 대단한 인간이라도 하찮아 보일 수밖에 없다.

아무렴, 인간이 무서워 봤자 설마 지옥 밑바닥을 어슬렁거리는 마수들보다 더할까. 한편, 그의 싱거운 반응에 얼떨떨해하던 사내들이 뒤늦게 발작을 일으켰다.

"이, 이놈 자식이!"

"저런 빌어먹을 놈이!"

"고작? 고작이라고?"

"망할 자식! 당장 쳐 죽여 주마!"

흥분한 사내들이 우르르 리자크에게 달려들었다.

번뜩이는 흉기들이 시퍼런 살기를 머금었다.

"위, 위험해!"

경악한 리리아가 다급하게 소리쳤다.

구석에서 덜덜 떨고만 있던 리들은 그대로 바닥에 털썩 주저앉았다. 당장이라도 리자크의 몸이 흉한들의 무기에 뭉개져 버릴 것만 같았다.

그러나 정작 리자크는 한가로웠다.

"뭐야? 왜 이렇게 느려?"

병기를 휘두르며 달려드는 사내들의 모습.

한없이 느리다. 하품이 나올 지경이다.

바람같이 내달리는 울펜들에 비하면 느릿한 양 몇 마리와 노는 것처럼 한가롭기 그지없다.

공격을 피하기 위해 많이 움직일 필요도 없었다.

리자크는 가볍게 몸을 틀었다.

사내들의 흉측한 무기들이 리자크의 몸을 스치며 바닥으로 떨어졌다.

"엇?"

"뭐, 뭐야?"

가벼운 동작으로 공격을 피해 낸 리자크.

사내들이 그를 보며 놀란 신음을 흘렸다.

'이, 이놈, 이제 보니…….'

'보통 놈이 아니구나!'

뒤늦게 리자크의 수준이 자신들과는 비교도 할 수 없을 만큼 대단하다는 사실을 깨달았다.

물론 때늦은 후회였다.

"리리아의 복수를 해주마!"

리자크가 일갈하며 한 줄기 광풍처럼 사내들 사이를 누볐다. 그의 움직임이 워낙 빨라 사내들은 그저 시커먼 바람이 그들 사이를 휘감는 것 같다고 느낄 뿐이었다.

그것으로 끝이었다. 정신을 차렸을 때엔 이미 아랫배 쪽에 묵직한 통증이 새겨진 후였다.

그것은 참을 수 없는 극렬한 고통이었다.

"으아악!"

"흐윽!"

"컥!"

사내들은 처참한 비명을 지르며 바닥으로 쓰러졌다.

고통스러운 듯 게거품을 물고 발광을 하다 모두 기절하고 말았다. 건장한 사내들이 리자크의 주먹 한 방을 못 견딘 것이다.

"……."

일순간에 사내들을 쓰러트린 리자크는 잠시 멍하니 자신의 두 손을 내려다보았다.

"이게…… 이게…… 내가 한 일이란 말인가?"

메딘 산의 산적

누이의 일로 분노했다. 불같은 분노가 일어났다.

그래서 앞뒤 재지 않고 달려들었다.

사내들의 수가 무려 여섯이나 된다는 것도, 그리고 그들이 하나같이 험상궂은 외모에 흉흉한 병기를 들고 있다는 사실도 눈에 들어오지 않았다.

예전 같으면 상상도 하지 못할 일이다. 흉악한 사내들을 보자마자 바닥에 털썩 쓰러져서 몸을 덜덜 떨었을 것이다.

그런데 오늘은 이상하게도 두렵지 않았다.

놈들의 살기 어린 표정도 가소롭게 느껴졌고, 그들의 흉악한 병기를 보고도 두렵다는 생각이 들지 않았다. 그저 사내들이 한심할 정도로 느리다는 생각이 들었을 뿐이다. 그리고 가볍게 날린 한 방의 주먹.

놀랍게도 그 주먹 한 방에 모두가 나가떨어졌다. 구역질을 하며 벌레처럼 몸을 꿈틀대다 모조리 기절하고 말았다.

토벌군도 떨게 만든 산적을, 그것도 여섯이나 한꺼번에 해치운 것이다.

그야말로 마법과 같은 일이 그에게 벌어졌다.

'기적일까?'

눈앞의 현실이 믿기지 않았다.

'아니야. 이건 기적이 아니야.'

기적 따윈 없다.

피눈물과 함께해 온 수련의 결과일 뿐.

리자크는 주먹을 꽉 쥐었다.

이제 과거의 약하고 미련한 돼지는 사라졌다.

지금 이 자리에 남은 것은 용감하고 듬직한 사나이.

바로 헬리오스 마탑의 두 번째 제자, 리자크다.

"스승님!"

리자크가 기쁜 탄성을 흘리며 여관 안으로 들어갔다.

당장 스승에게 기쁨의 찬사와 함께 절을 올리고 싶었다.

무능하고 미련했던 자신을 이렇게 멋진 녀석으로 탈바꿈시켜 주셔서 진심으로 고맙다는 인사를 드리고 싶었다. 하지만 여관 안에 있어야 할 스승님의 모습이 보이지 않았다.

"잠시 산보 좀 하고 오겠다고 말씀하시더구나."

오드만이 웃으며 말했다.

리자크는 그 웃음이 무엇을 뜻하는지 알 수 있었다.

아마도 스승님께선 그곳으로 가셨을 것이다.

* * *

메딘 산맥 서쪽 산봉우리엔 하늘을 나는 새도 넘지 못한다는 험한 절벽 하나가 있다. 워낙 절벽이 가파르고 험하여, 산타기에 능숙한 산사람도 감히 이곳만큼은 오를 생각을 하지 못했다. 그 절벽 위에 메딘 산 일대를 공포에 떨게 만드는 산적의 산채가 있었다.

그 절벽 아래에 한 사내가 나타났다.

산보를 나온 람스였다.

"누구냐!"

"웬 놈이냐!"

절벽 아래를 지키고 있던 산적들이 그의 앞을 가로막았다.

모두 두 명.

그들은 람스의 갑작스런 등장에 적지 않게 놀란 눈치였다.

분명 벌겋게 뜬 눈으로 꼼꼼하게 주위를 관찰하고 있었는데, 대체 이 녀석이 언제 이곳까지 온 걸까?

맹세코 절벽으로 다가오는 작은 벌레 하나 놓치지 않았다. 그런데 그야말로 갑자기 튀어나온 것처럼 젊은 청년이 나타난 것이다. 람스는 섬뜩한 살기를 풍기는 사내들을 쭉 훑더니 정감 가는 목소리로 물었다.

"이 위에 메딘 산 일대를 공포에 떨게 만든 산적들의 소굴이 있다고 하던데, 사실인가?"

잔잔하고 부드러운 목소리였다.

산적들은 저도 모르게 고개를 숙이며 대답했다.

"그렇습니다."

무심코 답을 하고 보니 이상했다.

"어라?"

어째서 순순히 답을 해준 거지?

이 녀석이 누군지도 모르는데 말이다.

게다가 생전 처음 보는 녀석에게 고개까지 꾸벅했다.
뒤늦게 경계심이 일었다.
"이, 이놈!"
"네놈은 대체 누구냐?"
그들은 대뜸 무기를 뽑고 람스의 몸을 겨누며 외쳤다.
다행히 람스는 상당히 협조적이었다.
"나? 헬리오스 마탑의 탑주."
"그렇군요."
"아! 탑주님이셨구나."
 산적들은 무심코 고개를 끄덕였다. 그러다 뒤늦게 깜짝 놀랐다.
'뭐지?'
'어째서 내가······.'
 생전 처음 보는 녀석에게 고개를 꾸벅하지 않나. 존댓말을 하질 않나.
 어째서? 아무리 생각해도 이유를 알 수 없다.
 이유는 모르지만, 어쩐지 람스를 정면에서 보는 것이 부담스럽고, 꺼림칙하다. 자꾸만 이 자리를 피하고 싶다.
 그것은 람스의 거대한 존재감 때문이었다. 평소 람스는 자신의 존재감을 숨기고 있지만, 지금은 그 존재감의 일부를 슬쩍 풀어놓았다.
 산적들이 자꾸만 람스에게 겸손해지는 것은 그 때문이다.

'잠깐, 헬리오스 마탑의 탑주라고?'

'그러고 보니 이곳 메딘 산에 마탑이 있다고 했지?'

그들도 메딘 산에 마탑이 있다는 것을 알고 있었다. 더불어 그 마탑이 어떤 수준인지도 알고 있었다. 혼란에 빠졌던 사내들의 얼굴 위로 가소로운 조소가 번졌다.

"흐흐흐, 헬리오스 마탑의 탑주라. 그래, 영명하신 마탑주님께서 비천한 산적 소굴엔 무슨 볼일이신가?"

"설마 우리 산채에 투신하겠다는 건 아니겠지?"

그들의 비웃음에도 람스는 아무런 표정 변화가 없었다.

입가에 여전히 부드러운 미소를 머금은 채 말했다.

"글쎄. 딸린 식구들이 생겨서 투신을 하기는 곤란하군. 내가 없으면 다들 생계가 곤란해지거든."

"그럼 여기까지 온 이유가 뭐냐? 설마 우리 산채를 어떻게 하겠다고 찾아온 건 아니겠지?"

람스는 이번에도 순순히 대답했다.

"바로 맞췄다."

람스의 대답이 너무도 태연하여 순간 두 사람은 자신의 귀를 의심했다.

"음?"

"방금 뭐라고 했냐?"

람스는 친절했다.

"너희의 산채를 쓸어버리러 왔다고 했다."

"뭐야?"
"이놈이!"
산적들은 버럭 고함을 질렀다.
감히 그들의 산채를 치겠다니.
그들은 산채를 치겠다고 찾아온 자를 살려 둘 만큼 인자한 인물들이 아니었다.
"죽어라!"
두 사내는 일갈과 함께 대뜸 병기를 휘둘렀다.
그들의 험악한 태도에 대한 람스의 대응은 단순했다.
왼손을 좌에서 우로 가볍게 휘두른 것이 고작이었다.
눈 깜짝할 사이, 두 사내의 무기가 람스의 손가락 사이에 끼워져 있었다.
"어억!"
"헉!"
놀란 사내들은 저도 모르게 비명을 지르고 말았다.
'엄청난 고수!'
'우리는 전혀 상대가 안 되는 실력자다!'
그제야 람스의 실력이 보통이 아님을 알게 되었다.
"저항을 하시겠단 거군. 바라던 바다."
람스가 빙그레 웃었다.
그의 손가락 사이에 끼워진 병기들이 누가 건든 것도 아닌데 엿가락처럼 휘어졌다.

"히익!"
두 사내는 대뜸 무릎을 꿇고 람스에게 절을 했다.
"사, 살려 주십시오."
"죽을죄를 지었습니다."
람스의 미간에 고랑이 파였다.
뭐가 이렇게 시시하지?
산적이라더니, 좀 더 제대로 된 반항을 할 줄 알았는데.
이건 영 괴롭힐 맛이 안 난다.
"반항…… 안 할 건가?"
사내들은 아예 고개를 땅에 쿵쿵 찧어 댔다.
"반항이라니요!"
"반항 따윈 절대로 안 합니다. 그저 살려만 주십시오."
람스의 얼굴이 일그러졌다.
이어 깊은 한숨을 쉬었다.
반항도 안 한다니.
이 얼마나 맥 빠지는 적이란 말인가.
"저 위엔 이보다 더 쓸 만한 사람이 있으면 좋겠군."
그의 말을 들은 사내 중 하나가 떨리는 음성으로 말했다.
"저, 저희 두목님은 괴, 굉장히 강하신 분이십니다. 하지만 탑주님께선 저희 두목님을 뵙지 못할 겁니다. 이 절벽을 올라가려면 기구를 이용해야 하는데, 이미 저 위쪽에서 이곳의 상황을 보고……"

정신없이 말을 이어 가던 사내는 뭔지 모를 공허함을 느끼곤 살며시 고개를 들었다. 방금 전까지 그의 앞에 서 있던 람스의 모습이 감쪽같이 사라지고 없었다.

"어, 어디로 가신 거지?"

그의 동료가 놀란 목소리로 소리쳤다.

"저, 저기!"

동료는 절벽 위쪽을 가리키고 있었다.

무심코 위를 올려다본 사내의 입이 쩍 하고 벌어졌다.

헬리오스의 젊은 마탑주가 수직으로 깎인 듯한 절벽을 산보를 하듯 느긋하게 걸어 올라가고 있었기 때문이다.

"마, 맙소사! 저, 저런 마법사가 있다니!"

동료가 떨리는 음성으로 말을 받았다.

"사람이 어떻게 저런 일을 할 수가 있는 거지?"

"마, 마법사라서 가능한 게 아닐까?"

"마법사라고 다 저런 일이 가능할 리 없잖아! 아무래도 헬리오스 마탑의 탑주님은 소문과 달리 엄청난 실력의 대마법사였던 모양이야."

두 사내는 서로를 마주 보며 몸을 덜덜 떨었다.

* * *

한편, 절벽 위의 산채에서는 난리가 났다.

람스가 수직의 절벽을 걸어서 오르고 있다는 소식에 산적들은 극도의 불안을 느꼈다. 더러는 괴성을 지르고, 더러는 무기를 챙겨 들었으며, 더러는 도망갈 채비를 했다.

그렇게 산적들이 소란스럽게 수선을 떨 때였다.

"조용. 모두 조용."

험악한 인상의 부두목이 덩치에 어울리지 않게 손가락을 입으로 가져가며 소곤소곤 말했다.

"이놈들아, 두목님께서 주무시고 계신단 말이다. 그렇게 떠들다 두목님께서 깨시기라도 하면 어쩌려고 그러는 게냐."

아우성을 치던 산적들이 그 작은 소리에 입을 틀어막았다.

절벽을 걸어서 오르고 있다는 대마법사도 두렵지만, 그보다는 낮잠에서 깬 두목님의 짜증이 더 무섭다.

그들이 두목의 기척에 신경을 기울이는 사이, 한 사람이 절벽 위에 모습을 드러냈다.

람스였다.

"수가 제법 되는군."

절벽 위의 산채는 산적들의 소굴치곤 규모가 제법 대단했다. 산적들의 수도 예상보다 많았다.

람스는 만족했다.

수가 이 정도면 개중 한둘은 쓸 만한 실력을 가지고 있겠지.

이미 절벽 아래를 지키던 사내들의 무력한 모습에 큰 실망을 한 터였다.

이들은 다르겠지. 적어도 반항 정도는 할 거야. 아무렴, 누가 뭐래도 메딘 산맥을 공포로 떨게 만든 산적님들인데.

람스는 산적들을 향해 성큼 걸음을 옮겼다.

"난 헬리오스 마탑의 탑주다. 산적 여러분을 소탕하러 왔으니 나를 막을 자, 앞으로 나서라."

그의 목소리는 크지 않았지만, 묵직한 무게를 담고 있어 절벽 위의 공간을 왕왕 울렸다.

산적들이 사색이 되어 소리쳤다.

그런데 그 반응이 람스를 의식한 것이 아니었다.

"시, 시끄러!"

"조용히 해!"

그들은 하나같이 손가락으로 입을 가리며 쉿, 하는 소리를 냈다. 시끄럽게 떠들지 말라는 소리다.

람스는 미간을 찌푸렸다.

산적들의 반응.

이상하다.

적이 찾아왔으면 미친 망아지마냥 날뛰어 주어야지.

어째서 이렇게 다들 조용하단 말인가.

마치 잠자는 아기가 깰까 봐 조심하는 사람들 같지 않은가!

아무래도 이 사람들이 뭔가를 착각한 모양이군.

람스가 다시 입을 열었다.

"다시 말하겠다. 난 여러분을 토벌하러 온 헬리오스 마탑의 탑주다."

이번에도 그의 목소리는 절벽 위를 왕왕 울렸다.

산적들이 다시 놀라며 소리쳤다.

"히익!"

"제, 제발 조용!"

이번에도 람스가 원한 반응은 아니었다.

람스의 미간이 다시 한 번 찌푸려질 무렵이다.

산적들을 헤치고 육중한 덩치의 사내가 앞으로 나섰다.

"아무래도 이놈이 사고를 치겠군."

헬리오스 마탑의 탑주인지 뭔지는 모르겠지만, 녀석이 이대로 계속 떠들면 곤히 잠든 두목님께서 깨실 우려가 있다.

그는 등에 걸린 커다란 망치를 빼 들었다.

대뜸 람스의 머리를 향해 내리찍으며 말했다.

"미안하지만 죽어줘야겠다. 하필 두목님께서 주무실 때 온 네 운을 원망해라."

람스가 태연하게 대답했다.

"미안해할 필요 없다."

람스가 왼손의 검지를 머리 위로 가볍게 들었다.

무섭게 내리꽂히던 망치가 허공에서 딱 정지했다.

"뭣?"

부두목은 크게 놀랐다.

그의 망치는 무게만도 100킬로그리에 이른다.

그런 망치를 손가락 하나로 막다니!

"다, 당신 누구야?"

부두목이 놀란 목소리로 물었다.

람스는 친절했다.

"말했잖아. 헬리오스 마탑의 탑주라고."

"거짓말!"

"거짓말?"

"마탑주라면 당연히 마법을 써야지. 마법사가 힘이 센 것은 반칙이잖아! 넌 전사다! 전사가 틀림없어!"

부두목의 말은 일견 설득력이 있었다.

람스가 불만 가득한 표정으로 말했다.

"마법사가 마법만 익히란 법이라도 있나?"

"그, 그건 아니지만……."

확실히 마법사가 마법만 익히란 법은 없다. 마법사라고 다 비리비리해야 할 필요도 없다. 하지만 힘이 센 것도 정도가 있지, 이건 좀 너무하지 않은가.

'적어도 한 가지는 확실하군.'

헬리오스 마탑주라고 주장하는 이 젊은 청년이 상상을 초월하는 강자라는 사실 말이다. 반면, 람스는 산적들의 형편없는 수준에 속으로 혀를 차고 있었다.

'이래서야 제자들의 수련에 아무런 도움도 되지 않겠군.'

사실 그는 굳이 산적들을 처리할 생각이 없었다.

험준한 산에 산적 한둘쯤 있는 게 무슨 대수랴.

저쪽 세상에선 흔한 일이다.

람스는 분명 평화를 사랑하는 사람이다. 하지만 그의 성장배경이 평범하지 않다 보니 평화로움을 바라보는 관점 또한 일반적인 사람들과는 조금 다른 면이 있었다. 악당에 대한 관용이 바로 그것인데, 저쪽 세상에서 워낙 사악한 존재들을 많이 접하다 보니 어지간한 악당은 귀엽게 보아 넘기는 수준이었다.

그럼에도 그가 굳이 이곳을 찾은 이유는 제자들의 훈련에 산적들을 활용할 수 없을까 하는 기대에서였다.

그러나 직접 두 눈으로 확인한 산적들의 실력은 그야말로 수준 이하. 이대론 제자들의 수련에 활용할 수 없다.

흥이 식은 람스는 이대로 돌아갈까 생각했다.

그때였다.

"으아! 뭐가 이렇게 시끄러워!"

산채 안쪽에서 뾰족한 외침이 터져 나왔다.

"히익!"

"깨, 깨셨다!"

산적들이 비명을 지르며 꽁지에 불붙은 수탉처럼 날뛰었.

낮잠을 자던 두목이 잠을 깬 것이다.

람스는 호기심을 가졌다.

'고작 두목이 낮잠에서 깬 정도로 이런 소란이라.'

두목이란 작자가 어지간히도 포악한 모양이다.

람스는 산적 두목에 대해 작은 호기심을 느꼈다.

다행히 오래 기다릴 필요는 없었다.

산채의 문이 벌컥 열리고, 산적 두목이 검은 오라를 구름처럼 일으키며 나타났다.

"음?"

람스의 표정이 괴이하게 일그러졌다.

마침내 모습을 드러낸 산적 두목.

그가 예상한 모습과는 전혀 다르다.

부두목과 같은 거한일 거라는 예상과 달리 두목은 20대 초반의 가녀린 여자였다. 검은 두건에 검은 망토를 두르고 검은 로브를 입었다.

한눈에 보기에도 마법사다. 지팡이까지 검은 것을 보니 흑마법사나 네크로맨서인 모양이다. 깡마른 그녀가 피곤이 덕지덕지 묻어나는 눈으로 부하들을 향해 소리쳤다.

"내가 잘 땐 떠들지 말라고 했지!"

그녀가 지팡이를 들어올렸다.

검은 지팡이 끝에서 섬뜩한 기운이 사방으로 뻗어 나왔다.

"히이이익!"

"용서를!"

"두목님. 한 번만 봐주십시오."

도적들이 바닥에 넙죽 엎드렸다.

분위기로 보아하니 이런 일이 한두 번 있었던 게 아닌 모양이다.

"두, 두목님, 저희들의 잘못이 아닙니다. 이상한 놈이 산채로 쳐들어와서 어쩔 수 없이……."

부두목이 무릎을 꿇은 채 그녀에게 애걸복걸했다.

"이상한 놈?"

그제야 두목의 시선이 람스를 향했다.

두목은 불쾌한 표정으로 람스를 위아래로 쭉 훑었다. 그러곤 섬뜩하기 그지없는 목소리로 이렇게 말했다.

"어머? 미남이시네."

음침하고 퀭하던 그녀의 얼굴에 화색이 돌았다.

람스는 당황했다. 대뜸 공격을 퍼부으리란 예상과 달리 산적 두목은 그에게 요상한 관심을 보이기 시작한 것이다.

"손님, 어디서 오신 분이신가요?"

산적 두목이 람스의 곁으로 나는 듯이 다가갔다. 은근슬쩍 그의 어깨에 손을 올리며 친근해지려 노력했다.

"헬리오스 마탑에서 왔네."

"어머! 탑주님이시군요! 잘됐네요. 저도 마법을 익히고 있어요. 원소 마법사이신가요? 어떤 원소를 근본으로 하고 계시죠?"

"원소라……, 굳이 말하자면 지옥이라고 할 수 있을 것 같군."

"지옥요? 그런 원소도 있었나요?"

산적 두목은 잠시 고민했다.

그러나 고민은 그리 길지 않았다. 산적 두목의 얼굴 위로 또다시 화사한 미소가 떠올랐다.

"흠흠, 그런데 젊은 탑주님께선 제 던전에 무슨 볼일이신가요?"

람스가 그녀를 빤히 쳐다보며 대꾸했다.

"산적들을 토벌하러 왔네."

순간 산적 두목의 표정이 일그러졌다.

"또 토벌군?"

그녀가 지긋지긋하다는 표정으로 말했다.

"조용히 살고 있는 사람을 대체 얼마나 더 괴롭히려는 건지 모르겠군요. 그런데 혼자 온 건가요?"

람스는 소리 없는 미소로 대답을 대신했다.

"제법 분위기가 있네요. 그런데 탑주씩이나 되시는 분이 이런 일을 하는 이유가 뭐죠? 아! 됐어요. 이유는 당신을 사로잡은 후에 천천히 듣기로 하겠어요."

그녀가 지팡이로 람스를 가리켰다.

"어둠의 궁지, 암흑의 포효, 태양을 집어삼킨 검은 분노. 다크니스(Darkness)!"

검은 지팡이가 요란스럽게 흔들렸다.

그 순간 람스의 발아래에서 검은 안개가 솟구쳐 오르며 그의 시야를 봉쇄했다.

* * *

다크니스.

1레벨의 흑마법으로써, 검은 안개로 일정 구역의 시야를 극도로 어둡게 만든다. 해당 구역엔 빛이 스며들지 못함으로 결과적으로는 대상의 시력을 일시적으로 상실하게 만든다.

주주라는 이름의 도적 두목은 숨 쉴 틈도 없이 다음 마법을 시전했다.

"억울한 원혼의 울부짖음. 서퍼링(Suffering)!"

콰드득!

어둠에 휩싸인 람스의 발아래에서 뼈로 만든 날카로운 창들이 튀어 올라왔다. 애초에 공격할 의도는 아니었던 듯, 뼈창들은 감옥처럼 람스의 주위를 에워쌌다.

"반항하지 마세요. 그럼 안전할……."

주주가 말을 끝내기도 전이다.

드드득!

돌이 부스러지는 듯한 소음과 함께 람스의 주위를 둘러싼 뼈창들이 일시에 부서졌다.

"헛!"

주주의 입에서 헛바람 소리가 새어 나왔다.

그녀가 소환한 뼈창은 특별히 골 밀도가 높은 뼈로 만들어져서 매우 단단하다. 쇠로 만든 창과 비교해도 조금도 뒤쳐지지 않는다.

그러한 뼈창들이 과자처럼 부서지다니.

놀랄 일은 그뿐만이 아니었다.

"앞이 안 보이니 답답하군."

뼈창을 제거한 람스가 가볍게 손가락을 허공에 그었다.

쯔압!

허공이 갈라졌다.

헬게이트.

하지만 그 크기는 매우 작았다.

워낙 미세하여 다른 사람들은 공간의 균열을 보지 못했다.

헬게이트는 저쪽 세상으로 통하는 문이다.

또한 아주 오래전 람스를 빨아들였듯, 이쪽 세상의 것을 블랙홀처럼 빨아들이는 속성이 있었다.

람스가 불러낸 헬게이트가 바로 그러한 것이었다.

쩍 하고 갈라진 공간의 균열이 람스 주위를 감싼 안개를 빨아들였다.

스아아앗!

흑마법, 다크니스는 그야말로 눈 깜짝할 사이에 헬게이트 안으로 빨려 들어가고 말았다.

"핫!"

주주가 얕은 신음을 흘렸다.

"믿을 수 없어."

그녀는 빈혈이라도 있는 듯 신형을 휘청거렸다.

일순간에 뼈창을 부수고, 다크니스 또한 한순간에 지워 버리다니.

"더 보여줄 것이 있나?"

람스가 부드럽게 웃으며 물었다. 여유가 묻어나는 미소였다.

주주는 울컥 호승심이 일었다.

과연 그의 능력은 어디까지일까?

싸워 보고 싶다. 모든 능력을 한계까지 동원하여 그를 몰아세우고 싶다.

하지만 주주는 더 이상의 저항을 포기했다. 싸우는 것은 문제가 아니지만, 그렇게 되면 다른 문제가 발생한다.

"졌어요, 졌어. 당신과는 더 이상 싸우고 싶지 않아요."

주주가 아예 두 손을 들며 항복의 뜻을 보였다.

람스는 그녀를 빤히 바라보았다.

"벌써? 그대는 아직 여력이 있어 보이는데……."

"과연 마탑주님, 제 역량을 단번에 알아보시는군요. 하지만 이게 한계라는 말은 틀림없는 사실이에요. 전 더 이상 마력을 사용할 수 없어요. 이 이상 사용하면 큰일이 나거든요."

람스가 문득 시선을 들었다.

그녀가 나온 산채.

정확하게는 산채의 지하에 신경을 집중했다.

뭔가 괴이한 기운이 느껴진다. 이 세상에 있어서는 안 될 이질적인 기운이 감지되고 있었다.

"그대가 힘을 쓰지 못하는 이유가 지하에 봉인된 저것 때문인가?"

"어떻게 아셨죠?"

주주가 깜짝 놀라며 반문했다.

정곡을 찔린 표정이다.

람스는 그녀의 물음에 대꾸하지 않았다.

대신 산채의 지하에 봉인된 존재에 대한 말을 이어 나갔다.

"건물의 지하에 봉인된 것이 무엇인지는 몰라도 좋지 않은 느낌을 풍기는군. 비틀린 욕망, 갑갑함, 분노, 울분. 당장이라도 봉인을 찢고 뛰쳐나올 것 같다. 그 비틀린 욕망을 억제하고 있는 것은 아마도 당신. 그 때문이겠지. 그대가 제대로 힘을 사용하지 못하는 이유가."

"저, 정확해요."

주주는 홀린 듯한 표정으로 고개를 끄덕였다.

람스의 짐작은 너무도 정확했다.

주주는 건물 지하에 봉인된 괴물을 묶어 두기 위해 스스로 마력 사용을 제한하고 있었다. 그래서 람스와의 대결에서도 실력 발휘를 못 한 것이다.

건물의 지하를 굽어보던 람스가 미간을 찌푸렸다.

"봉인이 많이 약해졌군."

주주가 짙은 탄식을 토해냈다.

"밖으로 나오려는 힘이 점점 커지고 있어요. 솔직히 이젠 한계에 다다랐어요."

"악의는 억누를수록 오히려 증폭되는 법. 이럴 때는 차라리 봉인을 풀고 악의의 원인을 지워 버리는 것이 더 간단한 해결책이다."

말을 마치기 무섭게 돌연 람스가 발을 쿵 하고 질렀다.

그 간단한 동작의 여파는 상당했다.

지진이라도 일어난 것처럼 묵직한 충격이 주변을 휩쓸었다.

"아, 안 돼! 봉인이…… 봉인이 부서져……."

주주의 얼굴이 파랗게 질려 버렸다.

"악마가…… 나와!"

콰콰쾅!

강렬한 폭발과 함께 산채가 무너져 내렸다.

산채 주변의 지면이 움푹 꺼지며, 그 속에서 검은 기운이 회오리치듯 일어났다.

그와 함께 섬뜩한 괴성이 울려 퍼졌다.

"키아아아아아아!"

주주가 애써 억누르고 있던 사악한 악의.

비틀린 욕망의 괴물이 마침내 모습을 드러낸 것이다.

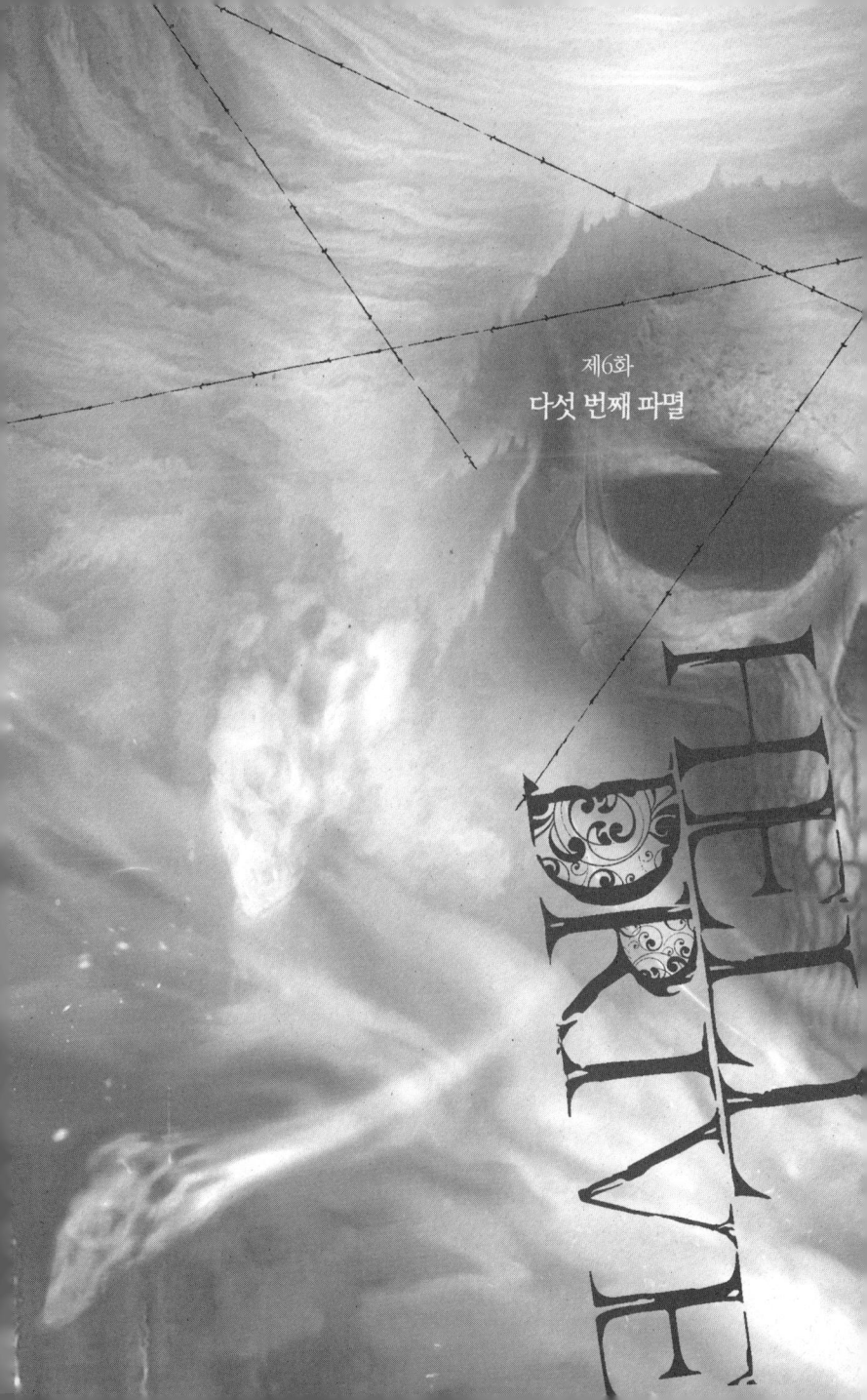

"키아아아아아!"

섬뜩한 괴성을 지르며 어둠 속에서 일어난 존재는 깡마른 노파였다. 지하에 갇혀 있은 지 오래인 듯 노파의 얼굴은 주름으로 가득했고, 팔다리는 나뭇가지처럼 가늘었다.

생기라곤 전혀 느낄 수 없는 미라와 같은 몸.

노파는 살아 있는 인간이 아니었다.

죽은 지 오래된 시체였다.

"키히히히, 마침내 자유롭게 되었도다."

봉인을 깨고 나타난 노파는 하늘을 올려다보며 낄낄거리고 웃었다. 사람의 영혼을 뒤흔드는 사악한 마력을 품은 웃음이었다.

"흐윽!"

"귀, 귀가!"

"아아악!"

노파의 웃음소리를 들은 산적들이 머리를 부여잡고 비명을 질렀다. 사악한 웃음소리에 머릿속이 터져 버릴 것만 같았다.

"흠!"

람스가 눈살을 찌푸렸다. 생각보다 사악한 기운이 대단하다. 이대론 산적들이 모조리 미쳐 버릴 것이다.

람스가 다시 한 번 발을 굴렀다.

쿵!

육중한 진동이 파도처럼 주위를 휩쓸었다.

그 묵직한 충격에 노파의 웃음이 뚝 하고 멎었다.

산적들을 짓누르던 사악한 악의 역시 먼지처럼 흩어졌다.

"네놈이로군, 날 풀어준 것이."

노파가 물었다. 람스는 대답하지 않았다.

노파도 더 이상 그에게 관심이 없었다.

'별놈 아니군.'

람스의 몸에서 느껴지는 마나의 밀도, 평범하다.

특별히 신경 쓸 만한 구석이 없다.

곧 그보다 신경 쓰이는 사람을 발견했다.

람스의 등 뒤에서 벌벌 떨고 있는 주주.

"거기 있었구나."

노파가 누런 이를 보이며 웃었다.

그러한 웃음도 잠시.

"네 이년! 감히 날 봉인해?"

노파가 우레와 같은 목소리로 외쳤다.

"스승님……."

"배은망덕한 년. 고아인 널 키워 주고 마법까지 가르쳐 주었더니, 은혜는 못 갚을망정 스승을 건물 지하에 봉인하다니."

노파의 힐난에 주주는 울상이 되었다.

그녀는 울음 섞인 음성으로 변명했다.

"스승님, 기억나지 않으세요? 스승님께선 마지막 소환술에 실패하셨어요. 금단의 비술을 연구하다 그만 실수로 악마를 불러들이고야 말았어요. 만약 제가 스승님을 봉인하지 않았으면 많은 사람들이 스승님 손에 죽었을 거예요."

"이년, 뚫린 입이라고 말을 함부로 하는구나. 금단의 비술? 악마? 고작 마족과 계약을 한 것이 무에 그리 대단한 일이라고."

"스승님은 전혀 다른 사람이 되었어요. 지금의 스승님은 제가 기억하는 그 인자하신 스승님이 아니에요. 지금의 스승님은…… 지금의 스승님은……."

노파가 그녀의 말을 가로채며 물었다.

"악마 같다고?"

"……."

"흐흐흐, 그게 어때서? 미천한 년, 아직 수행이 부족하구나.

그렇게 사람의 겉모습에 현혹되지 말라 일렀거늘."

"스승님……"

"아직 네 깨달음이 부족한 것 같구나. 오냐, 내 너에게 마지막 가르침을 내리겠다. 널 위해 마족을 소환하마. 피의 계약을 맺고 나와 같은 사람이 된다면 비로소 너도 내 마음을 이해하게 될 것이다."

돌연 노파의 목소리가 부드럽게 변했다.

"제자야, 사랑하는 제자야, 이리 오렴. 네가 보고 싶구나. 난 어둡고 추운 곳에 너무 오래 있었던 모양이다. 손이 시리구나. 네 온기가 그립구나. 이리 오렴, 착한 내 제자야."

노파의 목소리엔 사악한 주술이 깃들어 있었다.

한순간, 주주의 눈동자가 공허하게 텅 비어 버렸다.

이 목소리.

이 자상한 음성은 분명 그녀가 아는 스승님의 목소리다.

그녀는 자신도 모르게 몸을 일으켰다.

"정말…… 스승님이세요?"

"그래, 그래. 사랑하는 제자야, 그동안 많이 여위었구나. 내가 없는 동안 많이 힘들었지? 이리 오렴. 내가 널 위로해 주마."

주주는 왈칵 눈물이 솟구쳤다.

"네, 스승님. 저 정말 힘들었어요. 정말 외로웠어요."

그녀는 주춤주춤 노파에게로 걸어갔다.

미라가 된 노파의 전신에서 불길한 기운이 구름처럼 일고 있었지만, 사악한 주술에 걸린 주주는 그러한 사실을 전혀 인지하지 못했다. 멍하니 노파에게로 걸어가려는 그녀의 앞을 한 사내가 가로막았다.

람스였다.

"그렇게 넋 놓고 있다간…… 당한다."

그가 나직막이 속삭였다.

그리 크지 않은 목소리. 그러나 그 음성을 듣자마자 주주는 이내 노파의 주술에서 깨어났다.

"아!"

정신을 차린 주주가 저도 모르게 신음을 흘렸다.

"제가 방금……?"

"놈의 술수에 걸렸었다."

"큰일 날 뻔했군요. 감사합니다."

주주가 그에게 고개를 꾸벅했다.

그러곤 다시 노파를 주시했다.

깡마른 스승의 모습이 애처로웠다.

람스가 그녀에게 말했다.

"저건 너의 스승이 아니다."

람스가 그녀에게 말했다.

주주 역시 고개를 끄덕였다.

"네, 저건 스승님이 아니에요. 스승님의 껍질을 뒤집어쓴 사악한 마족이죠."

안다, 저것이 스승이 아니라는 것은. 그럼에도 안타까운 마음을 금할 수 없었다. 어머니와 같던 분이 마족의 조종을 받는 꼭두각시 신세가 되다니.

가슴이 아파 견딜 수가 없었다.

"내가 처리하지."

람스가 말했다. 그와는 오늘 이곳에서 처음 보았다. 그럼에도 이상하게 믿음이 간다.

주주는 고개를 끄덕이며 말했다.

"잘…… 부탁드릴게요."

*　　　*　　　*

"키아아아아아아!"

노파가 돌연 발작을 일으켰다.

"애송이 녀석이!"

람스를 노려보는 눈빛에 살기가 충만했다.

간신히 어린 제자의 마음을 파고들 수 있었다. 이제 그녀의 몸만 차지하면 이 늙은 몸을 버리고 마음껏 세상을 활보할 수 있었는데…….

그 중요한 순간을 방해하다니!

"대가리에 피도 안 마른 녀석이 감히 내 일을 방해해? 네놈을 용서치 않으리라. 그 작고 가냘픈 몸뚱이를 천 갈래 만 갈래 찢어 놓고야 말리라!"

"글쎄, 과연 그게 네 마음대로 될까?"

람스가 그녀를 보고 부드럽게 웃었다.

노파의 인상이 일그러졌다. 저 웃음, 마음에 들지 않는다. 마치 높은 곳에서 세상을 굽어보는 것처럼 오만하지 않은가.

"건방진 놈, 네놈을 당장 지옥 불 속에 떨어뜨려 주마."

노파가 두 손을 복잡하게 흔들며 주문을 외웠다. 곧 그녀의 발아래에서 흉측한 검은 불길이 일어났다. 검은 불길은 세상의 모든 것을 집어삼킬 듯이 탐욕스럽게 일렁였다.

"불이라……."

람스는 노파가 소환한 지옥의 불을 보고도 별다른 동요가 없었다.

"죽여라!"

노파가 람스를 손가락으로 가리켰다.

휘아아악!

발밑에서 일어난 불길이 말 잘 듣는 애완동물처럼 람스에게 달려들었다. 노파의 발아래에 숨어 있을 때는 작은 불길에 불과하더니, 정작 람스에게 달려들 때는 집채만큼 거대해졌.

그물처럼 넓게 펼쳐진 검은 불길이 람스를 뒤덮었다.

화르르륵!

람스의 몸과 그 주변이 검은 불길에 뒤덮였다.

"아앗! 탑주님!"

주주가 비명을 터트렸다.

마탑의 젊은 탑주가 순식간에 당하다니. 스승의 몸을 차지한 마족의 능력은 그녀가 생각한 것보다 훨씬 더 대단했다.

"역시 봉인을 풀면 안 되는 거였어."

설사 그 때문에 온몸이 썩어 들어가는 한이 있더라도 어떻게든 버텨야 했던 것을. 이제 갇혀 있던 악마가 풀려났으니, 세상에 닥칠 재앙을 어찌해야 한단 말인가!

"흐히히히히."

노파의 몸을 사용하고 있는 마족, 사일은 배를 잡고 낄낄거렸다. 마족 사일이 일으킨 검붉은 불길은 독을 품은 뱀처럼 람스의 몸을 삼키고, 그 주변까지 모조리 불바다로 만들었다.

"흐히히히히. 어떠냐, 지옥의 불길이? 영혼까지 타들어 가는 고통이 끔찍하지? 흐히히, 네 육체는 물론 네 영혼까지 영원한 고통을 받을 것이다."

장담할 수 있다.

그 어떤 존재도 지옥의 불길 속에서는 무사하지 못하리라.

달리 지옥의 불이라 불리겠는가. 표적의 육체는 물론이고 그 영혼까지 태워 버린다고 해서 지옥의 불이다.

그런데 그때, 전혀 의외의 음성이 날아들었다.

"이게 지옥의 불이라고?"

"……!"

마족 사일의 눈이 튀어나올 듯이 커졌다.

"서, 설마……."

이 목소리는?

절대로 있을 수 없는 일. 아니, 있어서는 안 되는 일이 벌어졌다. 벌써 지옥 불에 태워져 한 줌 재가 되었어야 할 람스. 그가 이글거리는 지옥 불 속을 태연히 걸어 나오고 있었다.

"히이익!"

마족은 비명을 터트리고야 말았다.

*　　　*　　　*

"생각보다 오래 걸리시네."

창밖을 살피던 리자크가 혼잣말을 중얼거렸다.

벌써 2시간.

그들이 알고 있는 스승님이라면 벌써 오래전에 돌아오셨을 텐데. 생각보다 시간이 오래 걸린다. 그러다 문득 스승에 대해 아는 것이 거의 없다는 생각이 들었다.

그는 사형인 오드만에게 물었다.

"사형."

"왜?"

"그런데 스승님은 어떤 능력을 가지고 계신 거죠?"

지금까지 두 사람은 디스터와 스키머 장로에게 수련을 받았다. 장로들의 능력이라면 대강 알고 있는데, 정작 스승인 람스에 대해서는 아는 것이 전무했다. 분위기로 봐서는 뭔가 거창한 재주를 가지고 있는 것 같은데, 한 번도 본 적이 없으니 알 길이 없다.

"너도 알고 있잖아."

"뭘요?"

오드만이 허공에 성호를 그려 보였다.

헬게이트.

마계의 문.

"그거 말고요. 실질적인 무력 말입니다. 마탑주이시니 당연히 마법이겠죠?"

"글쎄다. 헬리오스 마탑의 마법이 화염 계열이니 그쪽 계통의 마법을 익히고 계시지 않을까?"

"사형은 스승님께서 마법을 사용하시는 걸 보신 적이 있습니까?"

오드만의 고개가 외로 기울어졌다. 그러고 보니 한 번도 없다. 헬리오스 마탑의 마법에 대해서 전수는 받았지만, 정작 시범을 보여준 적은 한 번도 없다.

그저 이론적인 토대만을 알려 주었을 뿐이다.

"그러고 보니 정말 본 적이 없구나."

"사형도 모르세요?"

"그래, 나 역시 한 번도 본 적이 없구나."

오드만이 고개를 끄덕였다.

리자크는 한숨을 포옥 쉬었다.

"하여간 비밀이 많은 스승님이시로군요."

"그래, 비밀이 너무 많은 분이시지."

문득 리자크는 다른 생각이 떠올랐다.

능력은 둘째 치고, 스승님이 과연 인간이긴 할까?

분명 겉으로 보기에 람스는 인간이다. 하지만 세상천지 어떤 인간이 헬게이트를 마음대로 열고 최상위 마족을 노예 부리듯 한단 말인가.

그에 대해 묻자 오드만은 조금 심각한 표정으로 대꾸했다.

"스승님의 정체? 대강 짐작은 한다만……."

"인간은 맞아요?"

"인간인 건 확실해."

"정말요? 정말로 인간 맞아요? 그런데 어떻게 마족들을 마음대로 부리는 거죠?"

"아마 저쪽 세상에서 꽤 대단한 지위에 있었나 봐."

"설마 그쪽 세계의 왕이라든가……."

"흠, 그건 아닌 것 같다. 만약 그분이 그쪽 세계의 왕이었다면 우리가 이렇게 멀쩡한 모습이겠냐?"

리자크는 고개를 끄덕였다.

"그렇군요. 만약 스승님께서 그쪽 세계의 왕이셨다면 저와 사형은 당장 타락해 버렸을 것이고, 이 메딘 산맥도 죽음의 숲으로 변해 버렸겠죠."

저쪽 세계의 왕은 너무도 거대한 힘을 가지고 있다. 그런 존재가 차원을 넘게 되면 당연히 심각한 사태가 초래된다.

"왕도 아니다, 그럼 대체 스승님의 정체가 뭘까요?"

"글쎄다. 나도 정확하게는 모르겠구나. 다만 짐작하는 바가 있다."

"짐작요? 뭔가 알고 있는 게 있습니까?"

"예전에 디스터 장로님에게서 들은 이야기가 있다."

"스승님의 과거입니까?"

"그래, 저쪽 세상에서의 활약상에 대해서는 거의 다 알고 있는 눈치더구나."

"뭐라고 하던가요, 저쪽 세상에서의 스승님은?"

"한마디로 정의하면 공포다."

"무, 무시무시한 말이군요."

"디스터 장로님은 또 이런 말을 했다. 그쪽 세계에선 어떤 사건으로 인해 100년 동안 전쟁이 이어지고 있었단다. 아마도 스승님께선 그 전쟁의 중심에 계셨던 모양이다. 엄청난 괴물들을 상대로 매일매일 지옥과 같은 생활을 했다고 하더군."

리자크는 저도 모르게 몸을 떨었다.

저쪽 세상에서 매일 지옥과 같은 전쟁을 치르다니.

스승님이 강한 것도 충분히 납득할 만하다.

아니, 인간의 몸으로 그곳에서 죽지 않고 살아 돌아온 것만으로도 신기해할 일이다.

"하지만 내가 들은 것도 이게 전부야. 더 이상은 아는 게 없어."

오드만은 어깨를 으쓱해 보였다. 리자크와 마찬가지로 자신 또한 미칠 정도로 궁금했지만, 더는 아는 것이 없다.

그때였다. 어둠 속에서 거대한 존재감이 피어올랐다.

어둠이 그들에게 말을 걸었다.

『궁금한가?』

오드만과 리자크는 놀라지 않았다. 어둠 속에서 일어난 존재가 누구인지 알고 있었기 때문이다.

스키머 장로.

그가 모습을 드러냈다.

"알고 계십니까, 스승님에 대해?"

"당연히 알고 있지. 내가 그분에 대해 모르는 것이 있을 것 같은가?"

"알려 주십시오."

"후후후, 세상에 공짜는 없는 법. 그분에 대해 알려주는 대가로 내게 무엇을 주겠는가?"

"뭘 원하십니까?"

"영혼."

"네?"

놀란 표정의 제자들에게 스키머가 짓궂은 표정으로 말을 이었다.

"너희의 영혼을 내게 바쳐라. 그러면 궁금해하는 모든 것을 알려주지. 어떠냐? 손해 보는 장사는 아닌 것 같은데."

오드만과 리자크는 소름이 오싹 돋았다.

급히 쌍수를 흔들며 거부했다.

"여, 영혼을요? 저, 절대로 싫습니다."

"그럼요. 아무리 스승님에 대해 알고 싶어도 영혼을 걸 정도는 아닙니다."

그들의 완강한 거부에 스키머가 흥 하고 콧바람 소리를 냈다.

"간이 좁쌀만 하구나. 그깟 영혼이 얼마나 대단하다고."

사람의 영혼, 당연히 대단한 것이다. 오히려 그것을 헌신짝처럼 여기는 스키머가 지나치게 대범한 것이다.

"좋다. 너희들의 가련함을 봐서 약간의 은총을 내려 주지. 하지만 모두 알려주는 것은 곤란해. 생기는 것도 없으니 당연히 그래야지."

오드만과 리자크의 귀가 쫑긋 세워졌다.

그들은 람스의 정체가 정말로 궁금했다.

스키머의 입을 통해 뭔가를 더 알아낼 수 있지 않을까?

"주인님께서 그곳에 계실 때, 나를 비롯한 마족들은 그분을 이렇게 불렀다. 세상에 존재하는 여섯의 파괴왕, 그중 다섯 번째 파멸."

"다섯 번째…… 파멸."

단단한 쐐기가 박히듯, 다섯 번째 파멸이라는 말이 두 사람의 가슴 깊은 곳을 파고들었다.

스키머는 은혜로웠다.

그들에게 람스에 대한 정보를 한 가지 더 알려 주었다.

"그리고 주인님이 가진 힘의 근원은 불이다. 불에 관해서라면 세상에서 그분을 따를 자가 없을 것이다."

* * *

"히이이이익!"

마족 사일은 자지러질 듯이 비명을 질렀다.

지옥의 불길 속을 태연하게 걸어 나오는 람스.

그의 섬뜩한 눈빛을 받는 순간, 온몸이 오그라드는 충격에 정신을 차릴 수가 없었다.

"네, 네놈은 누구냐?"

사일이 몸을 벌벌 떨며 물었다.

"그 누구도 지옥의 불길을 맞고 온전할 수 없다. 그런데 네놈이 어떻게……."

영혼까지 불사른다는 사악한 화염.

지옥의 불길.

인간은 물론이고 마족들조차도 두려워한다는 그 지옥의 불길이 람스에게는 아무런 영향도 미치지 못했다. 그의 몸은 물론이고 그가 입은 옷조차 태우지 못했다.

"이게 지옥의 불이라고?"

람스의 입가에 한 줄기 비웃음이 떠올랐다.

가소롭다.

고작 이 정도의 화염을 지옥의 불길이라 칭하다니.

그에게 있어 마족 사일의 불길은 그저 화려하기만 한 불꽃놀이에 지나지 않았다.

람스는 가볍게 손을 들어올렸다.

마족 사일이 일으킨 지옥의 불길이 그의 손짓을 따라 거세게 타올랐다. 대지는 물론이고 하늘마저 삼켜 버릴 듯한 기세였다.

"히익!"

마족 사일은 다시 한 번 비명을 흘렸다.

"어, 어떻게 내 화염을……?"

그가 일으킨 화염이다.

완벽한 그의 소유였다.

그럼에도 불구하고 람스는 마치 그것이 자신의 것인 양 마음대로 부리고 있었다.

람스는 경악하는 사일을 향해 차가운 미소를 보였다.

"글쎄. 아무래도 이 불길은 너보다는 날 더 좋아하는 것 같구나."

정말이었다.

그가 가볍게 움직일 때마다 검붉은 불길이 민감하게 반응했다. 슬쩍 손을 내미니, 쓰다듬어 달라며 머리를 들이미는 강아지처럼 그의 손 주위를 휘감으며 재롱을 떨었다.

"다, 당신은……."

어느새 마족 사일의 얼굴은 식은땀 범벅이 되었다. 비로소 그는 람스가 평범한 인간이 아님을 알게 되었다.

이글거리는 화염 속을 한가롭게 산책할 수 있는 자.

남이 소환한 불길마저 제 마음대로 부릴 수 있는 절대의 능력자.

세상에 존재하는 모든 화염의 주인.

"파, 파멸! 다섯 번째 파멸!"

람스는 긍정도 부정도 하지 않았다.

대신 두려움에 벌벌 떨고 있는 마족 사일을 손가락으로 가리키며 지옥의 불길에게 작은 목소리로 명을 내릴 뿐이다.

"타락한 영혼에게 지옥의 징벌을."

지옥의 불길은 그의 명을 충실히 따랐다.

후아아악!

온 천지를 뒤덮을 만큼 맹렬한 기세로 타오르더니 이내 굶주린 맹수처럼 마족 사일의 머리 위를 덮쳤다.

"크아아아아아!"

사악한 마족 사일은 처참한 비명을 지르며 쓰러졌다.

지옥의 불길은 마족의 영혼마저 영원히 고통 받는 지옥의 밑바닥으로 끌고 들어갔다.

* * *

메딘 산맥을 공포에 떨게 만든 산적들의 소굴에 작은 무덤 하나가 생겼다. 주주가 지옥의 불길이 휩쓸고 간 자리에 남은 재를 모아 만든 작은 무덤이었다.

스승의 무덤.

작고 초라한 무덤이지만 주주는 밝게 웃을 수 있었다.

"스승님, 편안하시죠? 그럴 거예요. 이제 그 사악한 마족이 사라졌으니까요. 스승님의 영혼도 좋은 곳으로 가셨을 거라 믿어요."

불쌍한 스승은 마족 사일의 죽음과 함께 영원한 타락의 굴레에서 해방되었다.

참으로 기쁜 일이다.

그런데 왜일까, 눈물이 흐르는 것은.

의연하게 스승의 마지막 가는 길을 지켜보고 싶었다. 하지만 자꾸만 흐르는 눈물을 어찌하지 못했다.

결국 그녀는 스승의 무덤을 부여안고 엉엉 울음을 터트렸다. 영문도 모르는 산적들이 그녀의 구슬픈 울음에 감화되어 눈물을 훔쩍거렸다. 그들이 통곡을 하는 동안 람스는 계곡의 끝자락에 우두커니 서 있었다.

그는 자신의 손바닥을 내려다보고 있었다.

손바닥 위로 촛불처럼 작은 불똥이 떠올랐다.

신기한 일은 그 불똥의 색이 검붉다는 것이었다.

지옥의 불.

마족 사일이 소환했던 지옥의 불길이었다.

지옥의 불길은 마족 사일이 죽은 후에도 사라지지 않았다. 일부가 남아 람스의 것이 되었다.

신기한 일이다. 소환의 주체가 사라지면 당연히 소환물도 사라져야 하는 것이 이치. 그런 대원칙에도 불구하고 지옥의 불길은 그의 것으로 남았다.

람스의 입가로 한 줄기 가는 미소가 그려졌다.

"넌 이 세상에서 가장 처음 길들인 불이다."

람스는 흥미로운 눈길로 검은 불똥을 바라봤다.

그의 눈길을 받은 검은 불똥이 부끄러운 듯 몸을 가늘게 떨었다.

람스가 검은 불을 향해 말했다.

"앞으로 잘 부탁한다."

* * *

통곡으로 진행된 간단한 장례 절차가 끝나고, 주주는 람스에게 그간의 사연을 털어놓았다.

"애초에 전 산적 두목도 아니었어요."

주주가 입술을 삐죽거리며 말했다.

"산적과 전혀 관련이 없었단 말인가? 사람들에게서 두목이라 불리면서도?"

"원래 이곳은 스승님과 제가 마법을 연구하던 던전이었어요. 그런데 어느 날······."

람스가 손을 들어 그녀의 말을 막았다.

"우선 당신과 스승에 관한 이야기부터 듣고 싶군."

산채의 지하에 봉인되어 있던 주주의 스승.

어쩌다 스승은 마족의 하수인으로 전락한 걸까?

주주는 어깨를 으쓱해 보였다.

"흔한 이야기예요. 죽을 날이 가까워진 흑마법사가 수명을 연장하기 위해 최후의 발악을 한 거죠. 원래는 리치가 되려고 했지만…… 그만 실패하고 말았어요."

주주의 표정이 우울해졌다.

"그래서 마족에게 몸을 빼앗겼다?"

"네. 큰일이 벌어진 것을 뒤늦게 알게 된 전 스승님의 유체를 봉인하고 던전을 붕괴시켰어요."

마족을 감당할 수 없었던 그녀에겐 마족의 소유가 된 스승의 몸을 봉인하는 것이 최선의 방법이었다. 그리고 그 봉인을 유지하기 위해 그녀는 오랜 시간 이 절벽 위를 지켰다.

"그러던 어느 날……."

주주가 산적들을 가리키며 말을 이었다.

"이 사람들이 우르르 몰려와서는 멋대로 날 산적 두목으로 칭하면서 떠받들었어요."

람스가 산적들을 돌아보았다.

부두목이 앞으로 나서며 변명했다.

"본래 저희들은 이웃 영지의 농민들입니다. 몇 년 전 크게 가뭄이 들어 이곳으로 피난을 온 것이지요."

"그런데 어쩌다 산적이 된 거지?"

"그나마 살 만하다는 소식을 듣고 몰려오긴 했는데, 각지에서 몰려드는 피난민들 탓인지 이곳 영주는 저희를 받아 주지 않았습니다. 그래서……."

굶주림에 지친 피난민들이 도적이 되는 경우는 흔한 이야기다.

"저희들로 이 일대가 소란스러워지자 영주가 토벌군을 파견했습니다. 토벌군에게 정신없이 쫓기다 보니 이곳까지 오게 되었지요."

주주가 이야기를 이어받았다.

"처음엔 이 사람들을 받아들일 생각이 전혀 없었어요. 귀찮기도 하고 해서 나가라고 했죠. 그런데 가만 보니 다들 사정이 딱한 거예요. 그래서 사정이 좋아질 때까지 머물러도 된다고 말한 것이 그만……."

"산적 소굴이 되어 버렸다?"

"네."

"토벌군과도 여러 번 싸웠다고 들었습니다만."

주주가 다시 입술을 삐죽거렸다.

"어쩔 수 없었어요. 토벌군이 이곳을 어지럽히면 자칫 스승님의 봉인이 위험할 수도 있었거든요. 그래서 어쩔 수 없이 제가 그들을 물리쳤어요."

가만 이야기를 들어 보니 주주의 잘못이라면 딱한 사정인 사람들을 받아 준 죄밖에 없었다.

주주는 산적들의 입장도 변호했다.

"이 사람들도 그렇게 나쁜 사람들은 아니에요. 어쩔 수 없이 산적질을 하고 있긴 하지만, 지나는 행인들에게 약간의 통행세를 받고 있을 뿐 누굴 해치거나 흉악한 범죄를 저지르진 않았어요."

"고작 통행세라……. 그것 참 이상한 일이군."

람스가 턱을 쓰다듬으며 중얼거렸다.

"뭐가요?"

"방금 전에 메딘 산의 산적이라는 일당들이 소녀를 납치하려고 한 것을 내 두 눈으로 직접 봤거든."

"네? 소녀를 납치해요?"

주주의 눈이 휘둥그레 떠졌다.

그녀가 부두목을 돌아보며 앙칼진 목소리로 물었다.

"그런 일이 있었어?"

부두목이 당황하며 양손을 정신없이 흔들었다.

"아, 아닙니다. 저희 짓이 아닙니다. 저희는 간혹 상인들이나 이곳을 오가는 귀족들을 털기는 했습니다만, 절대로 납치나 살인 같은 중죄는 짓지 않았습니다. 두목님께서 치를 떨며 싫어하시는 일인데 저희가 어찌 감히 할 수가 있겠습니까?"

결사적인 태도로 보니 거짓말을 하는 것 같지는 않았다.

거듭 확인한 주주가 람스에게 물었다.

"그놈들 어디에 있죠? 소녀를 납치하려고 했다는 산적들 말이에요. 제 눈으로 직접 확인해 봐야겠어요."

"마을 여관에 있다.

주주가 자리에서 벌떡 일어났다.

"가죠. 가서 놈들을 직접 만나 보면 확실해지겠네요."

* * *

람스는 주주와 부두목을 이끌고 마을로 돌아갔다.

마을 여관 앞엔 몇 명의 사내가 꽁꽁 묶인 채 기절해 있었다. 리리아를 납치하려 했던 산적들이었다.

"스승님!"

돌아온 람스를 보고 리자크가 반색을 했다.

"늦으셔서 걱정했습니다."

뒤늦게 그는 주주를 발견했다.

"그런데 이분은……."

리자크가 주주에게 시선을 던지며 물었다.

람스가 친절하게 그녀를 소개했다.

"산적 두목이다."

"네?"

리자크는 휘둥그레진 눈으로 물었다.

"사, 산적 두목요?"

"그래."

리자크는 놀란 표정으로 주주를 다시 한 번 훑었다.

바람이라도 불면 훅 하고 날아갈 것처럼 여리고 가냘픈 아가씨다. 이런 아가씨가 산적 두목이라고?

농담이겠지.

하지만 다시 생각해 보니 그의 스승이 농담을 할 리가 없었다.

"저, 정말로 산적 두목이란 말씀입니까?"

람스는 고개를 끄덕여 보였다.

그사이 주주는 자칭 메딘 산의 산적들이라는 사내들을 살피고 있었다.

"내 이럴 줄 알았지."

사내들의 면면을 살핀 주주가 싸늘하게 코웃음을 쳤다.

그녀를 따라온 부두목도 함께 고개를 끄덕였다.

"어떤가?"

람스가 물었다.

주주가 한층 가벼워진 목소리로 대답했다.

"이 사람들, 저희와는 관계없는 자들이에요."

부두목이 그녀의 말을 보충했다.

"저희 산채에 이런 녀석들은 없습니다. 한마디로 저희를 사칭한 가짜죠."

두 사람은 강하게 확신했다.

확인이 필요했다.

람스는 기절한 그들을 깨웠다.

주주와 부두목을 본 사내들은 멀뚱멀뚱한 표정을 지었다.

누군지 모르는 눈치다.

부두목이 정체를 밝히자 그제야 놀란 표정으로 바닥에 넙죽 엎드렸다.

"요, 용서해 주십시오."

부두목이 험상궂은 표정으로 그들을 윽박질렀다.

"너희들, 뭐냐?"

사내들이 몸을 덜덜 떨며 더듬더듬 대답했다.

사정은 이러했다.

최근 메딘 산의 산적들이 명성을 얻자 그 명성을 이용하려는 자들이 생겨났다. 이들 또한 바로 그런 자들 가운데 하나였다. 메딘 산의 산적들과 관련된 질 나쁜 소문은 대부분 이런 자들의 소행이었다.

"봤죠? 저희와는 아무런 관계가 없어요."

주주가 신이 난 목소리로 외쳤다.

람스가 그녀를 돌아보며 다소 엄한 목소리로 말했다.

"직접적인 관련은 없지만, 책임이 전혀 없다고도 말할 수 없다. 이런 자들이 생겨난 것도 따지고 보면 모두 너희가 있었기 때문이 아닌가."

"그건…… 잘못했다고 생각해요."

그의 면박에 머쓱해진 주주는 뒷머리를 긁었다.

람스가 말을 이었다.

"아무래도 메딘 산의 산적들은 이만 사라지는 것이 좋을 것 같다."

주주의 안색이 하얗게 질려 버렸다.

"설마 저희 모두를 죽이실 생각이신가요?"

"굳이 그렇게까지 할 생각은 없다. 내가 바라는 건 이대로 자진해서 해산하는 것이다."

"그건 그래야겠지만……."

주주는 심각한 표정으로 입술을 깨물었다.

산적 해체.

사실 그녀도 오래전부터 생각해 왔던 터다.

그럼에도 선뜻 행하지 못한 것은 몇 가지 문제가 있기 때문이었다. 무엇보다 산적들이 그녀의 곁을 떠나길 거부했다. 그녀도 이들과 헤어지기 싫었다. 몇 년을 함께하다 보니 가족과 같은 정이 생겼기 때문이다.

"두목님."

부두목이 담담한 목소리로 그녀를 불렀다.

"아무래도 저흰 이만 떠나야 할 것 같습니다."

"떠나?"

"네."

"갈 곳은 있어?"

주주가 따지듯 물었다.

"……."
부두목은 대답하지 못했다.
"정착할 돈은 있고?"
"그것이……."
부두목은 이번에도 제대로 된 대답을 하지 못했다.
주주의 가는 눈썹이 상큼 솟구쳤다.
"갈 곳도 없고 정착할 자금도 없는데 어떻게 간다는 거야? 어딜 가서 어떻게 산다는 거야? 설마 다른 산에 가서 다시 산적이라도 할 생각이야? 그러다 토벌군이라도 만나면, 그때도 나 같은 사람이 보호해 줄 거라고 생각해?"
부두목은 괜스레 뒷머리만 긁적였다.
"그래도 저희가 이곳에 있으면 두목님께서 곤란해지지 않겠습니까? 저희가 떠나겠습니다."
주주는 찌를 듯한 시선으로 부두목을 응시했다. 한참을 그렇게 서 있던 그녀가 결심한 듯 입을 열었다.
"좋아. 정히 떠나겠다면 말리지 않을게. 대신 나도 함께 갈 거야."
"네?"
"같이 가자."
부두목은 크게 놀랐다.
"뭐라고 하셨습니까?"
"같이 가자고 했다."

"……."

부두목의 얼굴이 일그러졌다.

어느새 그의 두 눈에서 눈물이 흘러내렸다.

하지만 안 될 일이다.

더 이상 이 참한 아가씨를 고생시킬 수는 없다.

그는 소매로 눈물을 닦으며 큰 소리로 외쳤다.

"안 됩니다!"

"왜?"

주주가 애처롭게 물었다.

대답이 군색해졌다.

툭 하고 내뱉은 변명이란 것이 군색하기 짝이 없었다.

"두목님은 여자잖아요. 산적 두목이 여자인 게 어디 있습니까? 오래전부터 그게 불만이었습니다."

"그게 불만이면 나 두목 안 할게."

"네?"

"두목 안 한다고. 그러니까 함께 가자."

"……!"

더 이상 눈물을 참을 수 없었다.

"우허허헝!"

부두목은 어린아이처럼 엉엉 울었다.

주주가 그의 팔을 붙들고 말했다.

"함께 가자. 응? 함께 가자."

그녀도 울고 있었다.
가엾은 표정으로 어린아이처럼 부두목에게 졸랐다.
어느새 지켜보던 사람들도 눈물을 흘렸다.
세상에 이렇게 불쌍한 사람들도 없어 보였다.

*　　　*　　　*

주주와 부두목이 서로를 부둥켜안고 한 편의 신파극을 벌이고 있을 때였다.
"저기요."
가만 지켜보고 있던 리자크가 입을 뗐다.
"이런 분위기에서 내가 이런 말을 하면 어떻게 들릴지 모르겠지만……."
모두의 시선이 그를 향했다.
"굳이 갈 곳이 없다면 이 마을에 정착하는 게 어때요?"
"정착? 이 마을에 말씀입니까?"
부두목이 놀란 목소리로 되물었다.
리자크가 말했다.
"사실 이 마을엔 빈집이 많거든요. 다들 도시로 떠나서 말이죠. 한 열 채 정도는 될 거예요. 산적들이 얼마나 되는지는 몰라도 집이 모자라면 더 짓고 해서 머물면 되지 않을까 해서요."
부두목의 표정이 일순 환해졌다.

그는 마른침을 삼키며 그에게 물었다.

"정말로…… 받아 주신단 말입니까? 이 마을에?"

리자크가 어색한 표정으로 고개를 끄덕였다.

"뭐, 다른 사람들의 동의를 얻어야 하겠지만…… 아마 다들 허락할 거예요. 덕분에 산적들이 사라진다면 오히려 좋아할지도 모르죠."

"영주님의 허락도 필요합니다. 영지민의 이동은 엄연한 위법입니다."

"산속에 오래 계셔서 소문을 못 들으신 모양이군요. 1년 전쯤에 우리 영지와 이웃 영지 간에 전쟁이 있었어요. 그 전쟁으로 일할 수 있는 나이의 남자들이 꽤 희생되었죠. 남자의 수가 적어지면 당장 여러 문제가 생기잖아요? 그래서 요즘 영주님이 불법 영주민도 몰래 받아들이는 모양이더라고요."

"저, 정말입니까?"

부두목이 떨리는 음성으로 물었다.

"아마도 그럴 겁니다. 뭐, 6개월 전의 소식이라서 지금도 그러는지는 모르겠지만요."

부두목이 리자크의 손을 덥석 잡았다. 그러곤 있는 힘껏 흔들어 대며 외쳤다.

"고맙습니다! 정말 고맙습니다! 이걸로 저희들은 살았습니다. 당신은 은인입니다. 100명이 넘는 사람들의 은인이십니다."

부두목의 과한 표현에 리자크는 쑥스러운 표정으로 대꾸했다.

"벌써 기뻐할 일은 아닌데. 마을 주민들 허락도 얻어야 하고, 영주님의 의사도 타진해 봐야 하고, 사람 수가 100명이 넘으면 집도 새로 지어야 하고, 당장 생계 수단도 찾아야 하는데……."

물론 쉽지 않은 일이다.

그래도 살길이 생겼다는 게 어딘가.

부두목은 쾌활하게 웃었다.

"해보죠. 아니, 기필코 하겠습니다."

그는 주주에게 넙죽 고개를 조아리며 말했다.

"두목님."

주주가 고개를 끄덕여 주었다.

그녀의 표정은 전에 없이 밝았다.

부두목을 비롯한 산적들의 일을 제 일처럼 생각하는 그녀다. 그 사람들에게 살길이 생겼다. 어찌 기뻐하지 않을까.

"축하해."

"모두 두목님 덕분입니다."

"알고 있어."

"두목님."

"왜 자꾸 불러?"

"고맙습니다."

"알고 있다니까!"

"앞으로도 두목님으로 모시겠습니다."

"당연하지."

주주가 두 손을 허리에 척 올리며 큰 소리로 선언하듯 외쳤다.
"난 앞으로도 영원히 너희의 두목이다."

*　　　*　　　*

결론적으로 말하자면 산적들은 무사히 마을에 정착할 수 있었다. 마을 주민들은 그들의 험악한 기세에 질려 마지못해 허락을 했고, 영주의 승인도 리자크가 간단히 해결했다.

산적들은 빈집을 고치고 새집을 지으며 바쁜 시간을 보냈다. 처음엔 그들을 경계하던 주민들도 그들의 본심을 알게 된 이후에는 기꺼이 이웃으로 받아들이고 편하게 지냈다.

산적들을 주민으로 받아들인 것은 마을에 여러 가지 이득을 주었다. 우선 젊고 힘쓰는 장정들이 늘어나서 마을 발전에 큰 공헌을 하게 되었고, 더 이상 산적이나 마적들을 걱정하지 않아도 되었다. 그렇게 산적들은 조금씩 마을에 동화되었다.

그리고 그들의 두목인 주주는 람스의 세 번째 제자가 되었다. 그녀는 람스의 능력에 큰 감동을 받았다. 마침 그녀도 스승을 잃고 독학의 고초를 겪고 있던 중이었다.

"이유야 어떻든 탑주님께선 제 스승님을 쓰러트리셨어요. 덕분에 전 혼자가 됐고요. 그러니까 당연히 절 책임지셔야 해요."

그렇게 그녀는 막무가내로 헬리오스 마탑의 세 번째 제자가 되었다.

제7화
람스, 헬리오스 마탑을 떠나다

주주가 헬리오스 마탑의 제자가 된 지 어느덧 여러 달이 흘렀다. 그동안 주주에겐 많은 일이 있었다. 한 달 동안의 안락함과 그 이후의 지옥을 경험했으며, 충격적인 장로들과의 만남 또한 가졌다. 다행스럽게도 그녀는 헬리오스 마탑의 색다른 분위기에 잘 적응해 나갔다.

애초에 그녀는 흑마법사.

디스터와 스키머 장로 같은 마족을 대하는 태도 역시 일반인들과는 많은 차이가 있었다. 남들은 두 장로를 보고 공포에 몸을 떨지 몰라도, 정작 그녀는 오히려 두 마족을 신기하게 생각하고 심지어는 흠모의 마음까지 품었다.

"두 분, 너무 제 취향이시다."

험악한 마족들을 보고 취향 운운할 정도니, 그녀의 가치관이 얼마나 독특한지 능히 짐작할 수 있는 일이다.

주주의 합류로 헬리오스 마탑은 활기로 넘쳐났다.

이젠 제자의 수도 셋이나 되고, 그들의 수행도 슬슬 체계가 잡혀 갔다. 그즈음 람스는 생각지도 못한 문제에 직면하게 되었다.

'돈이 떨어졌다.'

인원이 늘었으니 당연히 들어가는 돈도 많다. 한 달 식비만 해도 상상을 초월할 정도다. 문제는 수입이 전무하다는 점.

지금까지는 뒷밭을 일구고 사냥을 하며 식량을 충당할 수 있었지만, 그런 생활도 슬슬 한계에 다다랐다. 애초에 가진 것이 너무 적었다. 람스가 스승에게서 물려받은 재산이라고는 다 쓰러져 가는 헛간 같은 건물 한 채가 전부였다.

다행히 멀지 않은 곳에 구원의 손길이 있었다.

어려움을 눈치챈 주주가 람스에게 말했다.

"제가 있던 던전은 원래 제 스승님의 연구실이었어요. 저도 최근에 알게 된 사실인데, 그분이 모아 놓은 재산이 적지 않은 모양이에요."

주주는 화통했다.

"아! 그렇게 부담 갖지 마세요. 절 받아 주신 대가라고 생각하시면 돼요. 그래요, 기부금. 기부금이라고 생각하고 받아 주세요."

산적 소굴로 사용되던 산채의 지하엔 작은 던전이 있었다.

주주의 스승이 사용하던 던전이다. 그곳에서 상당한 액수의 금화를 구할 수 있었다. 적어도 몇 년간은 돈 걱정을 안 해도 될 만큼 풍족한 돈이었다.

"하지만 그 이후를 생각하지 않을 수 없습니다."

오드만이 조심스럽게 말했다.

람스는 고개를 끄덕였다. 저쪽 세계에서는 어땠을지 몰라도 이쪽 세계에선 돈이 꼭 필요하다.

"다른 마탑들은 어떻게 비용을 충당하는가?"

람스가 물었다.

오드만은 나이만큼이나 아는 것도 많았다.

"마탑의 수입원은 실로 다양합니다. 제자를 들일 때 기부금을 받는다거나, 귀족들의 일을 도와주고 대가를 받기도 합니다. 장사를 하거나 왕실과 거래를 하기도 하지요. 하지만 무엇보다 마탑의 가장 큰 수입원은 바로 마법 아이템 제작입니다."

"마법 아이템 제작?"

"네. 아티팩트라고 하는 마법이 담긴 장신구나 무기를 만들기도 하고, 간단한 소품을 만들기도 하지요."

"흐음."

람스는 턱을 쓰다듬으며 잠시 생각했다.

마법이 담긴 물건이라면 불가능한 일은 아니다.

아니, 쉽다. 원래 그의 능력으론 말이다. 다만 지금 당장은 곤란하다. 차원을 넘은 후유증 탓으로 그의 능력은 조금 불안한 상태였다.

상거래나 왕실과 거래를 하는 일 역시 불가능하다.

경험도 없고, 왕실과 거래를 틀 만한 명성도 없다.

결국 기부금을 받거나 의뢰를 받아들일 수밖에 없다.

마탑에서 하는 일 중에서 가장 돈 안 되고 저급한 일이라지만 어쩔 수 없다. 명성도 없고 제자의 수도 턱없이 부족한 헬리오스 마탑으로서는 선택의 여지가 없었다.

"당분간은 돈 걱정을 안 해도 된다고 했지?"

"3년 정도. 아껴 쓴다면 4년 정도는 버틸 수 있을 겁니다."

"그럼 그동안은 제자 양성에만 힘쓰도록 하자. 우선 실력을 키우는 게 우선이다. 힘이 생기면 돈은 자연히 따라오기 마련이니까."

오드만도 같은 생각이었다. 그리고 그는 자신이 있었다.

디스터 장로의 교육 방침은 단순하고 무식하지만, 효과만큼은 확실하다.

'3년이면 적어도 수습 마법사 정도의 실력은 될 거야. 그 정도가 되면 하다못해 용병 일을 하더라도 큰돈을 만질 수 있다.'

사실 그의 실력은 이미 수습 마법사 수준을 넘어선 지 오래였다. 그러나 정작 본인은 그 사실을 알지 못했다. 다른 마탑과의 교류가 없어 비교할 만한 기준이 없었던 데다가 가르치는 장로들의 수준이 워낙 대단했기 때문이다.

그런 이유로 오드만을 비롯한 제자들은 자신들의 실력을 심하게 과소평가하는 버릇이 있었다. 최근 람스가 그들의 교육에 참여한 이후론 그러한 경향이 더욱 두드러졌다.

람스의 훈련은 정말로 무시무시했다. 장로들의 교육이 편하다는 생각이 들 지경이었다. 그런 강도 높은 훈련에도 불구하고 람스는 여전히 '너무 약하다' 라는 말만을 반복하고 있었다.

람스가 만족할 만한 수련이라면 대체 얼마나 엄청난 것일까.

상상만으로도 제자들은 몸을 부르르 떨 지경이었다.

* * *

그 후로 또 몇 달이 흘렀다. 어느덧 추운 겨울이 지나고 봄이 찾아왔다. 추운 겨울을 수련으로 보낸 제자들은 과거와는 비교도 안될 만큼 늠름한 전사로 변해 있었다.

"우리 좀 이상한 거 아닙니까?"

리자크가 오드만에게 말했다.

"뭐가?"

"알고 보면 우리 마탑의 제자들이잖아요."

"그런데?"

"누가 우릴 보고 마법사라고 하겠어요?"

리자크가 팔을 흔들어 보였다.

커다란 알통과 툭툭 불거진 혈관.

사내다운 멋이 물씬 풍기는 잘 단련된 팔이다.

"하긴 그러네."

오드만이 씩 하고 웃었다.

명색이 마탑의 제자라고 하는 사람들이 하나같이 탄탄한 근육질의 몸매에 번뜩이는 눈초리를 과시하고 있다. 심지어 막내 사매조차도 호리호리한 체격에도 불구하고 커다란 바위를 메고 산을 오를 정도로 뛰어난 체력을 갖추고 있었다.

과연 마법사라고 보기엔 다소 무리가 있는 몸이다.

최근 들어서 그들은 자신들이 마법사인지 전사인지, 주체성의 혼란까지 느끼고 있었다.

"그런데 주주는 어디 간 거냐? 아침부터 안 보이던데."

"아랫마을에 잠시 다녀온다고 하던걸요. 아마 저녁때나 돌아올 겁…… 어? 저기 오네요."

말을 하기 무섭게 산 아래쪽에서 검은 빛줄기가 쏘아져 올라왔다.

주주였다.

그녀는 마법 지팡이를 타고 산을 오르고 있었다.

검은 망토를 펄럭이며 하늘을 나는 모습이 영락없는 마녀였다.

"오빠들."

한 마리의 제비처럼 지팡이 위에서 훌쩍 뛰어내린 주주가 두 사람을 보며 배시시 웃었다.

오드만이 와락 인상을 구겼다.

"오빠가 뭐냐, 오빠가? 제대로 사형이라고 안 불러?"

"에이, 다 같은 제자 사이에 어색하게 사형이 뭐예요. 그냥 오빠라고 부를래요."

"내가 결혼을 했으면 너만 한 손녀를 봤을 게다."

"결혼 안 했잖아요."

거듭되는 오드만의 나무람에도 주주는 웃기만 할 뿐이었다.

"어휴, 내가 말을 말아야지."

오드만은 푸욱 한숨을 내쉬었다.

이 어린 막내 사매는 여러모로 곤란하다.

아무리 서열을 이야기해도 항상 결론은 오빠다.

천방지축의 성격 탓인지, 아니면 흑마법의 영향인지.

그렇다고 귀여운 아이를 때릴 수도 없는 노릇이고.

"웬일로 이렇게 일찍 왔어? 저녁때는 돼야 올 줄 알았는데."

리자크가 물었다.

"아! 아랫마을에서 우연히 스승님께 전해 드릴 편지를 받았어요."

"편지?"

"네, 적탑 연합이라는 곳에서 온 편지예요."

주주가 가슴 사이에 꽂아 둔 편지를 꺼냈다.

때마침 그 앞으로 손 하나가 불쑥 튀어나왔다.

"이리 다오."

람스였다.

분명 방금 전까진 없었다.

마치 신기루처럼 홀연히 나타난 것이다.

제자들은 별반 놀라지 않았다.

한두 번 겪은 일이 아니기 때문이다.

"여기 있어요, 스승님."

주주가 애교 섞인 목소리로 말하며 편지를 건넸다.

람스가 편지를 받아 겉봉을 보니 과연 적탑 연합이라는 글귀가 보였다. 수취인 자리에 '헬리오스 마탑주님'이라고 적혀 있었다.

람스가 편지를 뜯고 내용을 확인했다.

"뭐래요?"

주주가 눈을 반짝이며 호기심을 보였다.

"통신 구슬이 없어서 부득이 편지로 보냈다는구나."

람스가 잠시 오드만을 보았다.

통신 구슬이 뭐냐고 묻는 것이다.

대답은 주주가 대신했다.

"마탑 간의 통신에 사용되는 구슬이에요."

람스는 고개를 끄덕였다.

그는 편지를 계속 읽어 나갔다.

"이번에 큰일이 생겨 적탑 계열의 마탑주님들을 초대한다는 말이 적혀 있구나."

"큰일요? 어떤 일이랍니까?"

"자세한 사정은 적혀 있지 않구나."

"흠, 탑주 모임이라. 분명 심상치 않은 일인 모양이군요. 어떻게 하실 생각이십니까?"

"가야겠지."

람스는 잠시 생각했다.

탑주들의 모임.

참석은 당연하다. 문제는 몇 명이나 참석하느냐 하는 점이다. 한 명만 데리고 갈까, 아니면 전원을 다 데려갈까.

잠시 생각하던 람스가 말했다.

"아무래도 다 함께 가는 것이 좋을 것 같구나."

리자크와 주주는 기뻐했다. 익숙한 메딘 산을 벗어나 바깥세상을 구경할 절호의 기회다. 하지만 오드만은 그들과 생각이 달랐다.

그는 급히 리자크를 따로 불러 귓속말을 했다.

"바보 녀석, 지금 네가 좋아할 때냐?"

"왜요? 바깥 구경도 하고 좋지 않습니까?"

"우리끼리 간다면 그렇겠지. 하지만 스승님과 함께 가는 여행이다. 그 여행이 어디 편하기만 할 것 같으냐?"

리자크가 생각해 보니 과연 평범한 여행이 될 리 만무했다.

평소에도 수행을 강조하는 스승님이니만큼 분명 여행 도중에도 색다르고 고달픈 훈련을 계획할 것이 틀림없었다.

"그, 그럼 어떻게 해야 하죠?"

물어보는 리자크의 음성이 가늘게 떨렸다.

"당연히 우린 이곳에 남아야지. 적탑 연합엔 스승님 혼자 가시면 되는 거야."
"괜찮을까요? 스승님께선 바깥일에 어두우신데."
"좀 불편할 뿐이지. 누가 감히 스승님을 해코지하겠어?"
리자크가 고개를 끄덕였다.
스승님은 누군가를 구박하면 구박했지, 결코 박해를 받을 양반이 아니다. 오히려 세상을 걱정해야 할 상황이다.
의논을 마친 오드만과 리자크가 자신들의 생각을 람스에게 말했다.
"남겠다고?"
"네, 스승님. 저희의 실력은 아직 형편없습니다. 스승님과 함께 가봐야 오히려 짐만 될 것입니다. 그럴 바엔 차라리 이곳에 남아 수행을 계속하겠습니다."
"흐음."
람스가 생각해 보니 과연 일리 있는 말이었다. 아무래도 여행을 다니다 보면 제자들의 수행에 차질이 생기리라.
"알았다. 그럼 이번 일은 나 혼자 다녀오마."
"그러는 게 좋겠습니다, 스승님."
"스승님의 말씀을 따르겠습니다."
오드만과 리자크의 입술에 미소가 떠올랐다.
그때, 주주가 소리쳤다.
"앗! 안 돼요. 전 스승님과 함께 갈 거예요."

스승과의 여행을 보랏빛 로맨스로 채워갈 은밀한 계획을 구상 중이었다. 그런데 스승님 혼자만 가겠다고?

그녀 입장에선 하늘이 무너지는 발언이었다.

"사형들은 수행이 필요하니 안 가는 게 좋을지도 모르지만, 전 달라요. 전 스승님과 함께 가겠어요. 제 흑마법은 분명 도움이 될 거예요."

오드만과 리자크가 함께 가지 않는다면 오히려 더 좋다.

무뚝뚝한 스승과 가까워질 절호의 기회였다.

그러나 람스는 고개를 저었다.

"그건 좋지 않을 것 같구나."

"왜요?"

주주가 눈을 크게 뜨며 반문했다.

서러운 일이라도 당한 듯, 그녀의 두 눈에 금세 눈물이 고였다. 람스가 그녀의 얼굴을 담담하게 바라보며 말했다.

"편지에 적혀 있듯 이번 모임은 적탑 계열의 마탑주들이 모이는 것이다. 하지만 주주 넌 흑마법을 익혔지 않니. 어쩌면 다른 마법사들이 그 일을 문제 삼을지도 모른단다."

주주는 3레벨의 흑마법을 익혔다.

본래 흑마법을 익힌 마법사가 새로 원소 마법을 익히려면 기존의 마법을 버리고 처음부터 완전히 새로 익혀야 한다.

마나를 사용하고 구동하는 방법이 완전히 다르기 때문이다. 만약 무리해서 다른 계열의 마법을 익히게 되면 신체에 무리가 생길 수도 있다. 심하면 죽음에까지 이를 수 있다.

두 가지 속성의 마법을 한꺼번에 익히지 않는 것은 마법사들 사이의 상식이다. 그러한 상식이 헬리오스 마탑엔 통용되지 않았다. 헬리오스 마탑의 마법이 기존의 마법들과 그 체계가 완전히 다르기 때문에 가능한 일이다.

덕분에 주주는 흑마법을 버리지 않은 채, 새로 헬리오스 마탑의 마법을 익힐 수 있었다.

"그러니 이번 일엔 주주가 나서지 않는 게 좋을 것 같다."

"하지만 스승님……."

주주는 눈물을 글썽이며 안타까워했다.

그녀는 람스와의 여행을 간절하게 소망했다.

람스는 그런 주주의 마음을 오해했다.

그저 스승을 걱정하는 것으로 착각한 것이다.

그는 주주의 머리를 쓰다듬으며 말했다.

"걱정 말아라. 금방 다녀올 테니. 내가 없는 동안에도 수련을 게을리하지 마라. 알겠지?"

주주가 눈물을 닦으며 주먹을 불끈 쥐어 보였다.

"알겠어요. 스승님이 돌아오시면 깜짝 놀랄 정도로 강해질 거예요."

람스가 웃으며 말했다.

"그래, 훌륭하구나."

* * *

다음 날 아침 일찍 람스는 마탑을 나섰다.

제자들이 멀리까지 그를 배웅했다.

"돌아오는 동안 헬리오스 마탑을 부탁하마."

"걱정 마십시오, 스승님."

"수련도 게을리하지 말거라."

"염려 붙들어 매십시오. 돌아오시면 아마 저희들의 일취월장한 실력에 깜짝 놀라실 것입니다."

"그래."

람스가 부드럽게 웃으며 산을 내려갔다.

제자들은 그의 뒷모습을 향해 손을 흔들었다.

이윽고 람스의 모습이 완전히 시야에서 사라지자 오드만과 리자크는 서로를 부둥켜안으며 만세를 불렀다.

"만세! 만세!"

"드디어 스승님께서 떠나셨다."

"이제 우린 자유다!"

"아아! 가혹한 수련에서 이제야 해방되는구나."

"참으로 힘든 나날들이었습니다, 흑흑흑."

악마와 같던 스승이 떠났다. 스승이 떠났으니 당연히 그를 그림자처럼 따르던 장로들도 함께 떠났을 것이다.

이제 당분간 그들은 자유다. 지옥과 같은 나날에서 해방된 것이다. 그러나 그것은 그들만의 착각이었다.

쯔아아아압!

돌연 허공이 갈라졌다.

차원의 균열 너머에서 흉측한 마족 두 마리가 걸어 나왔다.

디스터와 스키머.

바로 헬리오스 마탑의 장로들이었다.

미리 약속이라도 한 듯, 멀리서 람스의 목소리가 날아왔다.

"돌아올 때까지 두 장로가 너희의 수련을 책임질 거다. 내 몫까지 열심히 해 달라고 했으니, 수련 걱정은 하지 않아도 될 게다. 그럼 돌아올 때까지 열심히 수련하길."

그의 목소리가 끝나자마자 제자들의 얼굴에 핏기가 사라졌다. 특히 잔머리를 굴리던 오드만과 리자크의 충격이 남달랐다.

"사, 사형, 아무래도 우리……."

"스승님께 다 들통 난 것 같구나."

디스터와 스키머가 그들을 내려다보며 씩 웃었다.

"각오 단단히 하는 게 좋을 거다, 꼬맹이들."

"주인님의 부탁도 있으니 한번 제대로 해보자. 흐흐흐, 장담하지. 이번에 너흰 진정한 지옥이 무엇인지 깨닫게 될 거야."

마족들의 선언에 제자들은 울상이 되었다.

"굳이 그렇게……."

"열심히 안 해주셔도 되는데."

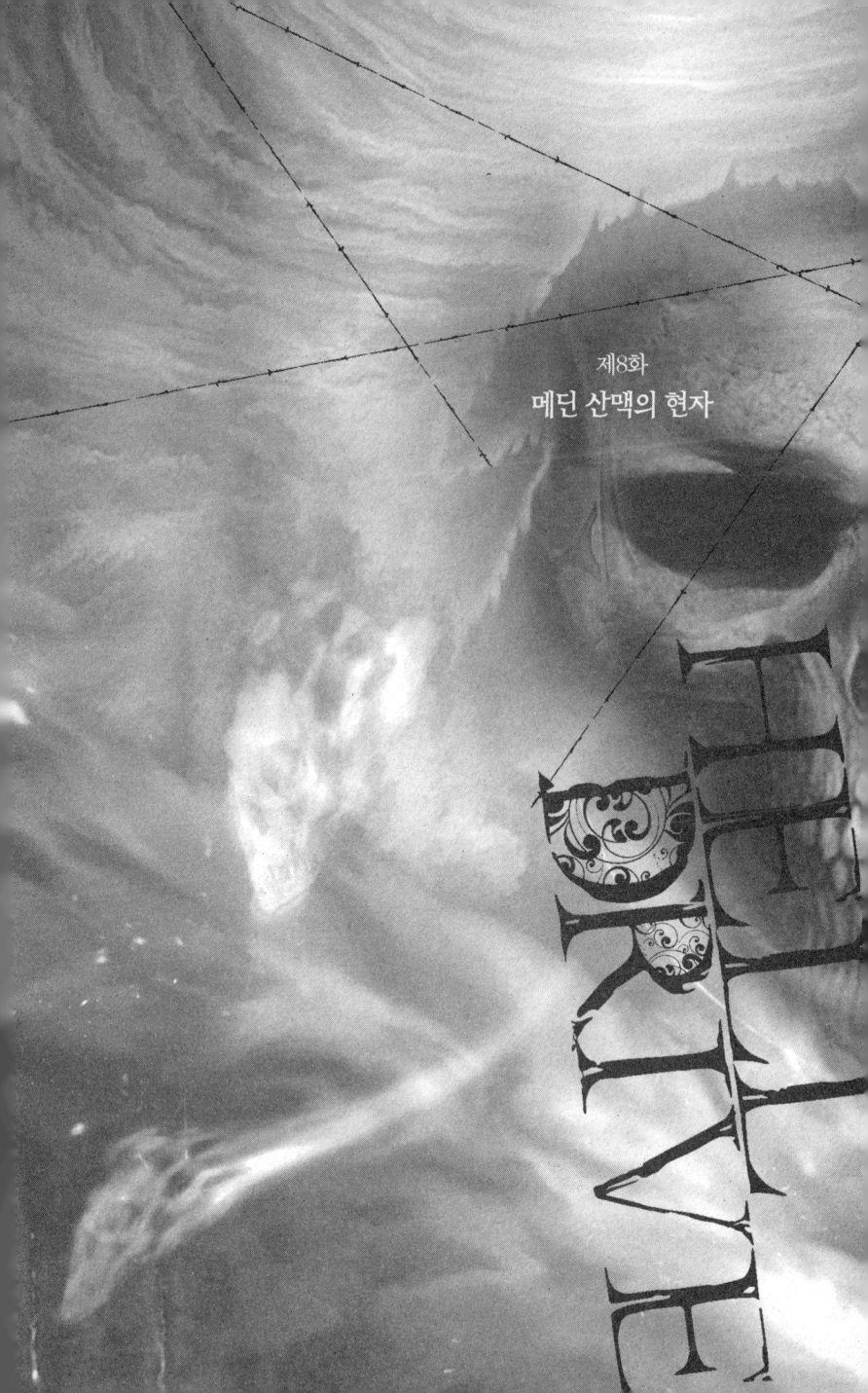

늦은 저녁.

십여 명의 사람들이 메딘 산맥 아래의 여관을 찾아왔다.

말을 타고 먼 길을 달려온 듯, 다들 먼지를 잔뜩 뒤집어쓰고 있었다.

"정말 이곳에 여관이 있었군."

선두에 선 건장한 체구의 사내가 놀란 목소리로 말했다.

오지라 할 만한 산골 마을이다. 그런 곳에 허름하나마 여관이 있다니.

직접 두 눈으로 보지 않았다면 믿지 않았을 것이다.

"오일, 자넨 이곳에 여관이 있다는 걸 어떻게 알았는가?"

건장한 체구의 사내가 묻자 날카로운 인상의 동료가 담담한 목소리로 대꾸했다.

"십여 년쯤 전에 우연히 이곳을 지나간 일이 있었네. 그때 본 거지. 당시에도 이런 궁벽한 곳에 여관이 있어 놀란 적이 있었는데, 아직도 남아 있을 줄은 몰랐군."

"허! 이 여관이 벌써 10년도 넘었다는 건가? 보아하니 산맥을 지나가는 여행객들을 위해 지어진 것 같은데. 10년이나 버티다니 대단하군."

"오래전의 일이라, 비록 저렇게 간판을 달고 있긴 하지만 아직도 영업을 하는지는 나도 장담할 수 없네."

당연히 여관은 망하지 않았다. 그들의 말이 끝나기 무섭게 여관의 문이 열리며 십오륙 세 정도로 보이는 소년이 나타났다.

리들이었다.

"울창한 메딘 숲의 평화로운 휴식처, 메딘 여관입니다. 어서 오세요, 손님들."

리들이 손님들에게 허리를 접으며 그럴싸한 인사말을 날렸다. 싹싹한 그의 태도에 사내들이 껄껄 웃음을 터트렸다.

"똘똘한 아이로구나. 맛있고 따뜻한 식사가 필요하구나. 가능하겠느냐?"

"물론입니다. 자랑이 아니라 저희 누나의 요리 솜씨는 정말 훌륭합니다. 그런데 잠은 안 주무실 건가요?"

"급한 일이 있어 곧바로 출발해야 할 것 같구나."

소년이 잠시 서쪽 하늘을 바라보았다.

해가 저물 시각이다.

그는 다시 사내를 돌아보며 말했다.

"시간이 너무 늦었습니다. 밤이 되면 몬스터가 많이 나옵니다. 아주 급한 일이 아니면 쉬고 가시는 것이 좋습니다."

"몬스터?"

사내가 오일을 돌아보았다.

오일이 가볍게 웃으며 대답했다.

"무슨 걱정인가, 크래커. 우리가 함께 있는데 말이야."

"우리만 가는 것이면 걱정하지 않겠네. 하지만……."

크래커라 불린 사내가 힐끔 옆을 보았다.

그와 나란히 말을 달리고 있는 사람.

후드를 깊게 눌러쓰고 있어서 얼굴을 확인할 수는 없었다. 다만 가녀린 어깨와 왜소한 체구로 보아 여자임을 어렵지 않게 짐작할 수 있을 뿐이었다.

오일이 어깨를 으쓱하며 답했다.

"걱정할 필요 없네. 제아무리 대단한 몬스터라도 우리에게 걸리면 벽에 걸어 놓은 고깃덩이 신세일 테니. 자네도 알지 않는가, 우리의 실력을."

오일의 강한 자신감에 크래커는 고개를 끄덕여 보였다.

언뜻 오만하게 느껴지는 오일의 발언.

하지만 그들의 실력을 아는 자들이라면 무심결에 고개를 끄덕일 것이다.

"들었지? 아이야, 식사만 있으면 될 것 같구나."

리들은 무언가 할 말이 있는 듯 잠시 망설였다. 하지만 이내 포기한 듯 밝은 표정으로 대꾸했다.

"알겠습니다. 말고삐를 이리 주세요. 제가 잘 돌봐 주겠습니다."

리들이 말들을 마구간으로 데려가는 동안 크래커와 그의 일행들은 여관 안으로 들어갔다.

허름한 외관과 달리 내부는 정갈했다.

"어서 오세요."

여관의 주인인 리리아가 따뜻한 미소로 일행을 맞았다.

그녀를 본 크래커가 나직한 감탄을 흘렸다.

"이런 깊은 산골에 이렇게 대단한 미녀가 있을 줄은 몰랐군."

"과찬이세요."

과한 칭찬은 아니었다.

실제로 그녀는 상당한 미모였다. 인근 지역에 그녀의 미모에 대한 소문이 파다할 지경이다. 그녀를 보기 위해 멀리서 일부러 사람들이 찾아올 정도였다.

"자, 이리로 앉으세요."

리리아가 그들을 중앙의 탁자로 안내했다.

탁자라고 해 봐야 고작 네 개가 전부.

그것도 서너 명이 앉을 수 있는 작은 크기들이었다.

그나마 중앙에 있는 탁자가 다른 것보다 크고 깨끗했다.
크래커와 오일, 그리고 그들이 조심스럽게 대하고 있는 여인이 그 자리에 앉았다.
크래커가 리리아에게 말했다.
"자신 있는 요리를 사람 수대로 모두 내오게."
"알겠습니다."
리리아가 기분 좋게 대답하며 주방 안으로 갔다.
"허허, 시원시원한 아가씨로군."
크래커가 껄껄 웃었다.
그가 모시고 있는 여자도 손으로 입을 가리며 곱게 웃었다.
"그러게요. 발랄한 분이시군요."
두 사람이 리리아에 대해 말을 주고받는 사이, 다른 호위병들은 여관 내부를 샅샅이 훑었다. 별다른 이상이 발견되지 않자 그제야 제각각 자리를 잡고 앉았다. 안전을 확인한 크래커가 후드를 깊게 눌러쓴 여인에게 말했다.
"아가씨, 안심하셔도 될 것 같습니다."
여인이 고개를 끄덕이더니 후드를 젖혔다.
이내 후드 속에 숨겨져 있던 에메랄드빛 머리카락이 폭포수처럼 어깨 아래로 흘러내렸다.
"더워서 혼났어요."
그녀가 부드러운 목소리로 말하며 이마를 가린 머리카락을 쓸어올렸다.

희고 반듯한 그녀의 얼굴이 드러났다.

그녀의 미모는 진정 놀라웠다.

순간, 어두운 여관 안이 환하게 밝아진 것 같은 착각이 들 정도였다. 그린 것처럼 부드럽게 휘어진 눈썹과 영롱한 눈빛, 반듯한 코와 붉은 입술까지.

특히 하얀 피부가 일품이었다.

손으로 만지면 하얗게 분이 묻어날 것처럼 맑고 투명했다.

"휴, 시원하네요."

그녀가 손 부채질을 하며 부드럽게 웃었다.

무심결에 그 미소를 본 호위병들의 눈빛이 몽롱해졌다.

여행 내내 몇 번이나 본 얼굴이건만, 여전히 적응이 안 되는 미모다.

"하하하, 이르민 아가씨, 많이 불편하셨습니까?"

크래커가 굵직한 웃음을 보였다.

이르민이라 불린 여인이 고개를 끄덕이며 답했다.

"이렇게 말을 오래 탄 건 처음이라서요."

"죄송합니다. 길을 서두르다 보니……."

"아니에요. 크래커 아저씨 때문이 아니라는 건 알고 있어요. 일정이 바쁜 탓이죠."

평소라면 크고 안락한 마차를 타고 느긋하게 여행을 즐겼을 터였다. 하지만 이번엔 약간의 문제가 생겨 마차를 포기하고 급하게 말을 달려야 했다.

굳이 넓은 도로를 포기하고 인적이 드문 산길을 택한 것도 그 때문이다.

땀을 식히던 이르민이 물었다.

"얼마나 더 가야 하나요?"

오일이 서둘러 대답했다.

"밤새 달리면 내일 저녁쯤엔 마을에 도착할 수 있을 것입니다."

"내일 저녁이라……."

"그때까지만 참으시면 됩니다. 그곳엔 텔레포트 게이트가 있으니, 그곳에만 당도하면 여행은 끝이라고 할 수 있습니다."

"너무 늦지는 않을까 걱정이에요."

이르민의 안색이 어두워졌다.

크래커가 듬직한 목소리로 그녀를 위로했다.

"걱정하지 않으셔도 됩니다. 아가씨께서도 아시다시피 압슬라 님은 상상을 초월할 정도로 강하신 분이십니다. 어쩌면 지금쯤은 건강을 회복하셨을지도 모릅니다."

크래커의 말에 이르민은 작게 고개를 끄덕였다.

그들이 이런저런 이야기를 나누는 사이 리리아가 몇 가지 음식을 내왔다.

크래커가 다른 사람에 앞서 음식들을 조금씩 먹었다.

무표정한 얼굴로 음식을 맛보던 그가 돌연 놀란 표정으로 리리아를 보았다.

"맛있군."

음식 맛은 실로 놀라울 정도였다.

솔직히 맛은 전혀 기대하지 않았다. 이런 시골의 여관, 실력이 있어 봐야 얼마나 있을까. 그런데 그런 예상과 달리 상당히 맛있었다. 도시의 어지간한 식당보다도 훌륭했다.

"허! 이런 곳에서 썩히기 아까운 재주로군. 어떤가, 도시로 나갈 생각은 없는가? 여관을 옮긴다면 내가 적극 후원해 줄 용의도 있네."

크래커가 진지하게 말했다.

진심이다. 이 정도 요리 실력을 갖춘 요리사는 수도에서도 찾기 힘들다. 여관의 청결함도 마음에 든다.

"전 이 마을이 좋아요."

리리아가 웃으며 대꾸했다.

"허! 몬스터가 나타난다면서? 무섭지 않은가?"

"전혀요. 현자님께서 지켜 주고 계시니까요."

"현자?"

크래커가 오일을 돌아보았다.

현자에 대해서 들어 봤냐는 눈빛이다.

오일이 고개를 저었다.

"처음 듣는 이야기로군. 아가씨, 이 마을에 현자가 있었소?"

"그럼요."

리리아가 신이 나서 설명했다.

"아주 훌륭하고 멋진 분이시죠. 마을의 위기를 몇 번이나 구해 주셨어요."

"허! 그렇게 대단한 사람이 있는데도 소문이 나지 않았다니. 정녕 신비로운 사람이로군. 시간이 나면 한번 만나 볼 수 있었으면 좋겠군. 어디로 가면 되는가?"

"그분은……."

리리아가 현자에 대해 말을 이으려고 할 때였다.

여관의 문이 열리고 리들이 큰 목소리로 외쳤다.

"누나! 누나!"

리리아가 그에게 핀잔을 주었다.

"리들, 손님이 계시잖니. 그렇게 큰 소리로 외치면 식사하시는 데 방해가 될 수 있어요."

리들이 아랑곳하지 않고 소리쳤다.

"누나, 누가 왔는지 봐."

"누가 왔는데?"

"현자님이셔. 현자님께서 오셨다고."

"현자님?"

현자라는 소리에 리리아를 비롯한 사람들이 고개를 돌렸다.

이 마을의 현자라는 사람이 궁금했기 때문이다. 그러나 정작 현자를 확인한 사람들은 실망을 금할 수 없었다.

'젊잖아?'

'아직 새파란 애송인데?'

현자라면 으레 흰 수염을 길게 늘어뜨린 나이 든 노인을 상상하기 마련이다. 당연한 일이지 않은가. 현자라는 말 자체가 많은 경험과 지식을 쌓은 사람을 말한다. 그러나 눈앞에 보이는 사람은 고작 스물 정도로 보이는 새파란 젊은이였다. 그런 자에게 오래 축적된 경험과 지식이 있을 리 만무했다.

하지만 실망과 더불어 의문이 떠올랐다.

젊은 청년이 현자라는 어마어마한 칭호로 불리고 있다니.

무슨 이유일까?

"정말 현자님이시네. 이 늦은 시각에 웬일이세요?"

리리아가 현자라 불린 청년에게 반갑게 물었다.

"현자라 부르지 말라고 몇 번이나 말했잖니."

그가 부드럽게 웃으며 말했다.

"에이, 어떻게 그렇게 해요. 마을을 구해 주신 영웅이신데. 저만 아니라 다른 분들도 다들 람스 님을 현자님이라고 부른다고요."

리리아에게 현자님이라 불리는 청년.

그는 다름 아닌 람스였다. 여행을 떠나기에 앞서 필요한 물건을 구하러 마을에 들른 것이다.

"그런데 무슨 일이세요? 이렇게 늦은 시각에 마을을 찾으신 건 처음인 것 같은데. 그러고 보니 다른 분들의 모습도 보이지 않네요?"

평소 람스는 제자들과 함께 움직이는 걸 좋아했다.

오늘은 그를 수행하는 제자가 한 명도 보이지 않았다.

"개인적인 볼일이 생겨서 리하라드라는 곳으로 가는 길이야. 그동안 제자들은 수련을 하고 있겠다고 하더구나."

"아! 그런 일이 있었군요. 그런데 리하라드라면 참 먼 곳이네요. 오래 걸리겠는데요?"

"글쎄. 얼마나 걸릴지는 가봐야 알겠지."

"필요한 물건은 없으세요? 말씀해 주시면 리들을 시켜서 준비해 놓을게요."

"오는 길에 부두목에게 부탁해 뒀다."

"아! 제가 현자님을 너무 오래 세워 뒀네요. 이리 앉으세요."

리리아는 람스를 빈자리로 안내했다.

"시장하시죠? 잠시만 기다리세요. 제가 먹을 만한 걸 만들어 올게요."

수선을 떨며 리리아가 주방으로 들어갔다.

"아무리 봐도 현자는 아닌 것 같은데 말이야."

람스를 빤히 쳐다보던 크래커가 의심스러운 표정으로 중얼거렸다.

이르민이 말했다.

"시골 마을에서는 종종 마법사를 현자라고 부른다고 들었어요. 저분 역시 그런 경우일지도 몰라요."

이르민의 말에 문득 생각난 듯 오일이 말했다.

"그러고 보니 이 산맥 어딘가에 마탑이 하나 있다고 들었네. 헬리…… 뭐라고 하는 곳인데……."

크래커가 물었다.

"마탑? 이런 곳에 마탑이 있었나?"

"그리 대단한 곳은 아닌 모양일세. 협회에 인정받지 못한 노마법사가 독단으로 세운 마탑이라고 하더군. 그래서 제자도 몇 없다는 이야기를 들었네."

"그런 식으로 마탑이 생길 수도 있다는 걸 오늘 처음 알았군."

"솔직히 말해 마탑이라고 말하기도 뭐한 곳이라고 하더군. 탑이라고 해봐야 쓰러져 가는 가옥 한 채가 전부라고 들었네."

"가옥? 그런데 어째서 탑이라고 하는 거지?"

오일이 어깨를 으쓱했다.

"낸들 아나. 마법사가 마탑이라고 우기면 그것이 무너져 가는 가옥이든, 돼지우리든 마탑이 되는 모양이지."

"그렇다면 저 친구도 제대로 된 마법사가 아닐 가능성이 높겠군."

"협회에도 인정받지 못한 마법사의 제자일세. 안 봐도 뻔한 수준이겠지."

오일의 말을 들은 크래커가 이르민에게 시선을 주었다.

이르민은 오래전 마법 교육을 받은 적이 있었다.

잠깐의 교육이라 수준은 낮지만 아무래도 평범한 사람들보다 마법사에 대해 아는 것이 많을 것이다.

마침 이르민도 람스를 살피던 중이었다.

'마탑의 제자라는 사람이 지팡이도 안 들고, 로브도 입지

않았네. 이상하구나. 마법사라면 로브는 몰라도 지팡이는 필수일 텐데.'

이르민은 고개를 좌우로 흔들었다.

아무래도 람스라는 청년의 실력은 수준 이하인 모양이다.

그녀는 곧 그에 대한 관심을 거뒀다.

'시골의 마법사, 그 수준이야 뻔하지.'

* * *

식사를 마친 이르민과 그녀의 일행들은 곧바로 여관을 나섰다. 어느새 해가 저물어 사위는 어둡기 그지없었다.

"정말로 가실 건가요? 위험할 텐데."

말을 내오며 리들이 근심 어린 표정을 지었다.

크래커가 그의 머리를 쓰다듬어 주었다.

"걱정 마라. 이 아저씨들의 실력은 네가 생각하는 것보다 훨씬 대단하니까."

오일이 한마디를 덧붙였다.

"적어도 네 현자님보단 강할 게다."

그 말에 다른 사내들이 껄껄 대소를 터트렸다.

"하하하!"

"현자란 사람이 산적 무리를 토벌했다지?"

"말을 들어 보니 토벌이 아니라 교화를 시켰다고 하던데?"

"현자는 현자로군. 험악한 산적들을 교화시키다니 말이야. 아무래도 이 마을의 현자는 마법 능력보다는 언변이 더 뛰어난 모양이군."

호위병들은 대놓고 람스를 비웃었다.

리들의 입술이 삐죽 나왔다.

"아니에요! 현자님은 정말 강해요. 깎아지른 듯한 절벽도 걸어서 올라갔다고 하던걸요?"

"호오, 수직의 절벽을 걸어서 올라가? 과연 대단한 재주로군. 그런데 직접 본 거냐?"

"그건…… 아니에요. 하지만 산적 아저씨들이 하는 말이 정말로 그랬다고……."

크래커가 빙긋 웃으며 리들의 머리를 쓰다듬었다.

"내 생각엔 아무래도 그 산적 아저씨들이 과장을 섞어 말을 한 모양이구나. 언제 한번 기회가 되면 큰 도시를 구경해 보려무나. 많은 경험을 쌓다 보면 지금 네 생각이 얼마나 허황된 것인지 알 수 있을 게다."

리들에게 충고를 한 크래커가 말안장에 올라앉았다.

다른 사람들은 이미 준비를 마친 상황이었다.

크래커가 이르민을 보며 청했다.

"가시죠, 아가씨."

이르민이 고개를 끄덕였다.

"갈 길이 머니 서두르도록 하죠."

그녀의 허락이 떨어지자 크래커를 비롯한 호위병들이 힘차게 말을 몰았다.

그들은 부연 먼지를 일으키며 순식간에 여관에서 멀어졌다.

멀어지는 그들의 뒷모습을 보며 리들은 입술을 삐죽거렸다.

"현자님은 강한데 왜 다들 안 믿어 주는 거지? 헹! 한번 몬스터와 만나 보시지. 현자님 생각이 간절하게 날걸!"

"내 생각이 간절하게 날 거라고?"

갑자기 들려온 목소리에 리들이 고개를 돌렸다.

람스가 막 여관을 나서고 있었다.

"현자님! 식사는 다 하신 거예요?"

"그래."

"먼 길을 가신다면서요?"

"그래."

"금방 돌아오세요. 현자님이 안 계신다고 생각하면 어쩐지 무서워져요."

람스가 웃으며 말했다.

"무슨 걱정이냐? 내가 없어도 네 형이 있는데 말이다. 리자크는 너와 네 누이를 지켜 주기엔 충분한 실력을 가지고 있단다."

"하지만 형보다는 현자님이 훨씬 든든한걸요?"

리들이 혀를 내밀며 웃었다.

람스가 그의 머리를 쓰다듬어 주었다.

그때, 리리아가 람스에게 작은 보따리를 내밀었다.

"가면서 드시라고 조금 쌌어요."
"고맙다."
"일이 끝나면 바로 돌아오세요."
"그래."
람스는 리리아가 건넨 보따리를 들고 길을 나섰다. 리리아와 리들은 멀리까지 그를 배웅하며 아쉬움을 표했다.

*　　*　　*

여관을 나선 이르민과 그녀의 호위병들은 어두운 밤길을 바람처럼 내달렸다. 좁고 어두운 산길을 달빛에 의지해 말을 달리는 것은 그야말로 위험천만한 모험이 아닐 수 없었다.
그러나 그들에겐 여유가 없었다.
조금의 지체도 용납되지 않는 상황.
선두를 맡은 오일의 감을 믿고 무작정 말을 달릴 뿐이었다.
하지만 밤새도록 말을 달리는 건 말에게나 사람에게나 무리였다.
"잠시 쉬었다 가죠."
모두가 지칠 무렵 오일이 제안했다.
밤을 새며 달리는 강행군.
사람보다 말이 더 지쳤다.
중간에 한 번 말을 바꾸긴 했지만, 그래도 3시간 이상 쉬지 않고 달리는 것은 무리다.
 쉬자는 오일의 말에 약속이나 한 것처럼 다들 말을 세웠다.
 너나 할 것 없이 안장에서 내리자마자 쓰러지듯 풀밭에 드러누웠다.
 오일이 일행을 위해 모닥불을 피웠다.
 봄이라지만 야밤의 산속은 아직 쌀쌀했다.
 은연중에 다들 모닥불 곁으로 모여 들었다.
 "힘드시죠?"
 크래커가 이르민에게 물었다.
 이르민이 힘없는 표정으로 대답했다.
 "산을 넘으려면 아직 한참 더 가야겠죠?"
 "적어도 온 만큼은 더 가야 할 것 같습니다."
 이르민은 쓰게 웃었다.
 이미 녹초가 된 지 오래다.
 곱게 자란 이르민은 한 번도 이런 고생을 한 적이 없었다.
 아까 잠시 쉬었던 여관에서 한숨 푹 자고 왔으면 하는 생각이 간절하다. 하지만 안 될 말이다. 아버지께서 위독하시다 한다. 한시라도 빨리 가야 한다.
 '텔레포트 게이트가 있다면 편했을 텐데.'
 다소 비싸긴 해도 텔레포트 게이트를 이용하면 단숨에 이동할 수 있다. 유감스럽게도 이 지역엔 텔레포트 게이트가 없었다. 마탑도 있다는데 텔레포트 게이트가 없다니. 이상한 곳이다.

하는 수 없이 잠도 못 자고 산길을 올라야 하는 고달픈 신세가 되었다.

"쌀쌀하죠? 이거라도 한 잔 드십시오."

오일이 김이 모락모락 오르는 차를 내왔다.

모닥불을 피운 김에 차를 올린 모양이다.

이르민과 크래커가 차를 받아 마셨다.

따뜻한 차가 목을 넘어가니 얼어붙은 몸에 온기가 도는 것 같았다.

"자넨 눈치가 빨라서 좋아."

크래커가 엄지를 들어 보였다.

오일이 입꼬리를 슬며시 올렸다.

모닥불의 노르스름한 불빛 탓인지, 그 소리 없는 미소가 섬뜩하게 느껴졌다.

그 순간이었다.

부스럭.

고요하던 숲 저편에서 신경 쓰이는 소음이 일었다. 휴식을 취하던 호위병들이 순간 긴장하며 자세를 바로 했다.

부스럭부스럭.

소음은 점차 커져 갔다.

'짐승? 몬스터?'

문득 여관에서 들었던 몬스터에 대한 이야기가 생각났다.

크래커는 고개를 저었다.

'규칙적인 발소리. 사람이다!'

긴장이 높아졌다.

호위병들은 언제라도 발출할 수 있도록 검 자루에 손을 얹었다. 부스럭거리는 소리는 점점 커져 갔다.

팽팽한 긴장감이 흘렀다.

모두들 숨을 죽인 채 어둠 속을 노려보았다.

그때였다.

어둠을 뚫고 갑자기 검은 그림자 하나가 불쑥 튀어나왔다.

"아! 당신은……."

불청객을 확인한 이르민이 안심한 듯 말끝을 흐렸다.

그였다.

여관에서 잠깐 본 청년.

메딘 산맥의 현자라 불리던 람스였다.

"자네로군."

일순간에 긴장이 풀어졌다.

시골 마을의 얼뜨기 현자.

마탑의 제자라면서 그 흔한 지팡이 하나 들지 않은 엉터리.

그의 출현에 다들 안도의 한숨을 쉬었다.

긴장이 일시에 풀리며 굳었던 얼굴에도 표정이 돌아왔다.

유일하게 오일만이 냉정한 눈빛으로 람스를 노려보았다.

"수상하군. 어째서 우리 뒤를 따라온 거지?"

람스가 평온한 음성으로 대답했다.

"난 그저 이 길을 가고 있었을 뿐이다."

"우연히 같은 길을 가고 있었을 뿐이다? 흥, 우연이라. 과연 그럴 수도 있겠군."

오일이 시비조로 말꼬리를 물고 늘어졌다.

잠시 주위를 살핀 크래커가 나섰다.

"그만 둬, 오일."

"하지만 이 녀석, 뭔가 수상하잖아. 혹시 다른 녀석들과 함께 아가씨를 노리고 있는지도 몰라."

"아마도 그건 아닐 거야. 일단 다른 녀석들의 기척이 없어. 그리고 아가씨를 노렸다면, 이렇게 불쑥 모습을 드러내지도 않았겠지. 무엇보다……."

크래커가 담담한 표정의 람스를 보며 말을 이었다.

"현자라는 말까지 듣는 사람이다. 실력 유무를 떠나서 나쁜 사람은 아닐 거야."

크래커의 말에 오일은 여전히 불만이 있는 표정이었지만, 일단 뒤로 물러섰다. 지금 현재 이르민의 안전을 책임지고 있는 사람은 크래커다. 크래커와 이르민이 용인한다면 아무리 그의 정체가 의심스러워도 받아줄 수밖에 없다.

"우연이든 어쨌든 다시 보게 되니 반갑소. 이리 와서 불이라도 좀 쬐는 게 어떻겠소? 다들 바쁜 사람들이지만 모닥불의 온기마저 양보 못할 정도는 아니라오."

크래커는 람스를 향해 넉넉한 웃음을 보였다.

"그럼, 실례하겠소."

람스가 빙그레 웃으며 모닥불 곁에 자리를 잡고 앉았다.

'일이 귀찮게 됐군.'

오일은 손가락을 깨물었다.

술술 잘 풀리던 일이 막판에 와서 흐트러지는 느낌이다.

하지만 곧 그는 찡그린 인상을 폈다. 예기치 않은 청년의 출현이 마음에 걸리지만, 계획엔 큰 지장이 없다.

지팡이도 없는 마법사.

그 실력이라면 안 봐도 뻔한 수준이다.

'그래도 혹시 모르지.'

오일은 애써 미소를 지으며 람스에게 차 한 잔을 내밀었다.

"좀 전엔 미안했소."

람스는 굳이 마다하지 않았다.

곧바로 차를 받아 들고 향을 즐기더니 음미하듯 마셨다.

"맛있군."

람스가 미소를 지었다.

감미로운 향기도 좋지만, 톡 하고 쏘는 뒷맛이야말로 일품이다. 그는 오일에게 잔을 내밀었다.

"한 잔 더 부탁해도 되겠소?"

"안 될 것도 없지."

오일이 그에게 차를 따라 주며 회심의 미소를 지었다.

이로써 약간의 변수마저 통제할 수 있게 되었다.

한편, 람스를 흘끔거리며 살피고 있던 이르민은 홀연히 떠오르는 의문을 지울 수 없었다.

'그러고 보니 저 사람······.'

그녀는 즉시 크래커에게 귓속말을 전했다.

"아저씨, 저 사람, 말이 없어요."

무슨 일인가 긴장하던 크래커가 씩 하고 선 굵은 미소를 보였다.

"그러게요. 젊은 사람이 꽤 과묵하군요."

"아니요. 그런 말 말고요."

이르민이 두 손을 흔들어 보였다.

고삐를 쥐고 흔드는 동작이다.

크래커는 이내 그 뜻을 알아차렸다.

'말수가 적다는 소리가 아니라, 타고 다니는 말이 없다는 소리구나.'

이르민의 말이 이어졌다.

"말도 없는 사람이 어떻게 우릴 따라잡을 수 있었을까요?"

"아!"

비로소 크래커는 이르민의 말이 어떤 의미인지 깨달을 수 있었다.

그렇다. 람스는 말을 타고 오지 않았다.

걸어서 왔다는 소리다.

그에 반해 이르민과 그녀의 일행들은 줄곧 말을 타고 달려왔다. 전력으로 몇 시간을 달렸으니, 모르긴 몰라도 상당한 거리를 왔을 것이다.

그런데 말도 타지 않은 람스가 그들을 따라잡았다.

'지름길을 알고 있는 걸까?'

크래커는 고개를 저었다.

아무리 지름길로 왔다고 해도 그들을 따라잡을 수는 없다.

'수상하다.'

크래커의 눈빛이 날카로워졌다.

그는 람스를 주의 깊게 살폈다.

람스는 한가로운 표정으로 차를 홀짝거렸다.

향이 마음에 들었는지 연거푸 다섯 잔이나 마셨다.

무뚝뚝해 보이는 첫인상과 달리 시원스러운 성격인 듯 보였다.

'신경 쓰이는군.'

순박한 청년이긴 하지만, 그에게 수상한 구석이 있는 것은 사실이다. 경계가 필요하다는 생각이 들었다.

"충분히 쉬었으니 그만 떠나세."

크래커가 자리에서 일어나며 말했다.

수상한 람스와 함께 있을 수 없다는 판단을 내렸다.

그러나 그는 자리에서 일어날 수 없었다.

몸을 일으키려는 순간, 심한 현기증이 밀려왔다.

"내가 왜 이러지?"

심하게 술에 취한 것처럼 머리가 어지럽고, 온몸이 물에 젖은 솜처럼 무거워졌다. 심지어 혓바닥까지 얼얼하게 마비가 되었다.
"아! 갑자기 현기증이……."
이르민도 어지러움을 호소했다.
뒤늦게 크래커는 현기증의 원인을 찾았다.
'독!'
현기증, 무기력. 마비 증상.
전형적인 중독 증상이다.
그는 반사적으로 람스를 노려보았다.
'설마 현자라는 이 청년이?'
설마 몰래 독을 살포했을 줄이야.
그는 험악한 인상으로 람스에게 외쳤다.
"네 이놈! 외로운 여행자에게 따뜻한 차와 온기를 제공한 은혜를 이렇게 갚다니! 대체 이렇게 악독한 짓을 하는 이유가 뭐냐!"
람스는 대뜸 고함을 지르는 그를 힐끔 돌아보며 말했다.
"사람을 잘못 고른 것 같군."
"사람을 잘못 골라?"
크래커는 눈을 휘둥그레 떴다.
음모를 꾸민 사람치곤 너무도 태연한 표정과 행동 아닌가.
'그가 아니라면 대체 누가…….'
의문은 금세 풀렸다.
"호호호."

오일이 음침한 웃음을 터트렸다.
"약발이 아주 잘 받는 모양이군."
크래커는 아연실색했다.
"서, 설마……."
그러고 보니 오일은 아무런 중독 증상도 일으키지 않았다.
천천히 기억을 더듬어 보니 그는 차를 전혀 마시지 않았다. 그리고 다른 호위병들 역시 중독되지 않기는 마찬가지였다.
여행 내내 헌신적으로 아가씨를 챙기던 호위병들이 중독된 그녀를 보며 히죽거리고 웃고 있다.
모두 한패였다.
"오일, 네가……."
믿기지 않는 현실에 크래커는 볼을 푸들푸들 떨었다.
"ㅎㅎㅎㅎ."
오일은 흑심을 숨기지 않았다.
크래커와 이르민이 중독된 이상 더 이상 검은 속내를 숨길 이유가 없었다.
"그래, 바로 나다."
"설마 술탄께서 위급하다는 소식도……."
"이르민 아가씨를 꼬여 내기 위한 구실이었지. 그녀가 외가에 있으면 아무래도 일을 도모하기가 곤란해지거든."
"왜냐?"
오일의 배신이 믿기지 않았다.

그는 크래커 자신과 더불어 사막 부족이 자랑하는 실력자다. 지금까지 압슬라 술탄의 아낌없는 총애를 받았다.

그런 그가 어째서……?

"더 큰 이득이 걸려 있기 때문이지."

오일이 손톱을 만지며 말을 이었다.

"부족의 용사? 흥, 허울 좋은 명성이지. 돈은 꽤 들어오지만, 이 생활 오래해 봐야 남는 건 늘어만 가는 흉터와 언제 죽을지 모른다는 불안뿐이다. 허구한 날 부족의 뒤치다꺼리나 하다가 혼란한 전장에서 이름도 모르는 놈의 칼에 맞아 죽을 운명인 거지."

"그래서…… 배신을 했단 말이냐!"

"누군가 내게 제법 훌륭한 미래상을 제시하더군. 시골이긴 하지만 내 소유의 땅과 지위를 약속했어. 적당히 아랫사람이나 굴리면서 지내면 썩 그럴듯한 노후가 그려질 것 같더군."

크래커는 혼란스런 와중에도 오일에게 이런 짓을 시킬 만한 배후를 떠올렸다.

곧 하나의 이름이 떠올랐다.

"늪 부족이군."

오일은 비열한 웃음을 입가에 띠었다.

"마음대로 생각해."

크래커는 분노한 음성으로 외쳤다.

"놈! 술탄의 은혜를 입은 네가 원수의 사주를 받았단 말이냐!"

충의로 가득한 그의 외침을 오일은 마음껏 비웃었다.

"됐어. 그깟 은혜, 어차피 전장에서 칼받이로 쓰려는 수작일 뿐이니까. 그보다…… 그만 우리 사이를 정리하는 게 어떨까 싶은데."

스릉.

오일이 검을 뽑아 들었다.

"네게 일을 의뢰하신 분은 이르민 아가씨만 필요하다고 했다네. 유감스럽지만 자넨 죽어 줘야 할 것 같네. 보는 눈이 많으면 말하는 입도 많은 법이거든."

그가 스산한 살기를 일으켰다.

호위병들도 검을 뽑아 들고 하나둘 모여들었다.

그때 이르민이 외쳤다.

"그만! 난 마법사예요. 더 이상 다가오면 용서하지 않겠어요."

그녀가 소매 안에서 작은 지팡이를 꺼내 오일을 겨눴다.

오일이 입가를 뒤틀며 비웃음을 날렸다.

"마법이라고요? 하핫, 고작 몇 년 허투루 배운 마법, 게다가 마법을 전수한 사람조차도 정식 마법사가 아니었다면서요? 그렇게 어설프게 배운 마법이 과연 우리에게 통할까요? 용사란 칭호를 듣는 우리에게 말입니다."

"……"

"또 한 가지 슬픈 소식을 알려 드릴까요? 당신이 먹은 독, 그 독엔 집중을 방해하는 성분 또한 들어 있습니다. 흐흐흐."

"……!"

이르민은 입술을 깨물었다.

아까부터 주문을 외웠지만 좀처럼 마나가 모이지 않았다.

"흐흐흐, 분한 표정이군요. 설마 이런 함정에 걸려들 줄은 꿈에도 몰랐겠지요?"

사실이다.

설마 아버지가 위독하다는 말로 자신을 속일 줄이야. 아니, 그보다는 오일의 배신을 전혀 짐작도 못한 것이 큰 원인이다.

오일을 믿었다.

부족을 지키는 전사, 부족의 용사니까.

그나마 크래커마저 배신하지 않았다는 것이 다행이다.

하지만 상황은 이미 최악이다.

저항할 능력도, 방법도 없다.

잠자코 상대의 처분에 몸을 맡길 수밖에 없는 신세.

"하하하! 꼴좋구나."

오일이 껄껄 웃었다.

그는 정말 기분이 좋았다.

조마조마하던 일이 결국 원하는 대로 처리되지 않았는가.

그런데 그런 기분 좋은 흐름에 찬물을 끼얹는 목소리가 들려왔다.

"저……"

일을 함께 도모한 호위병 중 한 명이었다.

"무슨 일이냐?"
오일의 목소리에 짜증이 가득했다.
잘 차려 놓은 식탁.
이제 수저만 뜨면 된다.
한데 중요한 순간에 말을 걸어 좋은 분위기를 망치다니!
어지간히도 눈치 없는 녀석이다.
호위병이 쭈뼛거리며 말했다.
"아무래도 저 녀석…… 중독되지 않은 것 같습니다."
"저 녀석?"
오일은 호위병이 가리키는 곳으로 고개를 돌렸다.
람스였다.
녀석은 흥미로운 표정으로 작금의 사태를 예의 주시하고 있었다.
신경 쓰이는 것은 녀석의 맑은 눈동자다.
중독 증상 중 가장 눈에 띄는 것은 안색이다. 그중에서도 눈동자는 신체 중에서 가장 빠른 변화를 보인다.
눈은 간의 척도.
고로 눈동자는 중독 증상의 신호등이라 할 만 했다.
그런데 녀석의 눈동자는 여전히 맑았다.
바위 위에 앉아 있는 모습도 대나무처럼 바르고 곧다.
'이 녀석, 정말 중독되지 않았잖아!'
오일은 깜짝 놀랐다.

'차를 먹지 않았던가?'

아니다. 분명 벌컥벌컥 마셔댔다.

그것도 다섯 잔이나.

아무리 약한 독이라고 해도 그 정도를 한 번에 마셨으면 당장에 피거품을 물며 죽어야 한다. 그런데 녀석은 피거품은 고사하고 아예 중독조차 되지 않았다.

'뭐냐, 저 인간은?'

오일은 어안이 벙벙했다.

이 녀석, 어째서 중독되지 않는 거지?

심각한 상황임에도 전혀 긴장하지 않는 태도도 신경이 쓰인다.

'메딘 산맥의 현자라고 했지? 시골 촌구석의 마법사라고 너무 무시했나? 그래도 한가락 기술이 있는 모양이군.'

오일은 람스를 먼저 해치우기로 마음먹었다.

어차피 크래커와 이르민은 중독되어 제대로 움직이지도 못하는 처지니, 천천히 처리해도 상관없다.

'어차피 죽일 놈이었어.'

오일은 호위병들에게 눈짓을 보냈다.

명령을 받은 호위병 하나가 어슬렁거리며 람스에게 다가갔다.

"재수가 없었다고 생각해라."

호위병이 스산한 목소리로 말하며 검을 들었다.

지팡이도 없는 시골 마을의 얼뜨기 마법사.

굳이 신중을 기할 필요도 없다.
일 검이면 충분하리라.
크래커가 소리쳤다.
"그만둬! 그는 우리와 상관없는 사람이다!"
오일이 빈정대며 말했다.
"흥, 내가 목격자를 살려 두는 어리석은 짓을 할 것 같은가?"
두 사람 사이로 이르민의 애원하는 목소리가 끼어들었다.
"당신은…… 당신은 원래 이런 사람이 아니었잖아요! 부족의 영웅이었던 오일 경은 따뜻하고 정 많은 사람이었어요!"
오일은 그녀를 마음껏 비웃었다.
"그거? 다 연기였다. 빌붙어 살려니 어쩔 수 없었지. 이게 내 본래의 모습이야."
오일은 호위병에 다시 눈짓을 보냈다.
'뭐해, 빨리 처리하지 않고?'
눈짓을 받은 호위병이 성큼 앞으로 나섰다.
"얌전히 있어라. 고통 없이 보내줄 테니."
사형수의 목을 베는 망나니처럼 검을 횡횡 돌리던 그가 돌연 람스의 정수리를 향해 일격을 날렸다. 람스는 호위병이 검을 휘두를 때까지 멀뚱히 앉아 그 모습을 지켜만 보고 있었다.
호위병은 쾌재를 불렀다.
'생각보다 훨씬 멍청한 녀석이군.'
아마도 너무도 무서워 비명도 지르지 못하는 것일 게다.

오일 역시 호위병과 같은 생각이었다.

'괜한 걱정이었군.'

이제 비명이 터지겠지.

사람의 머리통이 쪼개지는 모습을 보는 건 그리 좋은 구경이 못 된다. 그는 람스를 향하던 시선을 다른 곳으로 돌렸다.

아니나 다를까.

다급한 비명성이 터졌다.

"꾸엑!"

돼지 멱따는 듯한 비명!

뒤이어 묵직한 무언가가 철퍼덕 엎어지는 소음.

'끝났군.'

오일의 입가에 미소가 어렸다.

그러나 그의 미소가 채 끝나기도 전에 호위병들의 다급한 음성이 들려왔다.

"헉!"

"당했다!"

오일은 일이 잘못되었음을 깨닫고 급히 고개를 돌렸다.

쓰러진 사람은 람스가 아니었다.

그에게 검을 휘두른 호위병이었다.

어딜 어떻게 당했는지, 저쪽 공터 한구석에 쓰레기 뭉치처럼 구겨져 있었다.

오일의 눈이 부릅떠졌다.

"어떻게 된 거냐!"

호위병 하나가 마른침을 삼키며 대답했다.

"그, 그것이…… 저놈이 가볍게 손을 흔드는 것 같더니, 다음 순간 미리트가 저곳에 저렇게 구겨졌습니다."

오일의 인상이 험악해졌다.

가볍게 손을 흔들었더니 미리트라는 이름의 호위병이 저쪽 구석으로 구겨지더라고?

"대체 무슨 말도 안 되는 소리야?"

"너무 순간적으로 벌어진 일이라 저희도 자세히는……."

호위병의 대답에 오일은 피가 싸늘하게 식는 기분이었다.

호위병들은 다들 뛰어난 실력의 검사들이다.

허접한 용병들과는 차원이 다른 존재다.

그런 그들이 람스의 움직임을 전혀 보지 못했다.

이것이 암시하는 바는 오직 한 가지.

'강적!'

오일은 이를 악물었다.

놈이 불쑥 나타날 때부터 예감이 좋지 않았다.

일이 꼬이려는 징조였다.

그래서 억지웃음까지 지어 가며 차를 먹인 것인데…….

중독되기는커녕 놈은 지금 이 순간에도 소리 없이 웃고만 있다. 그 미소가 왠지 모르게 섬뜩하게 느껴졌다.

이 녀석, 뭔가 있다!

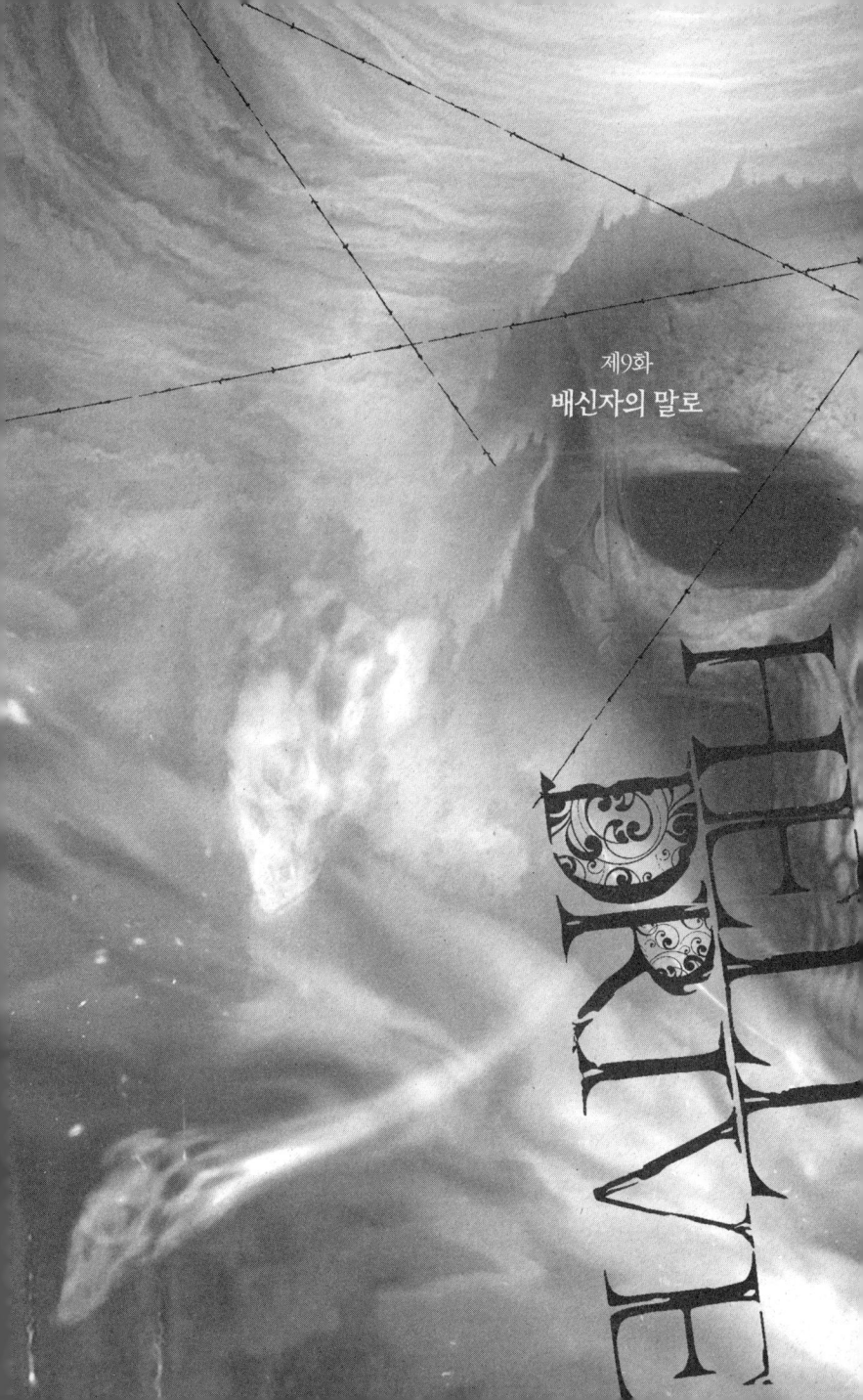

'일이 곤란하게 됐군.'

람스의 실력을 확인한 오일은 마음이 다급해졌다.

"어쩔 수 없지."

오일이 나머지 호위병들에게 눈짓을 보냈다.

'합공하자.'

놈이 강적으로 판별된 이상 미련하게 한 명씩 싸울 필요는 없다. 호위병들이 일제히 검을 뽑고 람스를 둥글게 포위했다.

순식간에 포위망이 완성되었다.

이제 공격만 하면 되는데…….

"어?"

없다.

람스가 사라졌다.

포위망이 완성되었다고 생각한 순간, 람스는 감쪽같이 자취를 감추었다.

"저, 저기에!"

호위병 하나가 뭔가에 홀린 듯한 표정으로 한쪽을 가리켰다.

이르민과 크래커가 있는 곳이다.

람스는 그들의 곁에 있었다.

'어떻게?'

어안이 벙벙했다.

원래 람스가 서 있던 곳에서 약 열 걸음 정도 떨어진 거리.

한순간에 이동할 수 있는 거리가 아니다. 게다가 뛰어난 무사인 그들의 눈을 속였다는 점은 더더욱 놀랍다.

"괜찮소?"

이르민과 크래커를 내려다보며 람스가 물었다.

"당신…… 당신은 괜찮나요?"

이르민이 당황한 음성으로 물었다.

그도 독이 든 차를 마셨다. 그것도 다섯 잔이나.

아니, 마지막엔 아예 주전자째 탈탈 털어 먹었다.

그 많은 독을 마시고도 멀쩡할 리가 없다.

혹시 늦게라도 독효가 나타나는 건 아닐까?

람스는 대답 대신 웃음을 보였다.

부드러운 웃음.
하지만 왠지 모르게 사람을 편안하게 만드는 그런 웃음이었다.
"뭐, 뭐하는 거냐! 어서 저놈을 죽여라! 놈은 마법사다."
뒤늦게 정신을 차린 오일이 발작하듯 외쳤다.
람스의 놀라운 움직임에 얼이 빠져 있던 호위병들이 그제야 반응을 보였다.
"놈은 마법사다. 근접해서 공격하면 버티지 못할 것이다."
목이 쉬도록 외치는 오일의 모습에 람스가 쯧쯧 혀를 찼다.
"오늘 처음 본 사람을 못 죽여서 안달이군."
람스는 몸을 일으켰다.
"우선 주변부터 정리하고……."
람스는 중독된 이르민과 크래커를 양어깨에 들쳐 멨다.
성큼성큼 다가서던 호위병들이 람스의 괴력에 놀라 움찔 발걸음을 멈췄다. 가벼운 이르민은 둘째 치고, 크래커는 건장한 체구의 사내다. 체중도 그만큼 상당했다.
그런 그를 한 손으로 가볍게 들어올리다니.
'뭐야, 저 힘은?'
'현자라며?'
'현자면 마법사 아니야?'
'그런데 무슨 힘이 저렇게 세냐?'
호위병들이 불편한 시선으로 오일을 쳐다봤다.
'마법사라면서요?'

'그럼 저 힘은 어떻게 설명할 겁니까? 요즘 마법사는 마법을 익히는 틈틈이 차력이라도 수련하는 겁니까?'

오일은 대답이 궁색해졌다.

눈동자를 이리저리 굴리며 대답을 구하던 그가 용케 적당한 핑계를 생각해냈다.

"마법이다! 놈은 마법을 사용해서 일시적으로 근력을 높인 거야."

"마법!"

"그래. 마법이면 가능하지."

마법 중에는 일시적으로 시전자의 근력을 높이는 종류도 있다.

호위병들은 다시 용기백배해졌다.

마법에 의한 일시적인 근력 상승이라면 크게 걱정할 필요가 없다.

"마법으로 근력을 증진시킨다 해도 움직임이 좋아지는 건 아니야. 놈은 그저 힘만 센 곰과 같은 존재다. 빠르게 공격한다면 반격 한 번 못하고 쓰러질 것이다."

오일의 말에 호위병들은 미소를 되찾았다.

그렇다.

마법사가 근접전에 약하다는 것은 만고불변의 진리. 근력을 높인 정도론 제대로 수련한 검사를 상대할 수 없다.

용기백배한 호위병들이 람스를 향해 다시 몸을 날렸다.

"어디가 좋을까?"

양어깨에 이르민과 크래커를 멘 람스는 주위의 나무들을 살폈다.

"저게 적당하겠군."

큰 나무 하나를 눈대중으로 찍은 람스는 그대로 곧장 허공으로 몸을 날렸다.

부웅!

마치 바람을 타고 오르는 콘도르처럼 람스는 힘차게 도약을 했다. 그러곤 하늘을 나는 듯이 10여 미르 밖의 나뭇가지 위에 가볍게 내려앉았다.

사람을 둘이나 메고도 새털처럼 몸놀림이 가볍다.

자신만만해 하던 호위병들이 다시 움찔하고 발을 멈췄다.

약속이나 한 듯 모두의 시선이 다시금 오일에게로 집중되었다.

'힘만 센 곰이라면서요?'

'요즘 곰은 하늘도 납니까?'

오일은 꿀 먹은 벙어리 신세가 되었다.

그는 원망 어린 눈으로 람스를 보았다.

'대체 저놈 정체가 뭐냐? 현자라며? 마탑의 제자라면서? 그런데 왜 그렇게 힘이 세? 움직임은 또 왜 그렇게 빨라? 요즘 마탑에선 부전공으로 소드 마스터 수련이라도 하는 거냐?'

이유야 어떻든 람스가 쉽게 상대할 수 없는 강자라는 점은 확실해졌다.

배신자의 말로 243

무엇보다 곤란한 것은 람스와의 간격이 벌어졌다는 점이다.

근거리의 싸움에서 검사가 압도적으로 유리하다면, 반대로 중거리 이상의 싸움에선 마법사가 압도적으로 유리하다.

멀리서 날리는 마법은 공포다.

마법사에게 달려가는 도중에 적어도 몇 명은 죽는다.

'어떻게 한다?'

오일은 초조해졌다.

고작 시골 마법사 하나가 끼어든 것만으로 이렇게 상황이 복잡해질 줄이야! 예상치 못한 난관이다.

'미친 척하고 달려들어?'

안 될 말이다.

놈이 어떤 능력을 가지고 있는지 알지 못한다.

크래커를 한 손으로 들어올린 괴력과 10여 미르 밖의 나무 위로 단숨에 뛰어오른 순발력으로 볼 때, 놈은 대단한 능력을 가지고 있음이 분명하다.

독이 통하지 않는 것도 마음에 걸린다.

게다가 놈은 나무 위에 있다.

나무 위의 마법사를 공략하려면 어쩔 수 없이 엉금엉금 나무를 올라타야 한다. 그사이에 놈이 마법이라도 쓴다면 속수무책으로 당할 수밖에 없다.

이러지도 저러지도 못하는 상황.

그때, 람스가 크래커와 이르민을 나무 위에 남겨둔 채 아래로 내려왔다.

오일은 반색했다.

어떻게 하면 놈을 꼬여 낼 수 있을까 고민하던 차다.

놈이 제 발로 내려와 준다면 대환영이다.

"흐흐, 보기보다 화통한 성격이군."

나무 위에 있는 마법사를 공략하는 것과 그렇지 않은 마법사를 공략하는 것의 난이도는 하늘과 땅 차이다.

오일과 호위병들은 재빨리 람스를 포위했다.

람스는 아무런 반응도 보이지 않았다.

"미련한 놈."

"틈을 보였군."

"보기보다 제법 실력이 있는 모양이다만, 포위를 당한 이상 네놈은 끝이다."

오일과 호위병들은 회심의 미소를 지었다.

반면, 나무 위의 이르민과 크래커는 안타까운 마음에 손바닥이 축축하게 젖을 지경이었다.

"이놈! 냉큼 목을 내놔라!"

등 뒤에 서 있던 호위병이 람스를 급습했다.

바람을 가르는 검광이 제법 날카로웠다.

검의 궤적 또한 훌륭했다.

순식간에 람스의 목이 날아가는 듯 보였다.

그러나 정작 검은 허공을 베었다.

방금 전까지 눈앞에 있던 람스가 순식간에 사라지고 없었다.

"엇?"

호위병은 당황했다.

이 녀석이 어딜 간 거지?

"여기다."

등 뒤에서 목소리가 들려왔다.

깜짝 놀란 그는 본능적으로 앞으로 펄쩍 뛰었다.

등 뒤에 적이 있으니 당연한 반응이다.

그러나 그는 앞으로 나아가지 못했다.

어느새 람스가 그의 목덜미를 쥐고 있었기 때문이다.

호위병의 체구는 결코 작지 않았다. 하지만 람스에게 걸리자 그물에 걸려든 꽃게처럼 그대로 허공에 대롱 들리는 신세가 되고 말았다.

"땅바닥과 인사나 해라."

슬며시 웃던 람스가 호위병을 땅바닥에 패대기쳤다.

쿵, 하고 바닥에 꼬꾸라진 호위병은 뻗어 버린 개구리처럼 팔다리를 쭉 펼친 채 부들부들 몸을 떨었다.

"아니!"

"무슨!"

사람들의 입에서 경악성이 흘러나왔다.

그들은 람스에게 두 번 놀랐다.

하나는 공격을 피한 움직임이다.

순간 이동을 하듯 순식간에 시야에서 사라져 버리다니.

또 한 가지는 그의 가공할 만한 힘이다.

제법 큰 덩치의 사내를 한 손으로 간단히 들었다.

'마법사가 저러면 반칙이잖아!'

'정말 마법이야?'

'혹시 무투가를 마법사로 잘못 알고 있는 거 아냐?'

이쯤 되자 오일도 람스에 대한 생각을 수정하지 않을 수 없었다.

'이 녀석, 어쩌면 마법사가 아닐 수도 있다.'

현자라는 말에 무심코 마법사를 떠올렸다.

어쩌면 그런 생각 자체가 오해일 수도 있다. 생각해 보면 놈이 마법을 쓰는 걸 한 번도 본 적이 없지 않은가. 오일은 큰 목소리로 혼란에 빠진 호위병들의 주의를 환기시켰다.

"놈을 마법사라고 생각하지 말라. 놈은 무투가다. 그것도 상당한 실력의."

호위병들에게로 긴장이 떠오른다.

포위망이 더욱 조밀해졌다.

이제 남은 사람은 고작 넷.

더 이상 당하는 사람이 생기면 포위는 의미를 잃게 된다.

단숨에, 모두가 힘을 합쳐 치명적인 일격을 날린다.

다행히 그들은 이런 식의 연합 공격에 상당한 훈련이 되어 있었다.

"쳐라!"

오일이 외쳤다.

그를 포함한 넷이 동시에 몸을 날렸다.

각기 다른 방향에서 움직였음에도, 표적에 도달한 시간은 놀랍도록 일치했다.

머리, 가슴, 허리, 허벅지.

종횡으로 어지럽게 그어지는 검광들.

그 치밀한 검의 그물 속에 갇히면 누구라도 무사할 수 없을 것 같았다. 람스는 마지막 순간까지 움직이지 않았다.

그물이 조여지듯 검광이 좌르르 몰려드는 찰나에 이르러서야 비로소 몸을 움직였다. 왼쪽, 오른쪽으로 가볍게 상체를 흔들며 뒤로 한 발자국 물러났다. 그 간단한 동작에 람스의 전신을 난도질할 것처럼 보이던 공격들이 허무하게 빗나가고 말았다.

공격에 실패한 사람들의 얼굴이 하얗게 질려 버렸다.

대단한 줄은 알았지만, 설마 이렇게 엄청난 실력자일 줄이야.

"맙소……."

오일의 경악성은 끝을 맺지 못했다.

뻑!

섬전 같은 일격이 그의 얼굴에 꽂혔다.

람스의 주먹.

수월하게 공격을 피한 람스가 마침내 반격을 시작한 것이다.

오일을 시작으로 한 명에 한 대씩, 정확하게 네 명의 얼굴에 한 번씩 주먹을 날렸다.

"크아아."

"히익!"

"크으으윽!"

바닥으로 나뒹군 사내들은 하나같이 맞은 부위를 움켜쥐며 고통스런 비명을 질렀다.

그야말로 미칠 듯한 고통이다.

온몸이 조각조각 부서지는 것 같다.

고통이 얼마나 극심했던지 나중엔 신음조차 흘릴 수 없었다. 그저 맞은 부위를 움켜쥐며 벌레처럼 몸을 꿈틀거리는 것이 할 수 있는 행동의 전부였다.

그나마 람스가 적당히 사정을 두었기에 그 정도로 그친 것이다. 순식간에 배신자들을 쓰러트린 람스는 크래커와 이르민에게로 돌아갔다.

그는 나무 위에 있던 그들을 바닥으로 내려놓으며 물었다.

"괜찮소?"

이르민과 크래커는 멍한 눈으로 정신없이 고개만을 끄덕였다. 람스를 보는 그들의 눈빛이 좀 전과는 완전히 달라졌다.

시골의 얼뜨기 마법사라고 생각했던 람스.

그의 실력이 이렇게 대단할 줄이야.

"쿨럭!"

이르민이 돌연 기침을 했다.

그녀의 빨간 입술 사이로 한 줄기 핏물이 솟아 나왔다.

'독 때문이군.'

람스는 한눈에 이르민의 상태를 꿰뚫어 보았다.

차에 들어 있던 독.

그것이 원인이었다.

오일이 탄 독은 비록 약효가 지독하지는 않았지만, 내장을 확실하게 갉아먹을 정도의 독성은 가지고 있었다.

건장한 크래커에 비해 이르민은 독에 대한 내성 또한 약하다. 벌써 내장 몇 곳이 상하고 말았다.

"실례."

람스가 이르민의 어깨에 손을 올렸다.

어깨로 느껴지는 람스의 온기.

이르민은 자신도 모르게 몸을 움찔 떨었다.

명문가의 딸로 태어난 그녀는 평소 낯선 남자와의 접촉을 꺼렸다. 그렇기에 람스의 과감한 행동에 놀라는 것도 무리는 아니다. 자신도 모르게 얼굴이 붉어졌다.

그러나 놀라는 것도 잠시.

곧 어깨를 통해 람스의 따뜻한 온기가 몸속으로 흘러들어왔다. 그것은 성난 불길처럼 거침없이 이르민의 전신으로 퍼져 나갔다.

"아!"

이르민은 가볍게 탄성을 흘렸다.

람스의 온기가 몸속으로 스며들기 무섭게 몸이 가벼워지고 기분이 날아갈 것처럼 좋아졌다.

몽롱하던 정신도 또렷해졌다.

'독이…… 사라졌다.'

이르민은 체내의 독이 사라졌음을 깨달았다.

어떻게 했는지는 모르지만, 어깨에 손을 댄 것만으로 체내의 독을 모조리 해독한 것이다.

해독을 끝낸 람스가 이르민의 어깨에서 손을 거둬들였다.

"가, 감사합니다."

이르민은 경이로 가득한 시선으로 람스를 올려다보았다.

그녀는 어설프나마 마법 교육을 받았다.

당연히 일반인들은 알지 못하는 마법적인 지식들을 많이 알고 있다. 그러기에 알 수 있었다. 지금 람스가 그녀에게 행한 이적이 얼마나 놀라운 능력인지를.

'메딘 산맥의 현자.'

이르민은 어째서 람스가 메딘 산맥의 현자라고 불리는지 그 이유를 알게 되었다.

* * *

람스는 이르민에 이어 크래커의 몸도 치료했다.

"고맙습니다."

"감사합니다, 현자님."

이르민과 크래커는 람스에게 고개를 깊이 숙였다.

진심에서 우러나온 행동이었다.

만약 그가 아니었다면 오일과 그 일당에게 끔찍한 일을 당할 뻔했다.

람스는 담담히 웃었다.

"그런데…… 저들을 어떻게 하실 생각이십니까?"

크래커가 오일을 가리키며 조심스럽게 물었다.

굳이 말하지 않아도 람스는 그의 마음을 이해할 수 있었다.

배신자.

당장이라도 그들을 찢어 죽이고 싶으리라.

"차도 얻어 마신 처지라……. 이쯤에서 그만둘 생각입니다."

비록 독이 든 차지만 양껏 마실 수 있어 좋았다. 이제야 알게 되었지만 톡 쏘는 뒷맛이 바로 독이었던 모양이다.

"저희가 뒤처리를 해도 되겠습니까?"

크래커가 다시 물었다.

"원하시는 대로."

람스의 허락을 받은 크래커가 오일에게로 다가갔다.

바닥에 쓰러진 오일은 몸을 벌벌 떨었다.

'일어나서 대비를 해야 하는데…….'

당장 이 불편한 자리를 빠져나가고 싶은 마음이 굴뚝같다. 그런데 이상하게도 몸을 움직일 수가 없다.

람스에게 맞은 일격.

그것이 원인이었다.

스릉.

말없이 오일을 내려다보던 크래커가 돌연 검을 뽑았다.

"오일, 너의 배신은 정말로 내 가슴에 사무치는구나."

오일은 그에게 생명을 구걸했다.

"크, 크래커, 한 번만 봐주게. 자넨 나와 친구가 아닌가? 언제나 함께 싸우지 않았던가? 아무래도 내가 잠시 정신이 나갔던 모양일세. 하, 한 번만 용서해 주게."

"그 당당했던 부족의 용사가 이젠 비겁하다 못해 비굴해지기까지 했구나. 안타깝다. 무엇이 널 위대한 사막의 영웅에서 이렇게 비천한 배신자로 굴러 떨어지게 만들었는가!"

"하, 한 번만…… 옛정을 생각해서라도……"

"너와 함께 보냈던 그 오랜 시간이 후회스러울 뿐이다. 오일, 잘 가라."

크래커는 검을 머리 위로 들어올렸다.

검에 맺힌 시퍼런 귀광이 금시라도 오일의 머리를 두 동강 내버릴 것만 같았다.

"그만둬요."

이르민이 크래커를 막았다.

크래커가 그녀를 보았다.

이르민은 고개를 저어 보였다.

"한때는 가족처럼 지내던 사람입니다. 그가 죽는 모습, 보고 싶지 않아요."

"……"

크래커는 잠시 갈등했다.

당장이라도 이 타락한 영웅을 베어 버리고 싶다. 하지만 아가씨의 명을 어길 수는 없었다.

그는 한숨을 쉬며 검을 수습했다.

"아가씨의 은혜를 잊지 말아라."

싸늘한 한마디를 뱉은 크래커가 몸을 돌렸다.

오일과 그의 일당들은 안도의 한숨을 내쉬었다.

꼼짝없이 죽는 줄 알았다. 기적적으로 살아났으니 정말 다행이다. 하지만 곧 그들의 안색이 어두워졌다.

운이 좋아 목숨은 구했지만, 임무는 실패했다.

이제 그들은 모든 것을 잃어버렸다.

인생을 건 마지막 도박에서 패배해 버렸기 때문이다.

사막의 영웅과 전사들은 그렇게 한순간의 잘못된 선택으로 배신자라는 낙인이 찍힌 채, 평생 떠돌이로 살아야 하는 운명이 되었다.

* * *

"어떻게 고마움을 대신해야 할지……."

이르민은 람스에게 거듭 고마움을 표했다.

람스는 부드럽게 웃기만 했다. 큰 은혜를 베풀고도 담담한 모습을 보이니 오히려 그가 더 대단해 보였다.

"그런데 람스 님께선…… 마법사이신가요? 아니면……."

이르민은 람스에 대해 궁금한 것이 많았다.

독이 통하지 않는 몸.

덩치 큰 사내를 한 손으로 들어 올리는 괴력.

바람 같은 표홀한 움직임.

뛰어난 검사들을 손쉽게 제압하는 체술까지.

어떻게 마법사가 그런 능력을 손에 넣은 것일까?

아니, 애초에 그가 마법사인지 무투가인지조차 불분명하다.

람스는 친절했다.

원하는 것이 무엇이든 선뜻 대답해 주었다.

"난 헬리오스 마탑의 탑주입니다."

"아!"

이르민의 입에서 나직한 탄성이 흘러나왔다.

"마탑의 탑주시라니, 그럼 마법사시겠군요. 그런데…… 탑주님이시라고요?"

젊은 람스가 마탑의 탑주라니.

놀라지 않을 수 없었다.

하지만 정말 놀라운 점은 그가 탑주라는 점이 아니었다.

'정말 괴이하구나. 마탑의 탑주라는 사람이 전사와 같은 몸

놀림이라니.'

오일을 비롯한 배신자들을 물리칠 때 람스가 보였던 그 움직임. 그것을 마법이라 보기는 어렵다. 그렇다면 전사나 기사와 같은 체술을 익혔다는 말이 되는데……. 마법사가 그처럼 뛰어난 체술을 습득하기란 거의 불가능한 일이다. 그 이유가 궁금했지만, 그녀는 감히 그에 대한 것은 물어보지 못했다.

"저…… 람스 님. 그런데 행선지가 어딘지 물어도 될까요?"

람스는 순순히 대답했다.

"리하라드라는 도시입니다."

"아! 잘됐네요."

이르민이 손뼉을 쳤다.

뒤늦게 그녀는 너무 표 나게 좋아했다는 사실을 깨닫고 얼굴을 붉혔다.

람스가 그녀에게 물었다.

"목적지가 같나요?"

"아니요. 하지만 중간까지는 함께 갈 수 있어요."

이르민의 설명이 이어졌다.

"리하라드는 알타 왕국의 북쪽에 있는 도시예요."

"얼마나 멀죠?"

"글쎄요. 정확하게는 모르지만 말을 타고 달려도 반달 이상 가야 할 거예요."

"꽤 먼 곳이군요."

상당한 거리라는 것은 알게 되었지만 조급해지지는 않았다. 탑주 모임까지 아직 한 달 정도 여유가 있고, 필요하다면 단숨에 그곳으로 넘어갈 방법도 있다.

"저…… 람스 님?"

이르민이 눈을 반짝이며 람스에게 물었다.

"괜찮으시다면 저희와 함께 가는 게 어떠세요?"

"……."

"이 길을 계속 가면 '이스턴'이라는 마을이 나와요. 그곳엔 텔레포트 게이트가 설치되어 있어서 대륙 어디든 순식간에 갈 수 있어요."

"텔레포트 게이트."

직접 본 적은 없지만 오드만에게서 들은 기억은 있다.

이용하는 데 큰돈이 들긴 하지만, 먼 거리를 이동하는 데 더없이 편리한 시설이라 했다.

이르민이 다시 한 번 람스에게 부탁했다.

"처음부터 보셔서 아시겠지만, 저흰 믿고 있던 동료에게 배신을 당했어요. 아마도 오일은 부족의 원수에게 청탁을 받았을 거예요. 그렇다면 앞으로도 어떤 위험이 있을지 장담할 수 없어요. 그래서 부끄럽지만 메딘 산맥의 현자님께 동행을 부탁드리는 겁니다."

"……."

"무, 물론 도와주시면 사례는 넉넉히 해드리겠어요. 목적지인

배신자의 말로 *257*

리하라드까지의 텔레포트 게이트 이용료도 대신 내드리고요."

그때, 우두커니 서 있던 크래커가 람스에게 무릎을 꿇었다.

"현자님, 저흴 도와주신다면 이 크래커, 당신을 위해 목숨이라도 걸겠습니다."

"……."

람스가 묵묵부답이자 크래커가 뜨거운 목소리로 거듭 청했다.

"현자님! 부디 저흴 버리지 말아 주십시오."

이르민도 그에게 간청했다.

"도와주세요, 현자님."

두 사람의 절실한 요청에 람스는 부드럽게 웃었다.

처음부터 이 두 사람을 버릴 생각은 없었다.

"그만 일어나세요."

"그, 그렇다면……?"

람스는 흔쾌히 고개를 끄덕였다.

"어차피 저도 이스턴 마을로 가던 중이었습니다."

크래커와 이르민의 얼굴 위로 웃음이 떠올랐다.

"감사합니다."

"은혜를 잊지 않겠습니다, 현자님."

두 사람은 람스를 향해 거듭 고개를 숙였다.

람스는 그저 잔잔하게 웃을 뿐이었다.

　　　　　*　　　*　　　*

"시간이 늦었습니다. 날이 밝기 전에 가려면 서두르는 것이 좋겠습니다."

람스가 짐을 챙겼다.

"네."

"알겠습니다."

동시에 대답한 이르민과 크래커도 떠날 준비를 서둘렀다. 달리 챙길 것도 없었다. 매어 놓은 말을 끌고 오는 것으로 끝이었다.

"그런데 어디로 갈 생각이십니까?"

크래커가 이르민에게 물었다.

술탄이 위독하다는 건 오일의 거짓말임이 밝혀졌다. 이대로 돌아갈 것인지, 아니면 이대로 여행을 계속할 것인지, 이 자리에서 확실히 정해야 했다.

"어느 쪽이 더 가깝죠?"

아버지의 저택과 왔던 길을 돌아가는 것. 둘 중에 어느 쪽이 더 빨리 도착할 수 있는가 묻는 것이다.

크래커가 잠시 생각하다 말했다.

"술탄의 저택이 더 가깝습니다."

이스턴 마을의 텔레포트 게이트를 염두에 둔 말이었다.

"그럼, 그쪽으로 가도록 하죠."

이르민이 결정을 내렸다.

크래커는 일행이 탈 말을 제외한 나머지 말들을 모두 멀리 쫓아 보냈다.

오일과 그 일당들이 쫓아올 것을 막기 위해서였다.

"다시 널 보게 된다면…… 그땐 가차 없이 베어 버릴 것이다."

마지막으로 크래커는 오일을 내려다보며 싸늘한 한마디를 남겼다. 그 한마디를 끝으로 일행은 어두운 저편을 향해 말을 달렸다.

그들이 사라진 지 얼마나 지났을까.

마비되어 움직이지 못하던 오일과 그의 일당들이 부스스 몸을 일으켰다.

"으으, 재수가 없으려니."

간신히 몸을 일으키기는 했지만 자꾸만 헛구역질이 올라왔다. 극심한 두통과 복통. 마치 천 길 낭떠러지에서 굴러 떨어진 것만 같은 충격이었다.

"대체 어떻게 생겨 먹은 놈이……."

"마탑주 주제에 그런 체술이라니, 반칙이잖아."

"애초에 마탑주인 줄도 몰랐어. 알았다면 이렇게 허무하게 당하지는 않았을 텐데."

일당들 사이에서 람스에 대한 원망이 터져 나왔다.

그들의 계획은 완벽했다.

실패의 원인은 오직 하나.

람스라는 이름의 불청객 때문이다.

"오일 님."

호위병들이 오일을 돌아보았다.

그들이 부족을 배신한 것은 모두 오일 때문이다. 그가 반드시 성공할 거라는 확신을 안겨 주었기 때문이다. 그런데 실패하고 말았다.

항상 신뢰를 보내던 전사들의 눈빛에 원망이 가득 담겼다.

오일은 가슴을 두드리며 호탕하게 외쳤다.

"걱정 마. 아직 실패한 건 아니다. 놈들은 그리 멀리 가지 못했어. 지금부터 쫓아가면 앞지를 수 있다."

"하지만 크래커가 말들을 모두 쫓아 버렸습니다."

"흥, 흩어진 말들은 다시 찾아내면 그만이다. 훈련이 잘된 녀석들이라 그리 멀리 가지는 않았을 거야!"

"쫓아간다고 해도 그 메딘 산맥의 현자라는 녀석을 감당할 수가 없습니다."

"다 생각해 놓은 바가 있다."

"생각해 놓은 바라면……?"

"설마 이르민 아가씨를 납치하는 큰 사건에 우리만 투입되었을 거라고 생각하는 건 아니겠지?"

"그, 그렇다면……?"

"그래, 우릴 후원하는 녀석들이 있다. 우선 우리가 해야 할 일은 그들에게 연락을 취해서 포위망을 단단하게 구축하는 것이다. 그 후에 다른 녀석들과 함께 구석까지 몰린 놈들을 느긋하게 사냥하는 거지. 흐흐흐, 메딘 산맥의 현자 놈이 제아무리 대단하다고 해도 아직 어린 애송이야. 이쪽이 물량으로 승부하면 결국엔 무너지고 말 것이다."

 오일의 자신만만한 말에 호위병들의 얼굴에도 웃음이 떠올랐다. 그들을 도와줄 증원병만 있다면 해볼 만한 승부다.

 "흐흐흐, 어설픈 놈. 네놈은 우릴 죽이지 않은 것을 평생 후회하게 될 것이다."

 "흐흐흐, 지옥에서 말이죠."

 오일과 그의 일당들은 람스를 떠올리며 음침한 미소를 흘렸다.

 그때였다.

 "글쎄, 내 생각에는 그 녀석보다 너희들이 먼저 지옥 구경을 하게 될 것 같은데?"

 나직한 목소리가 들려왔다.

 "누, 누구냐!"

 오일을 비롯한 그의 일당들이 놀란 눈으로 주위를 살폈다. 그러나 그 어디에도 목소리의 주인은 없었다.

 예의 목소리가 다시 들려왔다.

 "이쪽이다."

 목소리는 머리 위쪽에서 들려왔다.

 놀란 일당들이 고개를 들어올렸다.

 그 순간, 유성이 떨어지듯 하늘에서 뭔가가 지면으로 곤두박질쳤다.

"크아악!"

쿵!

처참한 비명과 그 뒤를 이은 육중한 충격.

부옇게 일어난 먼지를 헤치고 충격의 진원지를 확인했을 때, 사람들의 입에선 절로 신음이 흘러나왔다.

"이, 이럴 수가……"

일행의 중심.

한 명의 거한이 석상처럼 서 있었다.

그의 발밑엔 으스러진 사람의 시신 하나가 깔려 있었다.

동료 중 하나였다.

"이거 보기보다 뼈마디가 부실하군. 이 정도 충격도 버티지 못하고 무너지다니 말이야."

거한은 사람 하나를 뭉개 놓고도 태연했다.

오일은 거한이 누군지 알고 있었다.

"다, 당신은…… 전장의 분쇄기!"

그 말에 다른 사내들이 소스라치게 놀랐다.

전장의 분쇄기란 별명은 사람들 사이에 익히 알려진 악명이었다.

"브, 브로큰하트!"

전장의 분쇄기, 브로큰하트.

그 이름만으로도 사람들은 턱을 덜덜 떨었다.

전장에서 그의 이름은 죽음과 동일시되었다.

그만큼 위험한 남자다.

이 전장의 분쇄기, 브로큰하트는.

"날 알아보는 녀석이 있었군."

브로큰하트는 심드렁하게 대꾸했다.

사람들의 반응보다는 신발 밑창에 끈적끈적하게 달라붙은 피가 더 신경 쓰였다.

"망할 놈의 뇌수, 피와 엉겨 붙으면 귀찮게 끈적거린단 말이야."

그는 신경질적으로 땅바닥에 신발을 비벼댔다.

오일이 그를 보며 떨리는 음성으로 말했다.

"다, 당신이 어째서…… 어째서 우릴 공격한 것이오? 당신은 분명 우리와 함께 일을 도모해야 할 사람이 아니오?"

"맞아, 그랬지. 방금 전까지는 말이야."

"……?"

"너희들이 실패하기 전까지는 그랬어. 원래 내 임무는 너희를 보조해 주는 정도가 고작이었지. 그런데 방금 전에 너희가 임무에 실패하면서 사정이 조금 달라졌어. 이 경우에 내가 받은 명령은……."

전장의 분쇄기가 오일을 비롯한 사람들을 쓸어보며 차가운 눈빛을 흘려보냈다.

"증거 인멸."

"어째서! 우리는 아직 쓸모가 있다. 다시 한 번 기회를 준다면 이번에야말로 반드시……."

"글쎄. 내 고용주가 이렇게 말하더군. 한 번 배신한 작자들은 또다시 배신하기 마련이라고."

"그, 그런!"

"보기보다 순진한 녀석들이네. 설마 너희와 같은 배신자를 살려둘 거라고 생각한 거야? 보는 눈이 많으면 말하는 입도 많다. 알타의 격언이지."

"……!"

브로큰하트의 심드렁한 말에 모든 의문이 풀렸다.

애초에 그들은 버려질 패였다.

임무에 성공하든 실패하든 말이다.

오일을 비롯한 사막의 전사들은 분노로 몸을 떨었다.

"우리를 죽이겠다고? 그리 쉽지는 않을 것이다."

오일이 단호한 목소리로 말했다.

어느새 그를 따르는 호위병들도 무기를 들고 브로큰하트를 포위했다.

"브로큰하트, 네 소문은 익히 들었다. 대단하다지? 하지만 우리 역시 그리 호락호락하지만은 않을 것이다."

"흐흐흐, 과연 그럴까?"

오일이 대답 대신 일갈했다.

"쳐라!"

전사들이 일제히 몸을 날렸다.

배신자의 말로 265

브로큰하트의 전신으로 날카로운 검광이 소나기처럼 쏟아져 내렸다.

"흥."

브로큰하트는 몸을 웅크린 채 가볍게 콧바람을 흘렸다.

"부나방 같은 놈들."

부웅!

그가 벌레를 쫓듯 크게 팔을 휘둘렀다.

신기하게도 그가 휘두른 팔의 궤적에 오일의 패거리들이 모조리 걸려들었다. 마치 브로큰하트는 제멋대로 팔을 휘두르는 것뿐인데, 사내들이 빨려들듯 그의 팔로 달려드는 모양새였다.

퍼퍼퍼퍽!

무참한 소음이 일어났다.

브로큰하트의 공격 한 번으로 오일이 자랑하는 사막의 전사들은 피떡이 되어 죽었다. 시신을 온전히 보전한 자가 단 한 명도 없었다. 부딪힌 곳이 머리든 허리든, 터지고 뭉개져서 형체를 알아볼 수 없게 변했다.

전장의 분쇄기.

그 별명의 정체를 확인할 수 있는 광경이었다.

"……!"

오일은 멍하니 브로큰하트와 그에게 죽은 수하들의 모습을 번갈아 보았다.

브로큰하트가 대단하다는 것은 알고 있었다. 어쩌면 수하 모두가 죽을지도 모른다고 생각했다.
 하지만 설마 이렇게 허무하게 당할 줄이야.
 단 일격이라니. 게다가 놈은 무기도 꺼내지 않은 맨손이다.
 브로큰하트의 등엔 커다란 양날 도끼가 걸려 있었다.
 놈이 애용하는 병기다. 그러나 정작 놈은 수하들을 상대할 때 도끼를 꺼내지도 않았다. 그만큼 여유가 있었다는 소리다.
 '적어도 놈의 주의 정도는 끌어줄 줄 알았더니.'
 오일의 낯빛이 창백해졌다.
 수하들을 미끼로 놈을 제거하려 했다.
 시작하기도 전에 실패한 셈이다.
 '이길 수 없다. 이놈은 절대로 이길 수 없어.'
 능력의 차이가 너무 크다.
 이렇게 된 이상 선택할 수 있는 대응책은 오직 하나.
 줄행랑뿐이다.
 오일은 브로큰하트의 눈치를 살살 보다 돌연 뒤쪽으로 몸을 날렸다. 다행히 놈은 덩치가 크다. 자고로 덩치가 좋은 녀석치고 몸이 빠른 놈은 없다. 그러나 그것이 착각이라는 것을 깨닫는 데에는 그리 오랜 시간이 걸리지 않았다.
 "어딜 가?"
 느긋하게 들려온 목소리.
 깜짝 놀라서 앞을 보았다. 시커먼 그림자 하나가 장벽처럼 앞을 가로막고 있었다.

브로큰하트였다.

'이, 이럴 수가!'

오일은 경악했다.

대체 언제 여기까지 왔단 말인가!

몸을 움직이는 것도 보지 못했다. 그런데 이미 앞을 가로막고 있다니. 덩치 좋은 녀석은 움직임이 느리다는 통념이 와르르 무너지는 순간이었다.

"오일, 사막의 배신자, 이제 동료들 곁으로 갈 시간이야."

브로큰하트가 살기를 풍기며 오일에게로 성큼 다가갔다.

오일은 즉각 검을 뽑았다. 그러나 뽑은 검을 채 휘두르기도 전에 브로큰하트의 커다란 손바닥이 그의 머리를 감쌌다.

"사람의 머리는 의외로 쉽게 부서져. 이렇게."

퍽!

"아, 이런……. 안타깝게도 넌 볼 수 없겠군. 그렇게 머리가 뻥 터져서야…… 흐흐흐."

사막의 영웅이라 불리던 오일을 일격에 처리한 브로큰하트는 뭐가 그리 좋은지 배를 긁으며 웃었다.

"그럼 이쪽은 처리가 됐고. 이제 철부지 아가씨 쪽을 해결하러 가 볼까?"

손바닥에 묻은 피와 뇌수를 시신의 옷자락에 쓱쓱 문질러 닦은 브로큰하트가 어두운 산자락 저편을 응시했다.

람스와 그의 일행들이 사라진 방향이었다.

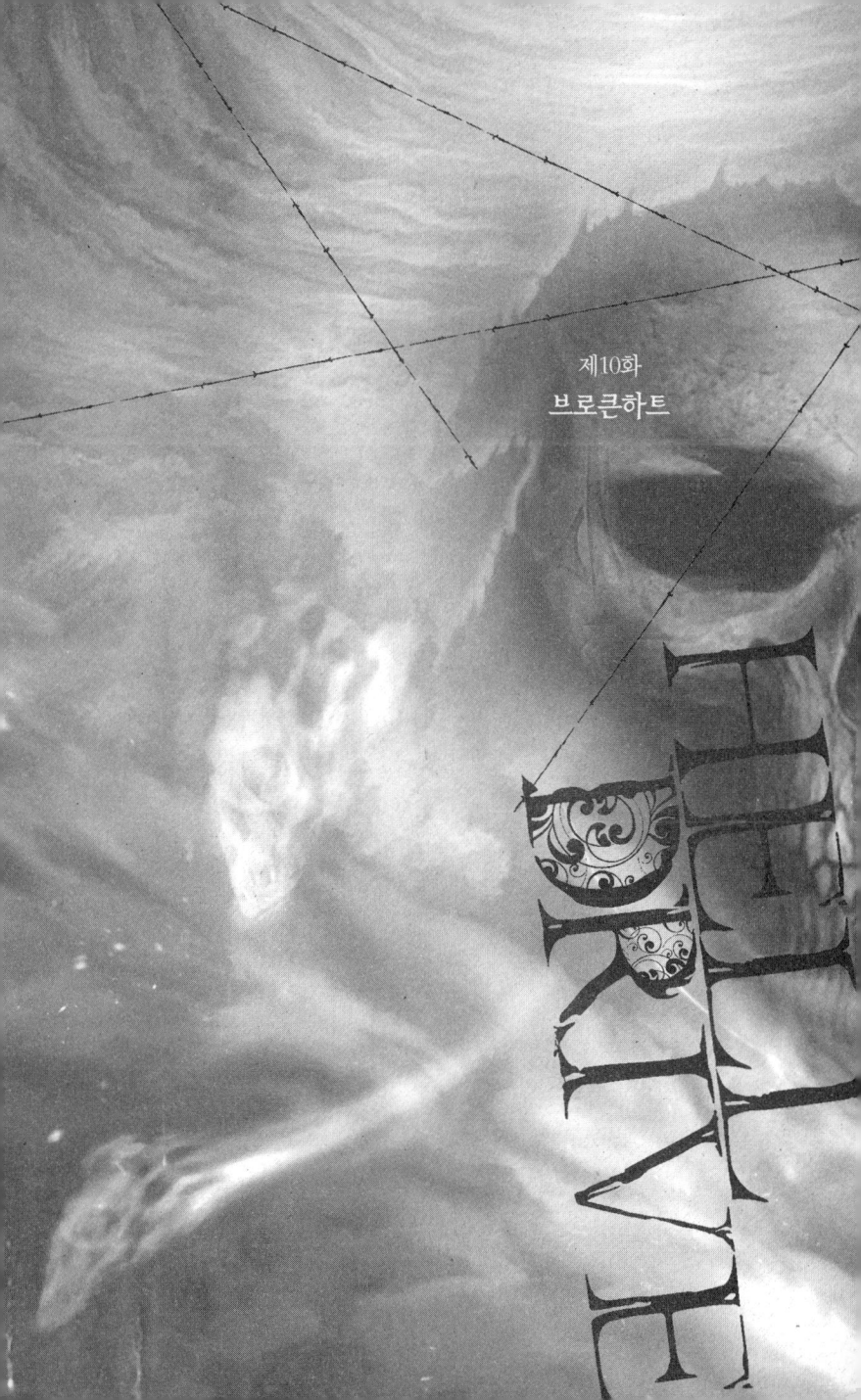

 동녘 하늘이 푸르스름하게 밝아 올 무렵, 람스와 그의 일행들은 마침내 이스턴 마을에 도착할 수 있었다.
 "이곳이 이스턴……."
 이스턴 마을의 규모는 생각보다 컸다.
 아니, 실제로 그리 대단하다고 할 수는 없었다. 그러나 메딘 산을 벗어나 본 적이 없던 람스의 눈엔 대도시만큼이나 놀라운 곳이었다. 수백 이상의 가옥들이 바위에 붙은 따개비들처럼 다닥다닥 붙어 있는 것도 신기했고, 거리마다 사람들로 넘쳐나는 광경도 신선했다.
 '표정을 보아하니 도시는 처음인 모양이구나.'

그의 순진한 표정을 보자 이르민은 절로 미소가 나왔다.

"그런데 이 마을에 텔레포트 게이트가 있는 건 확실한가요?"

이르민이 크래커에게 물었다.

"확실합니다. 이 마을이라면 오래전에 지나간 적이 있습니다. 확실히 중앙 광장 쪽에 텔레포트 게이트가 있었습니다."

이르민의 표정이 한층 밝아졌다.

정말로 텔레포트 게이트가 있다고 한다.

그렇다면 단숨에 집까지 날아가는 것도 불가능한 일은 아니다. 그녀는 벌써 집에 도착한 것처럼 기분이 좋아졌다.

"서둘러 가도록 하죠."

이르민의 발걸음이 빨라졌다.

* * *

중앙 광장에 도착한 이르민은 그곳에서 청천벽력과도 같은 소식을 듣게 되었다.

"텔레포트 게이트 말인가? 유감스럽게도 부서졌네."

얼굴에 가득 검버섯이 피어 있는 노마법사가 혀를 찼다.

이 마을의 텔레포트 게이트를 관리하는 사람이었다.

"부서졌다고요?"

이르민은 아연실색했다.

밤을 꼬박 새면서 말을 달린 이유는 오로지 이곳에 텔레포트 게이트가 있기 때문이다.

그런데 그것이 부서졌다고?

대체 왜?

"지난밤에 불한당들이 나타나서 시설을 부수고, 마법진을 망쳐 놓았네."

좋지 않은 예감을 들었다.

하필이면 어젯밤에 일이 터졌다는 점도 마음에 걸린다.

"마법진이 손상됐다고 하셨죠? 얼마나 손상됐나요? 어느 정도 시간이면 고칠 수 있을까요?"

"단순히 마법진만 손상된 것이라면 금방 고칠 수 있지만, 아예 마정석이 부서져 버렸어. 새 물건을 신청해 놓았지만, 물건이 오려면 적어도 며칠은 걸릴 게야. 그 전엔 사용하고 싶어도 할 수가 없는 형편일세."

이르민과 크래커는 낭패한 표정을 감추지 못했다.

텔레포트 하나만 믿고 험한 메딘 산맥을 넘었다.

그런데 게이트가 망가져 버렸다니.

문제는 게이트가 부서진 사건이 그들과 무관하지 않을 것 같다는 불길한 예감이었다.

"가까운 곳에 다른 게이트가 있나요?"

노마법사는 고개를 저어 보였다.

"근방엔 이곳이 유일하네. 텔레포트 게이트가 있는 마을 중에 가장 가까운 곳이 오리안인데, 말을 타고 달려도 일주일은 족히 걸릴 거리일세."

"일주일이나……."

이르민의 안색이 어둡게 변했다.

그들에게 일주일은 너무 긴 시간이다.

가는 도중에 어떤 일이 일어날지 장담할 수 없다.

만약 텔레포트 게이트를 부순 인물이 이르민을 노리고 있다면, 그 기간을 결코 놓치지 않을 것이다.

"어떻게 해야 할까요?"

이르민이 크래커에게 물었다.

크래커라고 뾰족한 수가 있을 리 만무했다.

그 역시 답답한 심정을 금할 길 없었다.

"선택할 수 있는 가능성은 두 가지입니다."

잠시 생각하던 크래커가 입을 열었다.

"하나는 텔레포트 게이트가 있다는 다른 도시로 무작정 가는 것입니다. 하지만 이 경우에는 안전을 장담할 수 없습니다."

이르민이 고개를 끄덕였다.

"그래요. 적들은 결코 그 틈을 놓치지 않을 거예요."

"다른 한 가지 방법은 이곳에서 부족의 증원을 기다리는 것입니다. 부족에 연락을 보낸 후에 며칠만 기다리면 틀림없이 압슬라 님께서 증원병을 보내주실 것입니다."

"흠, 그 편이 좋을 것 같긴 하지만…… 도시에 있어도 위험한 것은 마찬가지일 거예요."

사실 이곳에 남는다고 해도 안전을 보장받을 수 있는 것은 아니었다. 그들에게 이곳 이스턴 마을은 생소한 곳이다.

만약 적들이 이곳 지리에 밝은 자들이라면, 오히려 적의 함정 속으로 기어 들어가는 모양새가 될 수도 있다.

남느냐 떠나느냐.

어느 것도 안전을 보장할 수는 없었다.

"이곳에 남는 게 좋을 것 같아요."

고민 끝에 이르민이 결정을 내렸다.

"아무래도 도시 쪽이 치안이 좋을 거예요. 위험한 순간엔 자치단이나 도시를 지키는 병사들에게 도움을 받을 수도 있을 테고요."

마음의 결심을 내린 이르민은 조심스럽게 람스를 불렀다.

"람스 님."

중앙 광장 주변을 물끄러미 바라보던 람스가 그녀를 보았다.

"문제가 생겼어요. 아무래도 이 마을에서 며칠 대기해야 할 것 같습니다."

람스가 고개를 끄덕였다.

"옳은 판단입니다."

이르민의 표정이 환해졌다.

"고마워요. 이 은혜는 절대로 잊지 않을게요. 집으로 돌아가면 꼭 보답하겠어요."

람스는 부드러운 웃음으로 대답을 대신했다.

"그런데 어디 갈 곳이라도 있습니까?"

미리 생각해 둔 것이 있는 듯, 이르민은 곧바로 대답했다.

"여관은 위험할 거란 생각이 들어요. 그래서 이 도시의 영주를 찾아가 볼 생각입니다."

* * *

이르민은 이스턴을 관리하는 영주의 저택을 찾아갔다.

문 앞을 지키는 경비병에게 신분을 밝히자, 얼마 지나지 않아 배가 불룩 나온 중년의 사내가 허겁지겁 달려 나왔다.

이곳 이스턴의 영주인 지흘이었다.

"뵙게 되어 영광입니다."

지흘은 이르민에게 깊숙이 고개를 숙였다.

이르민은 지흘의 손등을 빤히 보았다.

전갈 문신을 확인한 그녀는 고개를 가볍게 끄덕였다.

"여행 도중 예기치 못한 일을 당해 며칠 영주님의 신세를 져야 할 것 같습니다."

"신세라니요! 가당치 않습니다. 부디 원하시는 대로 마음껏 머무십시오."

영주는 극진한 태도로 이르민과 일행을 대했다.

그 모습이 람스에게는 신기하게 비쳤다.

그의 의문을 눈치챈 크래커가 낮은 목소리로 입을 열었다.

"지흘 영주의 손등을 보셨습니까?"

"기묘한 문신이 있더군요."

"전갈 문신, 바로 사막 부족의 사람임을 뜻하는 표식입니다. 그리고 이르민 님은 사막 부족을 통솔하시는 술탄, 압슬라 님의 외동딸이지요."

크래커의 설명에 대강의 사정이 이해됐다.

즉, 이르민은 사막 부족의 공주인 셈이고, 영주인 지흘은 그 부족의 신하인 셈이다.

신하가 공주를 극진히 섬기는 것은 당연한 이치다.

하지만 아직 이해가 가지 않는 점이 있었다.

그들이 살고 있는 나라는 알타 왕국.

어째서 왕국 내 일개 부족장의 권력이 왕에 버금가는 것일까?

크래커의 설명이 이어졌다.

"원래 알타는 두 개의 부족으로 이뤄진 나라였습니다. 아니, 애초에 나라도 아니었지요."

알타엔 원래 두 개의 부족이 살고 있었다.

동쪽의 사막 부족.

서쪽의 늪 부족.

두 부족은 판이한 자연환경만큼이나 문화나 사람들의 기질 또한 크게 달랐다. 그러다 보니 자연 사소한 충돌이 많았고, 때로 심각한 전쟁이 벌어지는 일도 종종 일어났다.

그러한 혼란을 종식시킨 것은 바로 종교.

신 알타를 섬기는 알타교가 그것이다.

"말하자면 알타엔 세 명의 왕이 있는 셈입니다. 정치적인 지도자를 뜻하는 술탄이 사막과 늪 부족에 각각 한 명씩, 그리고 종교적 지도자인 칼리프. 대외적으로는 칼리프가 알타의 왕으로 되어 있지만, 실제로 백성들을 통치하는 사람은 두 명의 술탄인 것이죠."

'술탄과 칼리프라.'

세 명의 왕이 통치하는 왕국.

내부의 정세가 혼란스러운 것도 이해가 된다. 비등한 존재가 셋이나 있으니 충돌은 당연한 일일 터. 놀라운 것은 알타교의 위세다. 사막과 늪으로 나눠져 전쟁을 치르고 있는 나라를 하나로 묶다니. 종교의 힘이 이토록 대단할 줄이야.

람스도 알타교에 대해선 대략이나마 알고 있었다.

그는 마법사라 신을 믿지 않으나, 산 아래 마을 주민들 대다수가 알타교의 교도다. 그러나 별다른 포교 활동을 하지 않아 그 비중이 이렇게 대단한 줄은 몰랐다.

"알타교가 본래 자유분방한 종교라 그렇습니다. 알타신 자체가 그런 분이시거든요. 전쟁의 신임과 동시에 자애의 상징이시죠. 심지어 알타의 성서에서조차, '알타신은 한없이 자애로운 존재라 필요한 순간에만 신의 이름을 부르짖는 편협한 인간일지라도 차별 없이 은총을 내려주신다' 라는 구절이 있을 정도니까요."

"이곳 이스터의 영주가 사막 부족 출신이라는 걸 처음부터 알고 계셨습니까?"

"전혀요. 영주의 손등에 새겨진 문신을 보기 전까지는 알지 못했습니다. 하지만 덕분에 편하게 지낼 수 있게 되었군요."

그들이 우려하는 것은 부족의 증원병이 오기 전에 적의 암습을 받게 될 상황이다.

그러나 지흘 영주가 적극적으로 도와준다면 안심이다.

"감히 부족을 배신하다니! 용사 칭호까지 들은 자가 그런 발칙한 일을 저지르다니!"

한편, 이르민에게서 자초지종을 들은 지흘 영주는 마치 제 일인 양 흥분했다.

"여기 계신 동안은 안심하셔도 됩니다. 이 지흘, 명예를 걸고 아가씨를 보호하겠습니다."

지흘의 맹세는 단순한 호언으로 그치지 않았다.

실제로 그는 사병들을 죄 끌어모아 저택 인근에 배치했다. 그것으로도 모자라 돈으로 용병들까지 대거 고용했다.

안팎으로 세워진 철통같은 경비.

그들의 비호를 받으며 일행은 누적된 피로를 풀 수 있었다.

어느덧 밤이 됐다.

졸린 눈을 비비고 일어난 일행에게 저택의 시녀가 식사 준비를 알렸.

"식사가 준비되었습니다. 달리 필요하신 것은 없으신지요?"

하루 종일 잠을 잤더니 배가 고팠다.
"갈아입을 옷을 부탁해도 될까요?"
"알겠습니다."

얼마 지나지 않아 시녀는 일행이 갈아입을 옷을 가지고 돌아왔다. 목욕까지 마친 일행은 새 옷으로 갈아입고 저택의 식당으로 향했다.

지흘 영주가 이르민을 반갑게 맞았다.

그는 이르민 앞에 무릎을 꿇고 앉아 그녀의 아름다움을 칭송했다.

"오오! 소문대로 하늘의 별처럼 영롱한 아름다움입니다. 이러한 미모를 보게 되어 영광입니다."

실제로 이르민의 미모는 대단했다.

본래의 그녀도 예뻤지만, 제대로 차려입으니 그야말로 눈이 부실 정도로 아름다웠다.

일행은 영주와 함께 늦은 저녁을 즐겼다.

구경도 못해 본 진귀한 요리가 잔뜩 차려졌다.

람스는 점잖게 앉아 다양한 음식을 천천히 즐겼다.

그 모습을 유심히 지켜보던 영주가 이르민에게 물었다.

"그런데 저분은……?"

분위기를 보아하니 이르민의 호위 무사 같지는 않았다.

이르민을 보호하고 있는 분위기지만, 실제로 그녀가 그를 부리는 건 아니다.

오히려 이르민이 그를 어려워하는 눈치다.

"아! 소개가 늦었군요. 이분은 메딘 산맥의 현자이자, 헬리오스 마탑의 탑주님이신 람스 님이십니다."

"오호! 메딘 산맥의 현자님이시라. 그대가 바로 소문의 그 현자였군. 산적들을 소탕했다지?"

얼마 전까지 지흘 영주는 메딘 산맥에 둥지를 튼 산적 무리들 문제로 골치가 아팠다. 그런데 어느 날 홀연히 나타난 현자라는 청년이 그를 소탕했다는 소식을 들었다.

내내 그의 정체가 궁금했는데, 오늘에서야 보게 된 것이다.

"어떻게 산적들을 소탕했는가? 내 여러 번 토벌군을 보냈어도 그들을 어찌하지 못했는데 말일세."

"그저 운이 좋았을 뿐입니다."

"허허, 단순히 운이 좋다고 토벌군도 해결 못한 산적들을 물리칠 수 있었겠는가? 가만, 듣자 하니 마탑의 탑주님이시라고? 허허, 그렇다면 내가 함부로 말을 놓을 사람은 아니었군."

람스는 말없이 웃기만 했다.

지흘 영주는 그런 과묵한 모습이 더욱 마음에 들었다.

'헬리오스 마탑의 마법은 엉터리라 하더니, 이제 보니 모두 허튼소리였구나. 이르민 아가씨가 그를 대하는 태도로 보아하니 그의 마법 실력이 상당한 모양이구나.'

그는 람스가 탐이 났다.

'지금껏 우리 영지엔 그럴듯한 마법사가 없었다. 그 점이

항상 아쉬웠지. 이 기회에 그와 친해져서 쓸 만한 마법사라도 한 명 청할 수 있다면 영지 발전에 큰 도움이 될 것이다.'

그는 만면 가득 미소를 지으며 람스에게 말을 걸었다.

"이보시게. 아니, 이보시오, 탑주님. 그렇게 대단하신 분이 내 영지에 계신 줄은 몰랐소이다. 이제라도 알았으니 얼마나 기쁜 일이오? 허허허. 이것도 인연인데, 우리 앞으로 자주 왕래도 하고 그럽시다. 따지고 보면 우린 이웃과도 같은 사이가 아니오?"

그의 말에 람스는 가타부타 아무런 말도 없이 빙그레 웃음을 보였다. 그 미소를 지흘 영주는 호감으로 받아들였다.

'이제 보니 그 역시 나와의 교류를 원하고 있었구나.'

헬리오스 마탑은 메딘 산맥 꼭대기에 위치하고 있다고 한다. 그런 험지라면 자연 교통이 불편할 수밖에 없다. 야망이 있는 자라면 사람의 왕래가 많은 도시로 내려올 생각을 할 터. 그렇다면 자연히 영주인 자신과의 관계가 중요하다.

그런 이유로 람스 역시 교류를 원하는 것이리라.

물론 그의 착각이었다.

람스는 굳이 영주와의 교류가 필요하지 않았다.

헬리오스 마탑을 도시로 옮길 생각은 더더욱 없었다.

그가 미소를 보인 이유는 지흘 영주의 호의에 대한 자연스러운 반응이었을 뿐이다. 람스는 아무런 생각도 없는데 지흘 영주 혼자서 엉뚱한 오해를 하고 있는 셈이다.

'그럼 이쯤에서 슬슬 사업 이야기를 꺼내볼까?'

지흘 영주가 람스에게 넌지시 수작을 걸어보려 할 때였다.

돌연 쿵, 하는 육중한 소음과 함께 저택이 우르르 뒤흔들렸다.

놀란 영주가 자리에서 벌떡 일어나며 소리쳤다.

"지진인가?"

진동이 얼마나 대단했던지 식탁 위에 있던 접시가 와르르 떨어졌다.

이르민과 크래커도 놀라긴 매한가지였다.

다만 람스만이 묵묵히 식사에 열중하고 있었다.

"영주님!"

벌컥 문이 열렸다.

저택의 경비대장이었다.

"경비대장, 지진이 난 것 같네. 영지에 별다른 피해는 없는가?"

"지진이 아닙니다, 영주님."

"지진이 아니라니?"

"적입니다."

"적?"

지흘의 인상이 와락 일그러졌다.

"늪 부족 녀석들인가?"

그의 이웃 영지엔 유감스럽게도 늪 부족의 사람이 영지로 부임했다. 예부터 사막 부족과 늪 부족은 개와 고양이처럼 사이가 좋지 못했다. 그런 이유로 지흘은 이웃 영지의 영주와 툭 하면 전쟁을 벌였다.

"아닙니다. 놈들은 늪 부족과는 관계가 없어 보였습니다."

지흘의 얼굴 위로 어리둥절한 표정이 떠올랐다.

"늪 부족과 관계가 없어? 그럼 대체 어떤 적이 쳐들어왔단 말이냐?"

"아무래도……."

경비대장이 이르민에게 시선을 주었다.

지흘 영주는 즉각 사정을 눈치챘다.

항상 말썽을 부리던 이웃 영지가 아니라 이르민을 노리는 녀석들이 쳐들어왔다는 의미다.

그는 주먹으로 식탁을 두드리며 흥분했다.

"무엄한 자들이로고! 감히 여기가 어디라고 소란이란 말인가! 내 이놈들을 당장 쳐 죽이고 말리라!"

그는 입가에 묻은 음식물도 닦지 않은 채, 식당 밖으로 뛰쳐나갔다.

"아가씨!"

크래커가 이르민을 불렀다.

저택을 공격한 적.

놈들이 노리는 표적은 바로 이르민이었다.

"저희 때문에 벌어진 일이에요. 구경만 하고 있을 수는 없어요."

이르민이 자리에서 일어났다.

크래커가 뒤를 따르듯 자리를 박찼다.

"가죠."
이르민이 앞장을 섰다.
크래커가 그녀의 뒤를 따라나섰다.
람스는 식사를 마친 후에야 비로소 두 사람의 따랐다.

*   *   *

식당을 나선 이르민과 람스가 홀에 도착했을 때, 마침 저택을 습격한 무리가 부서진 문을 지나 안으로 들어서던 중이었다.
"어라? 표적이 제 발로 걸어 나오네. 찾는 불편을 덜었군."
선두에 선 사내가 이르민을 보고 씩 하고 웃음을 보였다.
그는 다른 남자들보다 머리 하나는 더 큰 거인이었다.
바위처럼 단단해 보이는 얼굴과 등에 멘 커다란 도끼가 인상적이었다.
그러나 무엇보다 눈에 띄는 것은 가슴의 문신이었다.
왼쪽 가슴에 그려진 부서진 심장.
"브로큰……하트."
크래커가 신음처럼 말했다.
그의 목소리가 잘게 떨리고 있었다.
"아는 사람들이에요?"
이르민이 크래커에게 물었다.
크래커가 힘없이 고개를 끄덕였다.

"한 번이라도 전쟁을 치러본 사람이라면 그를 모르는 자가 없습니다. 전쟁이 있는 곳이면 어디든 그가 나타나니까요."

이르민은 크래커의 음성에서 불길한 뭔가를 느꼈다.

"나쁜 사람인가요?"

"전장에서의 그는 재앙과도 같은 존재입니다. 그가 지나간 자리엔 온전한 것이 없다는 말까지 있을 정도죠. 그래서 붙여진 별명이 전장의 분쇄기. 그만큼 두려운 상대입니다."

"그렇게 강한……가요?"

이르민이 두려운 목소리로 다시 물어왔다.

크래커가 그녀를 보았다.

그의 눈빛이 심하게 흔들렸다.

"아가씨, 어쩌면 각오를 해야 할지도 모릅니다."

그의 이마에 어느덧 식은땀이 맺혔다.

단지 브로큰하트를 보는 것만으로도 식은땀을 흘릴 정도로 긴장하고 있는 것이다.

'크래커 아저씨가 두려워하고 있어.'

이르민은 알고 있다.

크래커가 얼마나 강한 사람인지.

그는 사막 부족의 전사들 가운데에서도 수위에 드는 실력자다. 몇몇 예외적인 존재들을 제외하면 최고의 실력자라고 할 수 있다.

그런 그가 두려워하고 있다.

브로큰하트가 얼마나 강한지 능히 짐작하고도 남음이다.

이르민은 람스를 보았다.

혹시 그라면 가능하지 않을까?

람스 역시 뛰어난 무력을 가지고 있다.

적어도 크래커보다 훨씬 강하다는 것만은 사실이다.

절망적인 것은 크래커 역시 람스의 실력을 알고 있다는 점이다. 람스가 얼마나 강한 사람인지 두 눈으로 똑똑히 확인했다. 그럼에도 불구하고 브로큰하트를 본 순간 비관적으로 결론을 내렸다. 브로큰하트가 람스보다 압도적으로 강하다고 판단한 것이다.

"소문대로 예쁘장한 아가씨네."

이르민을 보며 브로큰하트가 묘한 눈길을 보냈다.

위아래로 훑은 그 눈길에 이르민은 저도 모르게 몸을 떨었다. 온몸이 발가벗겨진 듯 수치심이 느껴졌다. 그때, 갑작스런 사태에 멍청하게 서 있던 지흘 영주가 정신을 차렸다. 그는 정문을 부수고 들어온 불한당들을 향해 대뜸 고함을 질렀다.

"이놈들! 이곳이 어디인 줄 알고 감히 이런 무례더냐!"

브로큰하트가 그를 돌아보았다.

고개를 기울이며 한차례 지흘 영주를 쓸어 보더니 코를 씰룩이며 말했다.

"이건 또 뭐야?"

그의 옆에 시종처럼 서 있던 쥐상의 사내가 재빨리 대답했다. 그는 브로큰하트와 함께 저택 안으로 난입한 여덟 명의 불한당 중 한 명이었다.

"저 작자는 이 도시의 영주입니다."

"영주? 그럼 여기가 영주의 저택이었단 말이야? 어쩐지 제법 으리으리하더라니. 귀찮게 됐네."

브로큰하트가 미욱한 표정으로 머리를 긁적였다.

영주의 저택을 불법 침입한 것은 중죄다.

어쩌면 왕실의 추격을 받게 될 수도 있다.

그런 사실을 뻔히 알고 있음에도 브로큰하트는 긴장하는 기색이 없었다.

그저 조금 귀찮게 되었다는 반응이 고작이었다.

"생각보다 병사들의 수가 많은걸."

"아무래도 경비를 강화한 것 같습니다."

"귀찮게 됐군."

"브로큰하트 님께서는 걱정하실 필요가 없습니다. 이런 조무래기들은 저희가 알아서 처리하겠습니다."

쥐상의 사내가 굽실거리며 아부했다.

브로큰하트가 그를 내려다보며 만족스러운 표정을 지었다.

"넌 말을 잘해. 그래서 오래 살 거야."

"제가 장수한다면 그건 모두 브로큰하트 님의 은총입니다."

"흐흐흐. 그래, 그래. 다 나의 돌보심 때문이지."

끌끌거리며 웃던 브로큰하트가 이르민에게로 시선을 돌렸

다. 아래에서 위로, 물건을 품평하듯 쭉 훑었다.

"예쁜 여자네. 가지고 싶은데……."

쥐상의 사내가 재빨리 끼어들었다.

"의뢰는 저 여자를 산 채로 잡아오라는 것이었습니다. 그 밖의 어떤 단서도 없었습니다."

"살아 있기만 하면 된다는 소리군."

브로큰하트의 눈빛이 음침해졌다.

주변엔 그들 말고도 많은 사람들이 있었지만, 브로큰하트와 쥐상의 사내는 처음부터 끝까지 안하무인이었다.

그러한 태도가 결국 영주의 분노를 불러왔다.

"이놈들!"

분노의 일갈을 터트린 영주가 시뻘겋게 달아오른 얼굴로 경비대장에게 소리쳤다.

"뭣들 하는 게냐! 저 무도한 놈들을 언제까지 저렇게 놔둘 생각인가!"

"지, 지금 곧 처리하겠습니다."

대답하는 경비대장의 목소리에 힘이 없었다.

이미 브로큰하트의 거대한 덩치에 압도당한 터였다.

'그래도 수는 이쪽이 훨씬 많아.'

브로큰하트의 패거리는 브로큰하트 본인을 포함하여 고작 아홉. 그에 반해 이쪽은 50명이 넘는다. 해볼 만한 싸움이 아닌가.

경비대장의 눈짓을 받은 병사들이 브로큰하트 일당을 둥글게 포위했다. 용병들은 브로큰하트를 보자마자 이미 줄행랑을 쳤다. 그들은 브로큰하트가 얼마나 위험한 인물인지 잘 알고 있었기 때문이다.

"당장 놈들을 내 발 앞에 무릎 꿇려라!"

영주가 호통을 쳤다.

이곳엔 이르민 아가씨가 있다. 브로큰하트라는 악당을 잡아들이면 그녀에게는 물론이고 술탄 압슬라 님에게도 큰 호의를 얻을 수 있을 것이다.

영주의 명령이 떨어지자 브로큰하트 일당을 포위하고 있던 병사들이 우르르 달려들었다. 수적인 우세에 병사들은 적에 대한 두려움도 잊었다.

"귀찮은 하루살이들."

브로큰하트가 웅크린 몸을 일으켰다.

순간, 무거운 압력이 실내 전체를 내리눌렀다.

거대한 존재감에 기질이 약한 이르민은 숨조차 쉴 수 없다. 병사들도 가슴 위로 무거운 추가 올라간 것 같은 답답함을 느꼈다.

"모두 죽여주마!"

브로큰하트가 포효하듯 외쳤다.

쥐상의 사내가 재빨리 나섰다.

"브로큰하트 님, 이런 허접한 놈들을 처리하는 데 굳이 브로큰하트 님께서 직접 나서실 필요는 없습니다. 닭을 잡는 데는 닭 잡는 칼이 제격입니다."

"그런가? 그럼 네가 알아서 해."

브로큰하트가 살기를 죽였다.

실내를 장악했던 압박이 한순간에 사라졌다.

덜덜 떨기만 하던 병사들이 비로소 안도의 한숨을 쉬었다.

"흥, 안심하기엔 아직 이르다. 이놈들, 브로큰하트 님을 대신해서 나 보잉가 님께서 너희들을 난도질해 줄 것이다."

쥐상의 사내가 찢어지는 목소리로 외쳤다.

그를 물끄러미 바라보던 병사들이 배꼽을 잡고 웃었다.

보잉가는 키가 고작 1.3미르에 불과한 난장이다. 그런 작은 키에도 불구하고 정작 무기는 어지간한 장신의 사내와 맞먹는 크기의 망치를 메고 있다.

그야말로 서커스단에서 막 뛰쳐나온 어릿광대마냥 우스꽝스러운 몰골이 아닐 수 없었다.

병사들의 비웃음에 보잉가는 화가 머리끝까지 치밀었다.

"이놈들, 감히 날 비웃어? 어디 호된 맛을 보고도 그렇게 웃을 수 있는지 두고 보자."

보잉가가 바닥에 침을 퉤 뱉었다. 그리고 다음 순간, 갑자기 어깨에 걸친 커다란 망치로 바닥을 내리쳤다.

사람을 향해 휘두른 것이 아니다.

괜히 멀쩡한 바닥을 향해 휘두른 것이었다.

망치의 위력은 황당한 크기만큼이나 대단했다.

값비싼 대리석 바닥이 쩍 하고 쪼개지며, 망치가 절반이나 박혔다. 그 충격을 반동 삼아 보잉가는 포물선을 그리며 허공으로 튀어 올라갔다.

"어어?"

병사들의 입에서 놀란 음성이 흘러나왔다.

망치로 바닥을 찍고 그 반동으로 튀어 오른 보잉가가 순식간에 병사들의 머리 위로 떨어졌던 것이다.

"괘씸한 놈들, 맛 좀 봐라!"

보잉가는 나무와 나무 사이를 오가는 날다람쥐처럼 병사들 사이를 재빠르게 누볐다. 손과 발을 사용하는 체술에 상당한 재주가 있는 듯, 고작 허리밖에 오지 않는 그의 공격에 병사들은 제대로 된 반격 한 번 하지 못하고 풀썩풀썩 쓰러졌다.

순식간에 병사 10명이 그렇게 쓰러지고 말았다.

그중엔 지흘 영주가 믿고 있던 경비대장도 있었다.

"흐흐, 이제야 요리 준비가 됐군."

쓰러진 병사들을 내려다보며 보잉가는 만족스런 표정을 지었다.

"적당히 펼쳐 놓았으니 이젠 제대로 다질 차례로군."

그가 바닥에 반쯤 박힌 망치를 꺼내 들었다.

망치를 머리 위로 들고 쓰러진 경비대장의 가슴을 향해 거침없이 휘둘렀다.

"히익!"

경비대장의 입에서 비명이 흘러나왔다.
멀쩡한 사람이 피떡으로 변하려는 순간이다.
턱!
손 하나가 나와 떨어지는 망치를 잡았다.
거대한 무게의 망치.
게다가 허공에서 떨어지는 중이었다.
관성을 더한 망치의 무게는 상상을 초월할 정도.
그럼에도 불구하고 망치를 받아낸 사람은 가벼운 나무 작대기를 잡은 양 흔들림이 없었다.
"네, 네놈은 뭐냐?"
보잉가가 눈을 부라렸다.
그의 망치를 잡은 람스가 딱딱한 표정으로 대꾸했다.
"사신."
그의 표정이 전에 없이 차가웠다.
람스는 이 세계에 온 이후로 줄곧 평온하고 부드러운 마음으로 사람을 대했다. 저쪽 세계로 빨려 간 이후로 줄곧 사람의 정이 그리웠다. 그래서 진정으로 사람들을 대했다.
하지만 그것도 상대가 사람일 경우에 한정된 것이다.
이 녀석은 살인마다.
살인 그 자체를 즐기는 마물과도 같은 존재.
람스는 보잉가를 악인으로 판별했다.
세상에 존재할 이유가 없는 기생충.

"사신?"

보잉가의 안면이 괴이하게 뒤틀렸다.

얄팍한 웃음이 일었다.

"꼴값 떨고 있네."

보잉가는 얄팍한 눈으로 람스를 위아래로 훑었다.

덩치도 평범하고 옷차림 또한 별 볼일 없다.

키가 조금 큰 편이지만 특별히 근육질의 몸매도 아니다. 손에도 무기가 없고 허리에도 무기가 걸려 있지 않았다.

'무투가?'

맨손으로 싸우는 전사를 무투가라 부른다.

보잉가는 람스의 손을 보았다.

여자처럼 하얗고 부드럽다.

단련된 손이 아니다.

'무투가도 아니다?'

결국 이도 저도 아닌 어중간한 놈이라는 소리다.

정의심에 무작정 뛰어나온 애송이.

하지만 힘은 썩 쓸 만한 모양이다.

보잉가는 람스에 대해 간단히 단정지었다.

'힘만 센 애송이 녀석.'

비웃음이 절로 나왔다.

그는 지금까지 셀 수 없이 많은 악행을 자행했다.

그중엔 제법 이름을 날리는 상대도 적지 않았다. 하지만 그 모두가 그의 손에 죽임을 당했다.

상대가 매번 그보다 약했던 것은 아니다. 개중엔 그보다 훨씬 뛰어난 실력자도 적지 않았다. 그래도 그는 항상 승리했다. 이유는 단 하나. 그가 그들보다 독했기 때문이다.

제아무리 뛰어난 실력을 가진 자라 해도 독하지 않으면 목숨을 건 승부에서 승리를 쟁취할 수 없다.

보잉가는 누구보다도 독했다.

그래서 지금껏 살아남을 수 있었다.

"버릇없는 새끼, 사신이 뭔지 내가 보여주마!"

보잉가가 망치를 손에서 놨다. 마치 람스에게 줘 버리듯 망치를 밀었다. 그와 동시에 신형을 빙글 회전시켰다. 그 짧은 사이에 가슴팍에 숨겨 놓았던 짧은 단도를 뽑아 휘둘렀다.

실제로 거대한 망치는 그의 무기가 아니다.

상대를 속이기 위한 속임수에 불과했다.

거대한 망치를 본 상대는 보잉가를 힘만 센 난장이로 착각한다. 그때 진짜 무기를 꺼내어 휘두른다.

피와 죽음이 난무하는 전장에서 보잉가를 지금까지 살아 있게 만들어 준 속임수.

지금까지 이 수법으로 수많은 강자들을 처리했다.

보잉가는 이번 역시 마찬가지일 것이라고 확신했다.

그러나 그것은 착각이었다.

망치를 놓은 보잉가가 신형을 회전하며 단도를 뽑아 휘두른 것은 그야말로 순식간에 이뤄진 빠른 동작이었다. 하지만 그보다 람스가 한발 더 빨랐다. 람스는 보잉가가 던져준 망치가 속임수라는 사실을 즉각 눈치 챘다.

"무기까지 주니 고맙군."

그는 망치의 머리를 잡은 상태 그대로 작대기를 쓰듯 휘둘렀다.

쾅!

묵직한 굉음이 울렸다.

보잉가는 손에 든 단도를 채 휘둘러보지도 못하고 람스의 공격을 받았다.

망치의 손잡이 부분이 그의 복부를 파고들었다.

"키엑!"

처절한 비명과 함께 보잉가의 몸이 저쪽 벽에 처박혔다.

치열한 공방도, 섬뜩한 살기도 없었다.

오로지 단 한 방.

경비대장을 비롯한 병사들을 허수아비마냥 가지고 놀던 보잉가를 쓰러뜨리는 데 더 이상의 공격은 필요하지 않았다.

*　　*　　*

"뭐, 뭐야?"

"지금 무슨 일이 있었던 거지?"

대부분의 사람들은 람스가 어떻게 보잉가를 물리쳤는지 제대로 파악할 수도 없었다. 몇 마디 섬뜩한 대화를 주고받는가 싶더니 어느새 보잉가가 저쪽 구석에 쿵 하고 처박혀 있었다.
 두 사람의 공방을 제대로 볼 수 있었던 사람은 그야말로 소수에 불과했다.
 브로큰하트 역시 그 소수의 사람 가운데 하나였다.
 "생각보다 제법이네. 이거 귀찮게 됐는걸."
 브로큰하트가 턱을 긁으며 툴툴거렸다.
 쓸 만한 수하 하나가 쓰러졌다.
 그러나 안타까워하는 기색은 전혀 없었다.
 브로큰하트가 람스를 보며 물었다.
 "넌 뭐하는 놈이냐?"
 람스가 부드럽게 웃으며 답했다.
 "헬리오스 마탑주."
 "마탑주? 너, 마법사냐?"
 "마법을 익힌 건 맞다."
 브로큰하트의 고개가 외로 기울었다.
 그는 느리고 미련한 표정으로 말했다.
 "이상하네. 내가 마법사에 대해서 잘못 알고 있는 건가? 아니면 새로운 유행이라도 생긴 건가?"
 그가 알고 있는 마법사는 비실비실 약해 빠진 존재다.
 괴상망측한 주문이나 외우는 머저리들.

람스는 다르다.

보잉가는 작은 덩치와는 다르게 힘이 장사다. 어지간한 성인 남자 두어 명은 한 손으로 눌러 버릴 수 있을 정도의 완력을 가지고 있다.

그런 보잉가가 너무도 허무하게 당했다.

람스의 힘과 실력이 보잉가보다 훨씬 뛰어나다는 반증이다.

"나중에 그 사람에게 보너스를 두둑이 달라고 해야겠어."

람스를 쳐다보며 중얼대던 브로큰하트는 홀의 기둥으로 다가갔다. 기둥의 크기는 거대했다. 그 둘레만도 성인 남성 둘이 팔을 뻗어야 간신히 맞닿을 수 있을 정도였다.

그는 기둥에 가볍게 손을 얹었다.

쩌걱!

거대한 기둥이 막대 사탕처럼 떨어져 나왔다.

브로큰하트는 뜯어낸 기둥을 풍차처럼 붕붕 돌려 보았다.

적당한 무게와 균형.

마음에 들었다.

"쓸 만하군."

묵직하게 웃은 브로큰하트가 부하들에게 명령을 내렸다.

"너희들은 저 두 사람을 처리해."

그의 손가락이 이르민과 크래커를 가리켰다.

쓰러진 보잉가를 제외한 일곱의 수하들이 한목소리로 대답했다.

"알겠습니다, 브로큰하트 님."
"맡겨주십시오."
수하들이 이르민을 향해 우르르 몰려갔다.
그 모습을 물끄러미 보고 있던 브로큰하트가 람스에게로 걸음을 옮겼다.
"그럼 나도 슬슬 일을 해볼까?"
그의 작은 눈이 살기로 번들거렸다.

* * *

브로큰하트의 공격은 벼락처럼 이뤄졌다.
람스를 향해 성큼 걸어가더니 느닷없이 손에 들린 기둥을 휘둘렀다.
부우웅!
거대한 기둥이 바람을 가르는 소음은 천둥처럼 요란했다.
그 앞에 선 람스는 너무도 작고 보잘것없어 보였다.
그야말로 바람 앞의 등불과도 같은 신세.
사람들은 신음을 삼켰다.
눈앞에서 람스의 몸이 유리처럼 산산조각날 것 같았다.
그러나 정작 람스는 몸을 피하지도, 그렇다고 반격을 하지도 않았다. 무서운 기세로 날아드는 기둥을 흘끔 보더니, 가볍게 손을 내밀 뿐이다.

턱!

그는 무서운 기세로 날아드는 기둥을 한 손으로 받았다.

"크하하! 놈, 날 보잉가와 같은 급으로 생각했느냐?"

브로큰하트가 껄껄 웃었다.

과연 그의 장담대로 보잉가와는 차원이 다른 힘이었다.

기둥을 받아 낸 람스의 몸이 주르륵 뒤로 밀려 나갔다.

"그대로 네놈의 허리를 꺾어주마!"

브로큰하트가 고함을 지르며 용을 썼다.

드드드드!

람스의 발이 바닥에 깊은 족적을 새기며 밀렸다. 이대로 벽까지 밀어붙여 죽여 버릴 심산이었다.

"흠."

람스는 가볍게 숨을 몰아쉬었다.

그러곤 전신의 힘을 한데 모아 기둥을 가볍게 쳤다.

퉁!

속이 텅 빈 나무 상자를 친 것 같은 소음.

브로큰하트의 무지막지한 완력을 막기엔 턱없이 부족해 보이는 행동이었다. 그러나 그 여파는 실로 놀라웠다.

쩌거걱.

정확하게 람스가 후려친 부분에서부터 균열이 일어났다. 균열은 삽시간에 기둥 전체로 퍼져 나갔다.

퍼퍼퍽!

요란한 파열음과 함께 기둥이 조각조각 부서지고 말았다.

* * *

"이거 정말 손해 보는 장사네."
조각조각 부서진 기둥 파편들을 내려다보던 브로큰하트가 신경질적으로 배를 긁었다.
헬리오스 마탑의 탑주.
제법 하는 줄은 알았지만 이 정도일 줄이야.
적어도 한 가지는 확실하다.
어설픈 수작으론 놈을 이길 수 없다.
브로큰하트는 등 뒤에 걸린 도끼를 꺼내 들었다.
보잉가의 망치가 장난감처럼 느껴질 정도로 거대한 도끼였다.
"이놈을 꺼내는 것도 오랜만이군."
브로큰하트의 전신에서 막대한 살기가 뿜어져 나왔다.
"죽여주마!"
살기가 뚝뚝 묻어나는 음성으로 브로큰하트가 외쳤다.
목소리의 파장이 채 사라지기도 전에 그의 도끼가 람스를 향해 폭풍처럼 떨어졌다.
쾅쾅쾅!
장작을 패듯 람스의 머리를 향해 세 차례나 도끼를 찍었다. 큰 거구임에도 불구하고 그 움직임은 빠르고 간결했다. 도끼가 떨어질 때마다 대리석 바닥이 진흙 뭉치처럼 깊게 패였다.
 람스는 최소한의 움직임으로 브로큰하트의 공격을 피해냈다. 가벼운 움직임으로 스치듯이.
 그는 여전히 긴장감이 느껴지지 않는 표정으로 브로큰하트의 도끼를 손바닥으로 찍어냈다.
 기둥을 쳐 내던 바로 그 수법이다.
 쩡!
 종을 두드린 듯한 묵직한 소음이 넓은 홀을 왕왕 울렸다.
 "이 자식이 또! 하지만 이번에는 통하지 않을 것이다. 이 도끼는 재질이……."
 브로큰하트의 자신감 넘치는 발언이 채 끝나지도 않았다.
 람스가 두드린 도끼날에서 시작된 진동이 자루를 타고 브로큰하트에게로 흘러들어 갔다.
 "큭!"
 브로큰하트의 입에서 저도 모르게 신음이 흘러나왔다.
 오랜 시간 사용해서 이젠 몸의 일부처럼 느껴지는 도끼.
 그 도끼가 손 안에서 살아 있는 물고기처럼 파닥거렸다.
 놓치지 않으려고 손에 힘을 바짝 주니, 손바닥의 껍질이 벗겨지고 피가 묻어 나왔다.
 "괴이한 능력이군."
 람스가 후려친 도끼날에 손자국이 깊게 새겨졌다.
 강철로 만들어진 도끼가 파이다니.

상상조차 할 수 없는 괴력이다.

"마탑의 탑주라는 말, 농담이지? 그 능력, 권사인가? 아니면 무승?"

어느 산의 무승들이 이와 비슷한 능력을 사용한다는 말을 들은 적이 있다.

람스는 고개를 저었다.

"아니, 난 마법사다. 방금 그건 헬리오스 마탑 고유의 기법이지."

브로큰하트가 입가를 뒤틀었다.

"거짓말."

"증명해 보이지."

말과 함께 람스가 질풍처럼 뛰어들었다.

번뜩하는 기색과 함께 어느새 브로큰하트의 면전에 도달했다. 브로큰하트는 반사적으로 도끼를 들어 전면을 막았다.

커다란 도끼는 이럴 때 편리했다.

유사시엔 몸을 보호할 수 있는 방패로도 쓸 수 있다.

람스는 브로큰하트를 공격하지 않았다.

대신 손바닥으로 도끼를 다시 후려쳤다.

방금 전 때렸던 바로 그 위치였다.

쩌엉!

이내 귀청이 찢어질 듯한 소음이 터져 나왔다.

엄청난 힘.

브로큰하트가 람스의 힘에 밀려 쿵쿵 뒷걸음질쳤다.
"역시 대단해. 하지만 이로써 네가 마법사가 아니란 것이……."
브로큰하트는 말을 끝마칠 수 없었다.
람스가 후려친 도끼날 부근이 벌겋게 달아올랐다.
"무슨……"
달아오른 도끼날은 순식간에 노랗게 변했다.
그러나 그것도 잠시, 급기야 쇠로 된 도끼날이 흐물흐물 녹아내렸다.
"화염! 적탑 계열인가?"
브로큰하트가 이를 악물며 달아오른 도끼날을 손으로 후려쳤다. 쩡 하는 소음과 함께 단단한 쇳덩이가 과자 부스러기처럼 부서졌다.
바닥으로 떨어진 도끼날이 순식간에 노란 액체로 변해 버렸다. 이로써 양날 도끼가 한날 도끼가 되고 말았다. 그나마 빨려 쳐내서 한쪽 날이나마 건사할 수 있었다.
브로큰하트는 람스를 지그시 응시했다.
곧이어 그는 감정이 묻어나지 않는 음성으로 한 자 한 자 뱉듯이 말했다.
"정말 마법을 사용할 줄 아는군. 매직 나이트, 마검사……. 아니, 주먹을 쓰니 마권사인가?"
람스가 그의 말을 정정해 주었다.
"헬리오스식 마법일 뿐이야."

브로큰하트가 큰 소리로 웃었다.

"푸하하! 끝까지 마법사란 소린가?"

람스가 덤덤하게 대답했다.

"사실이니까."

브로큰하트의 웃음이 뚝 끊겼다.

질 나쁜 농담이라고 생각하기엔 람스의 태도가 너무 진지했다. 어쩌면 진짜로 본인은 그렇게 생각하고 있는 것인지도 모른다.

아무래도 상관없다.

그가 마법사이든 마권사이든.

중요한 것은 그의 능력이 마법을 사용하는 권사의 것과 유사하다는 점이다.

"계속해 볼까?"

람스가 넌지시 말했다.

브로큰하트가 반만 남은 도끼를 잠시 내려다보더니 고개를 저었다.

"아니, 싫어. 이건 수지가 안 맞아도 너무 안 맞는 장사야."

브로큰하트가 도끼를 등 뒤에 맸다.

"도망가는 건가?"

"홍, 이 브로큰하트가 그렇게 약한 놈으로 보여? 적 앞에서 꼬리를 말 만큼."

브로큰하트가 람스를 노려보며 으르렁거렸다.

상처 입은 맹수처럼 흉험한 기세였다.

"너와는 제대로 싸워 보고 싶다. 하지만 지금의 계약은 너무 형편없어. 쥐꼬리만 한 돈을 걸고 싸우기엔 손해가 막심이야. 곧 돌아오마. 그러니 목을 씻고 기다려라. 제대로 된 금액을 걸고 다시 한 번 싸워 보자."

브로큰하트는 람스의 대답도 듣지 않고 수하들에게 외쳤다.

"가자! 오늘 영업은 여기까지다."

대답은 들려오지 않았다.

고개를 돌려 보니 모조리 쓰러져 있었다.

"그쪽의 짓인가?"

브로큰하트가 크래커를 보며 물었다.

크래커가 무거운 표정으로 고개를 끄덕였다.

"그렇소."

"제법이군. 적어도 오일이라는 녀석보다는 더 쓸 만하군. 좋아, 네 얼굴도 기억해 두지."

브로큰하트는 끌끌 혀를 차며 홀을 빠져나갔다.

"오늘 장사는 정말 수지가 맞지 않아."

람스가 그의 등에 대고 물었다.

"기절한 수하들은 데려가지 않을 건가?"

"내버려 둬. 어차피 내 악명만 믿고 어중이떠중이 모인 놈들이니까. 내게 버림을 받는다 해도 아쉬울 게 없는 녀석들이지."

브로큰하트는 끝까지 뒤를 돌아보지 않았다.

제11화
브로큰하트의 굴욕

"아아, 정말 간을 졸였어요."

이르민이 바닥으로 주저앉으며 한숨을 토했다.

정말로 무서웠다.

분쇄기, 브로큰하트.

그의 거대한 덩치를 본 순간 이번엔 정말 끝이라고 생각했다. 크래커조차도 그를 막을 수 없다고 하지 않았던가.

그런데…… 람스가 그를 막아 냈다.

"람스 님, 정말 마법사셨군요."

이르민이 눈을 반짝이며 말했다.

도끼를 단숨에 녹여 버린 능력.

분명 마법이다.

마법이 아니면 설명할 수 없는 능력이다.

'그래, 람스 님은 매직 나이트셨던 거야.'

매직 나이트. 마법을 근간으로 하는 마검사.

람스의 경우엔 권을 쓰니 마권사라 할 수 있을 것이다.

마법과 검의 결합은 오래전부터 마탑이 연구하던 학문이다. 수십 년 전부터 그 성과가 나타나기 시작했다. 최근엔 마검사들의 위세가 전통적인 마법사를 훨씬 능가할 지경에 이르렀다.

람스가 바로 그런 존재였다.

마법과 권을 모두 사용하는 만능의 전사.

헬리오스 마탑의 탑주라는 사람이 마권사까지.

정말 대단한 사람이다.

"도끼를 녹인 기술은 화염의 마법인가요? 헬리오스 마탑은 적탑 계열이군요."

람스는 고개를 끄덕였다.

"스승님의 마법은 분명 적탑 계열이었습니다."

"역시 그렇군요. 과연 적탑! 화끈한 파괴력이었어요."

이르민은 람스에 대한 존경심을 주체하지 못했다.

짧은 동행.

그동안 그녀는 람스에 대해 흠뻑 빠져 버렸다.

젊은 사람답지 않게 강하다.

마탑주이면서도 거만하지 않았다.

이르민은 지금까지 적지 않은 사람을 만났지만, 람스처럼 독특한 사람은 처음이었다.

한편, 크래커는 다른 의미로 람스에게 경이를 느꼈다.

'브로큰하트를 막아내다니!'

두 눈으로 직접 보고도 못 믿을 일이다.

그 괴물을 상대하면서도 긴장한 구석이라곤 전혀 찾아볼 수 없었다.

만약 그대로 싸움이 이어졌다면 어땠을까?

브로큰하트가 질 것 같다는 생각은 들지 않는다. 패배라는 글자를 떠올리기엔 브로큰하트라는 이름이 가진 무게가 너무도 대단하다.

그렇다면 람스는 어떨까?

승부가 계속되었다면 람스가 졌을까?

'그는…… 여유가 있었다.'

브로큰하트를 상대할 때의 람스는 최선을 다하지 않았다.

여유가 있었다.

천하의 브로큰하트를 상대로 여유를 부리다니.

직접 두 눈으로 보지 않았다면 결코 믿지 못했을 것이다.

'정말…… 대단한 사람이군.'

크래커는 새삼 그를 만난 것이 얼마나 큰 행운인지 실감할 수 있었다.

* * *

 람스와 이르민, 그리고 크래커는 그 길로 영주의 저택을 떠나기로 결심했다.
 적의 무력은 상상을 초월했다.
 그 앞에 영주가 가진 힘이란 실로 무기력한 것이었다.
 이곳에 더 머물러 봐야 피해만 늘릴 뿐이었다.
 "도움이 되지 못해 참담한 마음뿐입니다."
 이르민을 떠나보내며 지흘은 참괴한 표정을 지었다.
 한 지방을 다스리는 영주로서 이렇게 비참해지기는 처음이었다. 감히 영주의 저택을 정면으로 쳐들어오는 자들이 있을 줄이야.
 이르민이 그를 위로했다.
 "부끄러워하실 필요 없습니다. 영주님은 최선을 다했으니까요."
 "어디로 가실 생각이십니까?"
 "텔레포트 게이트가 고쳐지길 마냥 기다리는 게 어리석은 판단이라는 생각이 들었습니다. 다음 게이트가 있는 마을까지 가볼 생각입니다."
 "위험하지 않겠습니까? 제가 호위를 붙여 드릴까요?"
 "아니에요. 많은 사람을 데려가면 오히려 적의 눈에 띌 수도 있어요. 그리고 제겐 람스 님이 계시니까요."

"아! 람스 님."

영주가 고개를 끄덕였다.

그녀의 말이 옳다. 병사들을 붙여 봐야 혹이 될 뿐이다.

그녀의 호위는 람스 하나로 족하다. 직접 두 눈으로 보지 않았던가. 수많은 병사들로도 어쩌지 못한 브로큰하트를 그는 너무도 가볍게 상대했다.

'영지 내에 이런 인재가 있었음에도 여태 알지 못했구나.'

헬리오스 마탑.

시골구석의 이름도 알려지지 않는 마탑이라고 너무 가볍게 생각했다. 이렇게 대단한 실력자가 있는 곳이라면 좀 더 신경을 썼어야 했는데.

'아니다. 지금도 늦지 않았어. 헬리오스 마탑이 어디 다른 곳으로 간 것도 아니니, 지금이라도 신경을 쓰면 될 일이다.'

영주는 람스의 손을 잡고 만면에 미소를 지었다.

"고맙소. 탑주님 덕분에 내 체면이 살 수 있었소이다. 부디 앞으로도 아가씨를 잘 부탁하겠소."

람스는 부드러운 미소로 대답을 대신했다.

그 미소가 천 마디 대답보다도 더 믿음직스럽게 느껴졌다.

* * *

람스와 그의 일행은 영주와 작별을 고하고 저택을 나섰다.

늦은 저녁시간.

길을 나서기엔 좋지 않은 시간대였다.

이르민은 중앙 광장으로 향했다. 그곳에서 텔레포트 게이트를 관리하는 마법사를 만났다.

"마정석은 아직 도착하지 않았네."

예상대로 부서진 텔레포트 게이트는 수리되지 않았다. 오히려 더 안 좋은 소식을 듣게 되었다.

"마법 연합에서도 고품질의 마정석을 구하기가 쉽지 않은 모양일세. 아무래도 예상보다 시간이 더 걸릴 듯하네."

그 한마디에 일행의 행로가 결정되었다.

그 길로 일행은 이스턴 마을을 떠났다.

행선지는 텔레포트 게이트가 있다는 다른 도시.

그렇게 이스턴을 떠난 일행은 어두운 밤길을 열심히 달렸다. 들판을 가로지르며 한참을 달리니 작은 마을이 나타났다. 하늘을 올려다보니 어느새 자정 무렵이다.

"잠시 쉬었다 가도록 하죠."

일행은 마을로 들어갔다.

크래커는 뜻밖에도 여관이 아니라 유흥가를 찾아 들어갔다.

"여관은 밤이 되면 쥐 죽은 듯 조용해집니다. 다들 잠을 자기 때문이죠. 암살자들에겐 더없이 좋은 환경입니다."

"유흥가는 다른가요?"

이르민이 볼을 붉히며 말했다.

남자를 부르는 여자들의 콧소리가 들릴 때마다 그녀는 마치 자신이 부끄러운 행동을 한 것처럼 얼굴을 붉혔다.

크래커가 설명했다.

"이곳은 밤새도록 불이 밝혀져 있습니다. 사람들의 왕래도 꾸준하죠. 적어도 여관보다는 안전할 겁니다."

암살자 중엔 오히려 사람들이 북적거리는 장소를 선호하는 자도 있다. 하지만 그런 경우라면 불과 한두 명만이 작전에 투입되기 마련이다. 그 정도라면 충분히 막을 자신이 있다.

그들이 우려하는 것은 많은 수의 적들이 한꺼번에 밀려오는 사태다.

일행은 살이 뒤룩뒤룩 찐 포주에게 거금을 주고 빈방을 얻었다. 유흥가에서도 가장 시끄럽고 사람들의 왕래도 많은 곳이었다.

적의 습격에 대비하기 위해 큰 방 하나만을 얻었다.

그 큰 방에 남녀가 모두 자리를 잡았다.

이르민을 비롯하여 일행 모두가 옷도 갈아입지 않고 침대에 몸을 뉘었다. 언제 또 습격을 당할지 모르기 때문이다.

'앞으로 이틀 이상을 더 가야 되는구나. 가는 동안 별일이 없어야 할 텐데.'

이르민은 좀처럼 잠을 이루지 못했다.

브로큰하트.

그를 떠올리는 것만으로도 몸이 와들와들 떨린다.

일단 물러나기는 했지만, 그는 다시 돌아올 것을 선언했다.

만약 브로큰하트가 다시 돌아온다면…… 그때도 막을 수 있을까?

암담하다. 불안하기만 하다.

침대에 몸을 뉘었지만 잠이 오지 않았다.

그녀와 달리 크래커는 어느새 코를 골고 있었다.

람스는?

이르민은 람스의 침대로 눈길을 돌렸다.

그는 침상 위에 앉아 있었다.

아무리 애를 써도 잠을 이룰 수 없었던 이르민은 조용한 목소리로 그에게 말을 걸었다.

"헬리오스는…… 어떤 곳인가요?"

람스가 대답해 줄지는 미지수.

깊은 명상에 빠져 있다면 그녀의 목소리를 들을 수 없을 것이다.

다행히 람스는 명상에 잠겨 있지 않았다.

"좋은 곳입니다."

대화를 이어 가기엔 지나치게 간결한 대답.

그러나 이르민은 단념하지 않았다.

어차피 잠도 오지 않았다.

"풍경은요? 제자는 몇이나 돼요? 헬리오스 마탑의 마법은 다른 마탑과 어떻게 다른 거죠?"

어찌 보면 당돌하게 느껴질 수도 있는 질문들이다. 그동안 억눌렀던 호기심이 한꺼번에 방출된 결과이기도 했다.

람스는 부드럽게 웃으며 그녀가 궁금해하는 것들을 차분하게 설명했다.

어렵게 제자를 들인 이야기.

제자들과 수련 과정에서 생긴 여러 가지 사건들.

물론 흉험한 장로들에 대한 이야기는 쏙 뺐다.

"아! 참 즐거운 곳 같아요."

람스의 이야기에 이르민은 저도 모르게 환하게 웃었다.

마탑이라고 하면 언뜻 수도원처럼 엄격한 생활을 떠올리기 마련이다.

헬리오스 마탑은 다르다.

그들은 단란한 가정처럼 오순도순 즐겁게 살고 있다.

딱딱한 규율도 없고, 사제들 간의 정도 돈독하다.

사실 수련 이야기만 빼고 본다면 그런대로 즐거워 보이는 곳이 헬리오스 마탑이기도 했다.

문득 그녀는 궁금해졌다.

"헬리오스 마탑의 제자가 되긴 어렵나요?"

"그럴 리가요. 원하는 사람은 누구나 제자가 될 수 있습니다. 나이, 성별을 떠나 누구나 말이죠."

"그럼 저도 되겠네요?"

이르민은 스스로 말하고도 깜짝 놀랐다.

람스의 이야기를 듣는 동안 자신도 모르게 헬리오스 마탑의 제자가 되면 좋겠다는 생각을 하게 되었다.

"물론입니다. 이르민 양이 온다면 대환영입니다."

적극적인 람스의 말에 이르민은 얼굴을 붉혔다.

이렇게 대놓고 대환영이라는 말을 하다니.

마치 고백을 받은 느낌이다.

물론 람스의 마음은 그녀의 느낌과는 전혀 달랐다.

람스는 원하는 사람은 누구나 제자로 받아들인다. 이르민이라고 특별히 생각한 것은 아니다.

하지만 이르민은 그러한 사실을 알지 못했다.

그녀는 람스의 적극적인 태도를 오해했다.

"나, 나중에요. 나중에 말씀드릴게요."

이르민이 얼른 이불로 얼굴을 가렸다.

람스를 보기 부끄러웠다.

괜스레 심장이 두근거린다.

그와 일행이 된 지 불과 며칠.

설마 그 사이에 그를 좋아하게라도 됐단 말인가?

'말도 안 돼.'

람스와 별다른 감정의 교류도 없었다.

그런데 어째서 그의 한마디에 가슴이 두근거리는 걸까?

눈을 감아도 자꾸만 그의 모습이 아른거린다.

지나칠 정도로 예의가 바르고 말수도 적다. 어쩌다 시선이 마주치기라도 하면 영문 모를 미소를 빙그레 짓는다.

그럴 때는 어느 귀족가에서 곱게 자란 청년 같다.

하지만 그는 겸손하고 예의가 바른 것이지 결코 곱게 자란 사람이 아니다.

브로큰하트와의 싸움에서 그의 또 다른 모습을 보았다.

초원을 거니는 한 마리의 야수.

그 어떤 상대를 만나도 두려워하지 않는 당당한 모습.

브로큰하트를 상대할 때 드러난 그의 거친 모습에 저도 모르게 심장이 뛰었다.

'헬리오스 마탑의 제자가 된다라……. 그러면 람스 님과 계속 함께 있을 수 있겠네.'

그녀는 자신도 모르게 미소를 지었다.

어느새 그녀는 잠이 들었다.

꿈속에서 그녀는 헬리오스 마탑의 제자가 되었다.

스승인 람스는 다른 제자들에겐 엄해도 그녀에겐 한없이 자상했다. 그의 탄탄한 품에 안겨 있는 그녀는 행복한 미소를 짓고 있었다.

* * *

일행들 모두가 잠이 든 시각.

숙소에서 얼마 떨어지지 않은 으슥한 골목에서 마계의 문이 열렸다.
 쩍 하고 세로로 갈라진 헬게이트를 통해 스키머와 디스터가 모습을 드러냈다.
 "으함!"
 헬게이트를 나서자마자 디스터가 길게 하품을 했다.
 "몸이 찌뿌듯한 게 몸살이라도 날 것 같다."
 스키머가 물었다.
 "왜? 어디가 불편해?"
 "너무 오래 쉬었나 봐. 피를 본 지가 1년도 넘었잖아."
 "언제는 평화가 그립다고 하더니."
 "그때는 매일매일 싸움의 연속이었으니까. 지겨울 만도 했지. 그런데 요즘은 자꾸 그때가 그리워."
 "흐흐흐, 어쩔 수 없는 마족이군."
 "너도 마찬가지잖아? 요즘 리자크를 혹독하게 훈련시키던데? 마계에까지 끌고 들어가서 무슨 수련을 시키고 있는 거야?"
 "너 역시 마찬가지가 아닌가. 오드만과 주주를 마계로 불러들인 걸 내가 모를 줄 알았나?"
 "흐흐흐흐, 애송이 녀석들. 어리광이 심해서 교육이 제대로 되지 않는 것 같아서 말이야. 기왕 하는 거, 제대로 해야 하지 않겠어?"
 "그래서 불지옥에다 집어던졌나?"

"아직 멀었어. 주인님이 과거에 겪은 일에 비하면 녀석들은 팔자가 편한 거야."

스키머가 고개를 끄덕였다.

"애송이 녀석들, 주인님께 도움이 되려면 아직 멀었어."

디스터가 동의하며 맞장구쳤다.

"아직 한참 멀었지."

제자들의 수련에 대해 대화를 나누던 두 마족이 하늘을 올려다보았다. 달이 기울고 있었다.

"이런, 늦었다. 더 늦기 전에 서두르자."

이 밤이 끝나기 전에 주인을 위해 해야 할 일이 있다.

스키머가 밤의 그늘 속으로 걸음을 옮겼다.

디스터가 쿵쿵 무거운 발걸음으로 뒤를 따랐다.

* * *

브로큰하트는 람스 일행이 있는 곳에서 그리 멀지 않은 여관에 머물고 있었다.

야심한 시각.

곤히 잠들어 있던 브로큰하트는 기묘한 느낌에 눈을 번쩍 떴다. 전장에서 갈고닦은 그의 감각이 적의 출현을 감지했다.

눈을 뜨자마자 그는 몸을 일으키려 했다.

하지만 상체를 일으킬 수 없었다.

눈을 뜨고 앞을 보니, 커다란 팔이 가슴을 누르고 있는 모습이 보였다.

누르는 힘이 어찌나 강한지 몸을 세울 수도, 숨을 제대로 쉴 수도 없었다.

절로 신음이 새어나왔다.

'대체 어떤 놈이!'

브로큰하트는 눈을 부릅뜨고 상대를 노려봤다.

"……!"

상대를 확인한 순간 자신이 꿈을 꾸는 것은 아닌가 하는 착각이 들었다. 현실에서는 존재할 수 없는 괴물이 눈앞에 있었던 것이다.

"제법 튼튼한 몸을 가지고 있구나. 적당히 눌러 주면 벌레처럼 창자가 터져 죽을 줄 알았는데 말이야."

그를 짓누르고 있던 디스터가 이빨을 드러내며 웃었다.

톱날처럼 날카로운 이빨이 섬뜩하게 느껴졌다.

브로큰하트는 자신이 심각한 위험에 처했음을 깨달았다.

이 괴물은…… 꿈속의 악몽이 아니다.

"마족……입니까?"

브로큰하트가 식은땀을 흘리며 물었다.

디스터가 미미하게 놀라는 반응을 보였다.

"어라? 이 녀석, 말도 하네?"

가슴을 강하게 누르면 말을 할 수 없다.

말은커녕 숨을 쉬는 것도 버겁다.

그런데 이 녀석은 숨은 물론 말도 하고 있다. 그만큼 몸이 튼튼하다는 소리다. 인간 중에 이렇게 몸뚱이가 단단한 녀석이 있을 줄은 몰랐다.

"그래, 마족이다."

스키머가 브로큰하트의 머리 위로 고개를 내밀었다.

브로큰하트는 또 다른 마족의 출현에 크게 놀랐다.

그는 전장의 분쇄기라 불릴 정도로 강한 사람이었지만, 마족은 아예 급이 다른 존재다.

대체 이 악마들이 무슨 이유로 자신을 찾아왔단 말인가?

때로 마족들이 인간들에게 교묘한 수작을 거는 경우가 있다는 이야기를 들은 적이 있다. 하지만 그런 경우의 대부분은 사악한 마법사나 네크로맨서에게 일어난다.

지금까지 온갖 악행을 저지르긴 했지만, 흑마법이나 저주와 관련된 일을 한 적은 한 번도 없었다.

"널 찾아온 이유가 궁금한 눈치로군."

브로큰하트는 고개를 끄덕였다.

가슴을 누르는 압력이 한층 거세져서 더 이상 말을 할 수가 없었다. 마족은 그를 눌러 죽일 작정을 한 모양이다.

스키머가 말을 이었다.

"널 찾아온 이유는 간단해. 네가 죽을 짓을 했기 때문이다."

브로큰하트는 혼란에 빠졌다.

죽을 짓? 그런 일이라면 정말 셀 수도 없이 많았다.

그러나 최근이라면 오직 하나뿐이다.

그의 뇌리 속으로 람스의 얼굴이 그려졌다.

"눈치챈 모양이구나. 그래, 그분이지."

"......!"

브로큰하트의 얼굴이 일그러졌다.

어쩐지 이상한 인간이다 싶었다.

마법사라는 녀석이 놀라운 체술을 사용할 때부터 독특하다 생각하긴 했는데, 이제 보니 마족과 관련된 놈이었던 모양이다.

"넌 죽어야 마땅한 잘못을 저질렀다. 원래 너같이 약한 놈을 죽이는 데 굳이 우리가 직접 나서지는 않아. 하지만 넌 감히 주제도 모른 채 그분을 협박했단 말이야. 흐흐흐, 같잖은 네놈이 말이야."

브로큰하트의 얼굴에 경련이 일어났다. 가슴을 누르는 압력만 없다면 그는 큰 소리로 외쳤을 것이다.

억울하다고.

자신은 그저 의뢰를 받았을 뿐이라고.

스키머가 냉혹하게 웃으며 말했다.

"억울한 눈빛이군. 하지만 어쩌겠어. 이미 일은 벌어진 후인걸. 그저 운이 없었다고 생각해."

브로큰하트는 자신이 죽을 수밖에 없는 운명임을 깨달았다.

그리고 어떠한 방법으로도 지금의 위기에서 벗어날 수 없다는 것을 깨달았다.

그는 간절한 목소리로 애원했다.

"사, 살려만 주신다면 뭐든지……."

살려만 준다면 뭐든 다 하겠다.

설사 영혼을 바쳐서라도.

그 간절한 태도가 스키머의 마음을 흔들었다.

"디스터, 할 말이 있다. 잠깐 놈을 풀어 줘라."

"왜?"

디스터가 불만 어린 표정으로 되물었다.

브로큰하트와의 힘 싸움에 한창 재미가 들려 있던 참이다. 그가 굳이 브로큰하트와 힘 싸움을 벌인 이유는 놈이 주인님과 힘 대결을 펼쳤기 때문이다.

힘자랑하는 녀석을 힘으로 눌러 준다.

힘을 맹신하던 녀석에게 절망을 주기에 더없이 적당한 방법이 아닌가.

그런데 스키머가 제동을 걸었다. 기분이 좋을 리 없었다.

"이 녀석, 쓸모가 있을 것 같다."

"이런 미련곰탱이 같은 놈을 어디에 쓴단 말이야?"

스키머가 입가에 한 줄기 차가운 미소를 드리웠다.

"이놈은 강해. 인간들 중에서도 아마 상위에 속하는 실력자일 거다."

"그런데?"

"그리고 적당히 악하지. 굳이 성향을 따지자면 천사들 쪽보다는 우리 쪽에 가깝다는 소리다."

"그래서?"

"알다시피 우린 항상 주인님의 곁을 지킬 수 없잖아. 주인님께서 명하신 제자들을 교육시키기 위해서라도 우린 메딘 산맥 일대를 벗어날 수 없다."

"그렇다고 이 멍청한 녀석의 도움이 필요하실까?"

"물론 아니라고 생각한다. 아무리 능력의 대부분이 봉인되었다고 해도 주인님은 주인님이시니까."

"그런데 왜?"

"이 녀석의 무력이 필요한 게 아니다."

"그럼?"

"하인이 필요해. 아니, 노예라고 하는 게 좋겠지. 주인님의 수발을 들고 귀찮은 떨거지들을 대신 처리할 수 있는 노예 말이야."

스키머가 브로큰하트를 내려다보며 가늘게 웃었다.

"이 녀석, 미련해서 부리기 편할 것 같지 않냐?"

스키머의 말에 디스터가 클클거리며 웃었다.

"그렇군. 이 녀석, 힘도 세고 적당히 미련해서 노예로 부리기엔 정말 제격이겠어. 으흐흐흐."

"그래, 내 말이 바로 그 말이야. 으흐흐흐."

두 마족이 브로큰하트를 내려다보며 음침하게 웃었다.

그 섬뜩한 시선에 천하의 브로큰하트도 겁먹은 아이처럼 몸을 벌벌 떨었다.

*　　*　　*

다음 날.

아침 일찍 일어난 이르민과 크래커는 나갈 채비를 서둘렀다. 준비가 끝날 무렵 람스가 자리에서 일어났다.

태연하게 기지개를 펴는 그를 보고 이르민이 웃으며 말을 건넸다.

"잘 주무셨어요?"

람스가 고개를 끄덕였다.

"네, 아주 잘 잤습니다."

크래커가 핀잔하듯 말했다.

"너무 푹 주무셨습니다. 피곤하셨으면 차라리 제게 보초를 맡기시지."

어젯밤 제일 먼저 보초를 자청한 사람이 람스다.

자기 전, 일행은 2시간씩 돌아가며 보초를 서기로 했다. 그런데 첫 보초를 선 람스가 잠이 든 것이다. 덕분에 모두들 보초 걱정 않고 푹 잘 수 있었지만, 만약 간밤에 적이라도 찾아왔다면 큰 사단이 날 뻔했다.

람스가 부드러운 표정으로 대꾸했다.
"별일 없었습니다. 그가 문밖을 서성거린 것 말고는요."
그 말에 이르민과 크래커가 깜짝 놀라며 물었다.
"그요?"
"누가 서성거렸다고요?"
람스가 고개를 끄덕였다.
"네. 지금도 문 앞을 지키고 있군요."
크게 놀란 두 사람이 문을 벌컥 열었다.
"헉!"
이르민이 짧게 비명을 터트렸다.
문 앞에 커다란 곰 한 마리가 웅크리고 앉아 있었던 것이다. 아니, 자세히 보니 그것은 곰이 아니었다. 곰으로 착각할 만큼 커다란 덩치의 사내였다.
"브, 브로큰하트!"
크래커가 파랗게 질린 얼굴로 소리쳤다.
맙소사.
전장의 분쇄기라 불린 강적.
그가 다시 나타났다.
그렇다면 밤새 문밖을 서성거렸다는 사람이 바로 브로큰하트였단 말인가? 그리고 람스는 그가 나타났다는 것을 알면서도 맘 편하게 곯아떨어졌고?
연이은 충격에 크래커는 마른침만을 꿀꺽 삼켰다.

이르민은 이미 몸을 덜덜 떨고 있었다.

하지만 정작 람스는 태연했다.

이르민이 보거나 말거나 주섬주섬 옷을 갈아입더니, 헝클어진 머리를 정리하며 그들에게 말했다.

"뭐, 그다지 적의도 없는 것 같아서."

크래커는 속으로 다시 비명을 질렀다.

적의가 없다니!

애초에 브로큰하트는 의뢰를 받고 그들을 처치하려고 한 악당이다. 그런 사람이 문밖을 서성거리고 있는데, 단순히 적의가 느껴지지 않는다는 이유 하나만으로 그냥 방치했단 말인가.

'대체 이 사람은……'

매사 느긋하다고는 생각하긴 했지만, 설마 이 정도로 무신경할 줄은 몰랐다.

크래커의 생각이 어떻든 람스는 여전히 태평했다.

터덜터덜 문밖을 나서더니, 통로를 가로막고 앉아 있는 브로큰하트에게 이렇게 말하는 것이었다.

"좁군."

그를 물끄러미 바라보던 브로큰하트가 주춤주춤 물러났. 어쩐지 주눅이 든 모습이다.

람스와 브로큰하트의 대화를 들은 이르민과 크래커는 속으로 헛바람을 삼켰다.

람스가 브로큰하트에게 친근하게 말을 건 것은 얼마든지 이해할 수 있는 일이다.

원래 그런 성격이니까.

하지만 그에 대한 브로큰하트의 반응은 실로 예상 밖이었다. 말 잘 듣는 강아지처럼 순순히 자리를 비켜주다니. 애초에 그럴 거면 왜 문 앞을 지키고 있었던 것인지.

모든 것이 혼란스럽기만 하다.

혼란스럽기만 한 두 사람과는 달리 람스는 브로큰하트를 전혀 신경 쓰지 않는 눈치였다.

"안 가실 겁니까?"

일행을 돌아보며 묻는다.

"가, 가요."

"갑니다."

이르민과 크래커가 부리나케 람스의 뒤를 따라나섰다.

* * *

홍등가를 나선 일행은 말을 타고 길을 나섰다.

"저…… 람스 님."

크래커가 말을 걸었다.

"네?"

"방금 전에 말입니다, 어째서 브로큰하트를 경계하지 않으신 겁니까?"

오히려 람스가 질문을 던졌다.

"어째서 그를 경계해야 합니까?"

"그는 적이니까요. 어제까지만 해도 그와 목숨을 걸고 싸우지 않았습니까?"

"그건 어제 일이죠."

"네?"

"어제 일은 어제 일, 오늘 일은 오늘 일이죠. 어제는 그가 살기를 뿜으며 달려들었으니 당연히 그와 싸웠지만, 오늘은 그렇지 않지 않습니까. 그는 싸울 마음이 없어 보였습니다. 물론 지금이라도 달려든다면 이야기가 달라지겠지만 말입니다."

"그런……."

람스의 말에 일시 말문이 콱 막혔다.

틀린 말은 아니다.

브로큰하트에게 적의가 없다면 굳이 그와 맞서 싸울 필요는 없다.

하지만 그에게 적의가 있는지 없는지 어떻게 판별한단 말인가. 감각이 남달리 예민한 동물이라도 그러한 감각은 없을 것이다.

"그런데 저 사람, 왜 계속 따라오는 걸까요?"

이르민이 불안한 표정으로 뒤를 돌아보며 물었다.

브로큰하트가 일행의 뒤를 졸졸 쫓아오고 있었다.

적당한 간격을 두고 걸어오는 것이 일행을 공격할 의사는 없어 보였다. 하지만 그가 계속 뒤를 따라오니 불안을 떨칠 수 없었다.

특히 그를 지옥의 악마보다 두려워하는 이르민의 불안은 다른 누구보다 더할 수밖에 없었다.

"저…… 람스 님."

이르민이 떨리는 음성으로 람스를 불렀다.

람스라고 눈치가 없을 리 없었다.

"알겠습니다."

람스는 말 머리를 돌려 브로큰하트에게로 갔다.

설마 그가 즉시 움직일 줄 몰랐던 이르민은 크게 당황했다. 하지만 이제 와 말릴 수도 없는 상황이라 숨죽이며 두 사람을 관찰했다.

"브로큰하트."

람스가 브로큰하트에게 말을 걸었다.

평소 그는 말투가 부드러운 편이다. 하지만 브로큰하트에겐 그러지 않았다. 한때의 일이긴 하지만 적으로 만난 사이였기 때문이다.

잠시 딴생각을 하고 있던 브로큰하트가 그의 부름에 움찔 어깨를 떨었다.

"우리 뒤를 쫓는 이유가 뭔가?"

람스가 단도직입적으로 물었다.

브로큰하트는 고민에 빠졌다.

뭐라고 대답해야 하나.

순진하게 마족의 협박을 받았다고 말해?

하지만 어제 스키머라는 마족이 그에게 한 협박이 있었다. 자신들의 존재를 람스에게 알리면 당장에 말린 육포로 만들어 버리겠다고.

그 말이 농담이 아님을 브로큰하트는 절실하게 느낄 수 있었다.

그럼 그냥 우연히 같은 방향이라고 말할까?

우선은 편하다. 하지만 앞으로 계속 람스의 뒤를 따라다녀야 하는 그의 입장에서는 앞뒤가 맞지 않는 설명이다.

브로큰하트는 깊은 한숨을 쉬었다.

그의 인생을 통틀어 이번만큼 굴욕적이고 고민스러웠던 적도 없었다.

그는 드넓은 초원을 질주하는 야생마처럼 한없이 자유롭게 살았다. 발길 닿는 대로 가고, 마음 가는 대로 행동했다.

그래서 다소 좋지 못한 악명도 얻게 되었지만, 스스로 나름의 원칙에 충실했다.

하지만 이제 그런 행복한 인생은 영원히 안녕이다.

엉뚱한 일에 휘말려 그만 목줄 매인 사냥개 신세가 된 것이다.

그는 한숨을 깊게 내쉬고는 람스에게 말했다.
"실은……."
람스는 그를 빤히 쳐다보고 있었다.
아무런 사심도 깃들지 않은 맑은 눈빛.
이런 사람이 어쩌다 그런 괴물들과 연관되어 있는 걸까.
알 수 없는 일이란 생각을 하며 말을 이었다.
"실은 어제의 싸움으로 당신을 흠모하게 되었소."
"흠모?"
"그렇소, 흠모. 어제의 대결은 내 인생에서 손꼽힐 만한 명승부였소. 밤새 손이 근질근질해서 참을 수 없을 지경이었소."
이것만큼은 사실이다.
람스와의 대결은 그를 들뜨게 만들었다. 그래서 굳이 싸움 도중에 발길을 돌린 것이다. 의뢰를 한 사람을 찾아가 람스의 실력을 알리고 제대로 된 의뢰비를 뜯어내야겠다고 생각했다.
그것이 강자에 대한 그만의 배려였다.
"허어, 그래서?"
"흠모의 마음을 숨길 수 없어, 결국 참지 못하고 이렇게 뒤를 따르게 된 것이오."
브로큰하트의 말을 들은 크래커의 입이 떡 하고 벌어졌다.
흠모?
저 악귀 같은 자가?
거짓말이다. 절대로 거짓말이다.

그가 아는 브로큰하트는 절대로 흠모 같은 것을 할 사람이 아니다.

람스를 바라보는 그의 흉악한 표정만 봐도 분명하다.

세 살 먹은 어린아이도 눈치챌 만큼 속이 빤히 보이는 허튼 수작. 분명 람스도 브로큰하트의 사악한 거짓을 눈치챘을 것이다.

그런데…….

돌연 람스가 안절부절못하는 브로큰하트의 손을 덥석 잡았다. 그리고 시원시원한 목소리로 이렇게 말하는 것이다.

"마법사는 토론으로 교분을 쌓고, 투사는 주먹으로 우정을 나눈다고 했다. 어제의 일전으로 흠모의 마음이 생겼다니, 우리의 인연이 그처럼 가볍지 않다는 뜻이겠지."

크래커는 충격을 받았다.

'서, 설마 넘어간 거야?'

이르민의 반응 또한 그와 다르지 않았다.

'흠모한다는 말 한마디에?'

단순한 줄은 알았지만 이 정도인 줄은 몰랐다.

그들이 놀라는 와중에도 람스와 브로큰하트의 관계는 급속도로 친밀해지기 시작했다.

"기왕 이렇게 된 거 동료가 되는 게 어떻겠나? 안 그래도 셋밖에 없는 일행이라 적적했는데, 브로큰하트 님이 함께하신다면 한층 떠들썩할 것 같군."

그렇게 브로큰하트는 일행이 되고 말았다.

말릴 사이도 없이 초스피드로 결정된 일이었다.

이르민과 크래커로서는 그야말로 기절초풍할 노릇이었다.

　　　　　　＊　　　＊　　　＊

"라, 람스 님."

크래커가 낮은 음성으로 람스에게 말을 걸었다.

"정말로 그를 동료로 받아들이는 겁니까?"

크래커가 브로큰하트의 눈치를 보며 물었다.

람스가 고개를 끄덕였다.

"물론입니다. 이미 그렇게 결정하지 않았습니까?"

남의 속도 모르고 태연하게 고개를 끄덕인다.

크래커는 입안이 바싹바싹 타들어 갔다.

"잊으셨습니까? 그는 우리를 죽이려 했던 자입니다. 그런데 어찌……."

"하하. 그건 어제 일이잖습니까. 이젠 동료가 됐으니 어제 일은 깨끗하게 잊어야지요."

크래커는 멍한 눈으로 람스를 봤다.

그게 잊으려 한다고 잊을 수 있는 문제란 말인가.

하지만 람스는 마냥 사람 좋은 미소를 지었다.

"걱정 마세요. 만약 그가 딴 짓을 하려고 하면 제가 막겠습니다."

 자신감이 지나친 것인지, 아니면 정말로 그럴 자신이 있는 것인지 알 길이 없었다.

 어쨌거나 일행의 안전은 이미 오래전에 그에게로 넘어갔다.

"알겠습니다, 람스 님."

크래커는 어두운 표정으로 고개를 끄덕였다.

이르민에게 돌아오자마자 그는 한숨부터 내쉬었다.

걱정이다.

람스는 브로큰하트를 믿는지 몰라도 자신은 아니다. 전장의 분쇄기라 부리는 두려운 사내와 일행이 되다니. 오금이 저려서 감히 그를 쳐다볼 생각도 하지 못했다.

"너무 걱정하지 마세요. 람스 님께 다 생각이 있겠죠."

오히려 이르민이 그를 위로했다.

그녀는 람스를 철석같이 믿는 눈치였다.

그가 브로큰하트를 받아들였다면 다 이유가 있어서일 것이다. 그렇게 믿고 있었다.

크래커는 속으로 고개를 흔들었다.

'아닙니다. 람스 님은 그렇게 생각이 깊은 분이 아니에요. 그는 도무지 위기라든가 위험이라든가 하는 단어를 모르는 사람 같습니다.'

하지만 입속을 떠도는 말들을 이르민에게 할 수는 없었다. 그녀까지 두려움에 떨게 하고 싶지는 않았다.

'나라도 정신을 바짝 차려야겠어.'

크래커는 다짐했다.

브로큰하트가 접근한 것에는 뭔가 이유가 있다. 어쩌면 그가 상상하는 것보다 훨씬 더 심각한 문제가 발생할지도 모른다. 크래커는 설사 이틀 밤을 꼬박 새는 한이 있더라도 브로큰하트에게서 눈을 떼지 말아야겠다고 맹세했다.

그는 슬쩍 브로큰하트를 돌아보았다.

때마침 브로큰하트 역시 크래커를 보고 있었다.

씨익.

눈이 마주치자 브로큰하트가 입술 끝을 말아올리며 웃음을 보였다. 그 웃음이 너무도 섬뜩했다. 마치 걸리면 죽는다는 경고처럼 느껴졌다.

크래커는 번개같이 시선을 돌렸다.

잠시 시선을 마주친 것뿐인데도 심장이 터질 것처럼 두근거렸다.

'바, 반드시, 무슨 일이 있어도 잠을 자지 않겠어. 그에게서 눈을 떼지 않겠다!'

재차 다짐하는 크래커였다.

*   *   *

'이러면 되겠지.'

크래커를 향해 어색한 미소를 보여준 브로큰하트는 속으로 안도의 한숨을 내쉬었다.
 좀 전까진 어떻게 람스와 일행이 될 수 있을까 걱정했다. 의외로 그 문제는 쉽게 풀렸다. 그를 두려워하는 크래커에게도 친근한 미소를 보여줬으니, 앞으로의 일도 큰 문제는 없을 것이다.
 아무렴, 지금까지 누구에게도 보여주지 않은 미소인데.
 이 미소를 보고도 친근하게 생각하지 않으면 그게 오히려 이상한 일이지.
 '이 정도면 마족들도 만족하겠지?'
 지난밤, 마족들은 그에게 명령했다.
 어떻게든 람스의 곁에 있으라고.
 곁에서 람스를 지키라고.
 이제 그 말대로 동료가 됐다.
 틀림없이 마족들도 만족할 것이다.
 그러나 그것은 그의 커다란 착각이었다.

    *   *   *

 그날 밤.
 마을을 찾지 못한 일행은 너른 벌판에서 야영을 하게 되었다. 졸지에 전장의 분쇄기와 함께 있게 된 이르민과 크래커는 두려운 마음에 잠이 들지 못했다.
 하지만 그것도 잠시.
 어디선가에서 흘러들어 온 안개와 함께 두 사람은 저도 모르게 깊은 잠에 빠져들고 말았다.
 브로큰하트도 그들과 마찬가지로 잠이 들었다.
 그런데 꿈속에서 그를 부르는 목소리가 들려왔다.
 『일어나.』
 브로큰하트가 경기를 하듯 눈을 떴다.
 이 목소리.
 마족의 것이다.
 예의 그 목소리가 다시 들려왔다.
 『오후에 지나쳤던 강. 그곳으로 나와라. 주인님께서 눈치 채지 못하게 자연스럽게 와야 한다.』
 감히 누구의 명인데 어길까.
 브로큰하트는 볼일을 보러 가는 척 자리를 떴다.
 그러곤 마족이 일러 주는 대로 미친 듯이 달렸다.
 한참을 그렇게 달리자 마족이 말한 강이 나타났다.
 스키머와 디스터.
 두 마족이 그곳에서 그를 기다리고 있었다.
 "너 말이야."
 그를 보자마자 디스터가 으르렁거리는 목소리로 말했다.
 브로큰하트는 어깨를 움츠렸다.

"너 감히 주인님과 친구를 먹어?"
"네? 치, 친구 한 적은 없습니다."
"동료 했잖아. 동료!"
"그, 그렇긴 합니다만."
디스터가 이를 드러내며 으르렁댔다.
"그게 친구지."
"그, 그런가요?"

동료가 친구와 동의어인 줄 브로큰하트는 오늘 처음 알게 되었다. 생각해 보면 비슷한 느낌이긴 하지만, 둘 사이의 관계는 엄연히 하늘과 땅만큼의 차이가 있다.

문제는 이 마족이 그 차이를 구별하지 못한다는 데 있었다.

"네놈이 감히 주인님과 친구를 먹었다 이 말이지?"

디스터가 큰 주먹을 풍차처럼 휘휘 돌렸다.

저 큰 주먹에 한 대 맞으면 힘들게 매장할 것도 없이 땅속 깊숙이 묻힐 것만 같았다.

브로큰하트는 급히 쌍수를 흔들며 외쳤다.

"아닙니다. 달라요. 뭔가가 다릅니다. 동료와 친구는 아주 많이 다릅니다. 완전히 다른 의미입니다."

그는 디스터에게 사정하며 은근한 눈빛을 스키머에게 보냈다. 디스터는 척 봐도 무식하다. 그에 반해 스키머는 박식하고 교활하다.

그러면 동료와 친구의 차이점을 디스터에게 설명해 줄 수 있지 않을까?

그러나 스키머는 무심했다.

모른 척 먼 하늘을 올려다보고 있다.

철저한 방관자의 태도다.

그 역시 브로큰하트와 람스의 관계가 마음에 안 들었던 차였다. 굳이 나서지 않는 건 디스터가 짧고 명확하게 상황을 정리해 줄 거라 믿기 때문이다.

아니나 다를까.

대뜸 디스터가 눈을 부라렸다.

"이 자식, 이거 은근히 잔머리를 굴리네. 우리가 주인님의 아래인데, 우리보다 아래인 네놈이 주인님과 친구 먹으면 서열이 꼬이는 거 몰라?"

브로큰하트는 어리둥절했다.

설마 마족들이 서열을 들고 나올 줄은 몰랐다.

브로큰하트는 억울함을 호소했다.

"제가 원한 것이 아닙니다. 그분이 자꾸만 그렇게 하자고 해서……."

"어쭈? 그래도 잔말이 많네. 네놈이 주인님의 총애를 받는다고 간덩이가 부었구먼."

브로큰하트는 속으로 외쳤다.

'대체 언제!'

언제 람스의 총애를 받았단 말인가!

억울해서 눈물이 날 지경이다.

그러나 마족 디스터에게는 인정이 없었다. 남의 사정엔 더더구나 관심이 없었다. 오로지 결과만을 중시했다.

"일단…… 맞고 시작하자."

디스터가 주먹을 휘두르며 말했다.

브로큰하트의 얼굴이 창백해졌다.

* * *

다음 날, 람스는 잠에서 깨자마자 대성통곡을 들어야 했다.

브로큰하트였다.

그는 대뜸 람스에게 절을 하며 변비 걸린 황소처럼 울부짖었다.

"람스 님, 한 번만 살려 주십시오!"

람스는 의아했다.

살려 달라니.

자기가 언제 그를 죽이기라도 했단 말인가?

"무슨 일이오?"

브로큰하트가 떨리는 목소리로 애원했다.

"전, 전 동료가 되기 싫습니다."

"흐음."

람스가 턱을 쓰다듬으며 잠시 생각했다. 그리고 이내 고개를 끄덕이며 말했다.

"당신과 헤어지는 건 조금 아쉽긴 하지만, 사정이 있다니 어쩔 수 없지. 알겠소. 그만 가시오."

"하하하, 감사합니……."

동료에서 해방되었다는 소식에 큰 소리로 웃던 브로큰하트는 다음 순간 굳어 버리고 말았다.

단지 동료가 되고 싶지 않다고 한 것뿐인데, 람스는 작별을 고하고 있었다.

'안 돼!'

그가 원한 것은 람스와 함께 있되, 친구로 오해받을 수 있는 관계는 맺지 말아야 한다는 것이다. 이대로라면 람스와 함께 있을 수 없다.

그럼 당연히 마족들의 불편한 방문을 받게 된다.

그는 다시 람스의 다리를 붙들고 애원했다.

"제발 저를 버리지 말아 주십시오."

"음?"

"제, 제발 절 당신의 하인으로…… 아니, 노예로 받아 주십시오."

마족들보다 아래여야 한다.

마족들은 람스를 주인이라 부른다.

계급으로 보면 대략 하인 등급.

그보다 아래라면 노예밖에 없다.

그는 필사적으로 노예가 되게 해달라고 애원했다.

흑곰처럼 거대한 덩치의 사내가 제 덩치의 반도 안 되는 람스의 발을 붙들고 애원하는 모양은 애처롭기보다는 황당했다. 모르는 사람이 본다면 람스에게 버림받은 덩치 좋은 아내 같은 느낌이 들 정도였다.

"노, 노예는 좀……."

람스는 정말로 곤란했다.

만난 지 고작 며칠밖에 안 되는 사람이 노예를 자청하고 나서니 당황스럽기 이를 데 없었다.

람스는 한사코 반대했지만 브로큰하트는 필사적이었다.

당연했다.

만약 노예가 되지 못한다면 정말로 죽을지도 모른다.

브로큰하트의 애걸복걸에 람스도 결국 두 손을 들었다.

"알겠소. 정히 그렇다면 노예 하시오."

"저, 정말입니까?"

브로큰하트가 눈물이 그렁그렁 맺힌 눈으로 물었다.

"물론이오."

"감사합니다."

브로큰하트는 람스의 다리를 붙들고 감동의 눈물을 흘렸.

그 모습을 멀리서 지켜보던 이르민은 혼란에 빠졌다.

"세상에 노예가 되라는 소리에 감동해서 눈물을 흘리는 사람이 있다니! 크래커 아저씨, 저 사람이 정말 아저씨가 말한

브로큰하트의 굴욕 345

그 전장의 분쇄기가 맞나요?"

크래커는 그녀의 물음에 대답할 수 없었다.

그는 텅 빈 눈으로 동녘 하늘을 바라보고 있었다.

'무슨 일이 있어도 그를 감시하겠다고 했거늘.'

아가씨를 보호하기 위해 밤을 꼬박 새서라도 브로큰하트를 감시하겠노라 맹세했다. 그러나 지난밤, 잠시 눈만 감는다고 한 것이 정신을 차려 보니 이미 해가 중천이었다.

다행히 밤사이 별일은 없어 다행이지만, 그의 인생 최악의 실수가 아닐 수 없었다.

'많이 피곤했던 거야. 그래, 그래서 그랬던 게야. 오늘은…… 오늘은 반드시 아가씨를 지키겠어.'

크래커는 다시 한 번 결심했다.

* * *

그러나 그날 밤, 크래커는 다시 잠이 들고 말았다. 어쩔 수 없는 일이었다. 마족들이 마법으로 강제로 재운 것이니 말이다.

* * *

『나와라.』

곤히 잠든 브로큰하트의 귓가로 마족의 목소리가 파고들었다. 그는 번개처럼 몸을 일으켰다.
 브로큰하트는 람스의 눈치를 살피며 마족을 찾아갔다.
 지시에 따라 울창한 숲 속으로 들어갔다.
 마족들이 그를 기다리고 있었다.
 브로큰하트는 그들 앞에 무릎을 꿇고 앉았다.
 "오늘 일 말이야……."
 디스터가 손톱을 만지며 느릿하게 말을 꺼냈다.
 브로큰하트가 큰 목소리로 대꾸했다.
 "두, 두 분께서 원하신 대로 이젠 람스 님과 동료가 아닙니다. 하는 김에 아예 그분의 노예가 되었습니다."
 브로큰하트가 의기양양한 표정을 지었다.
 마치 칭찬받기를 바라는 아이와 같은 표정이었다.
 '이 정도면 만족하겠지.'
 그는 자신 있었다.
 이번에야말로 무사히 넘어갈 수 있을 것이라고.
 "그래, 잘했어. 노예라. 과연 내 밑이네. 내가 생각한 것보다 계급은 상당히 높지만 말이야."
 브로큰하트의 얼굴이 딱딱하게 굳었다.
 노예도 높은 계급이라니.
 대체 어느 정도여야 한단 말인가.
 사냥개? 가축? 버러지?
 알 수 없는 일이다.

어쩌면 버러지 등급조차도 높다고 할지 모른다.

사악한 마족이라면 그러고도 남을 일이다.

'그, 그래도 더는 시비를 걸지 않을 거야.'

마족이 원하는 것보다 계급은 높을지언정, 적어도 그들보다 아래인 것만은 분명하다. 그러니 더는 괴롭힐 빌미가 없으리라. 그러나 아니었다.

그는 디스터를 몰라도 너무 몰랐다.

"잘했어. 노예가 된 건 말이야. 노력한 점만은 인정해 줄게. 그런데 말이야……."

디스터의 말끝이 흐려졌다.

왠지 모를 불안이 엄습해 왔다.

"뭐, 뭔가 잘못된 일이라도……?"

"잘못됐지. 아주 크게 잘못됐어."

"무, 무엇이 그리 잘못되었습니까?"

"노예가 된 건 잘한 일인데 말이야. 그 태도는 대체 뭐야? 주인님의 발을 붙잡고 애걸복걸. 태도가 그렇게 갑자기 돌변하면 누구라도 널 의심하지 않겠어?"

디스터의 말에 브로큰하트는 속으로 아뿔싸 하고 외쳤다.

마족들보다 낮은 계급이 되어야 살 수 있다는 생각에 그만 앞뒤 재지 않고 무작정 애걸복걸했다. 돌이켜 보면 참으로 어처구니없는 행동이 아닐 수 없다.

다짜고짜 노예로 만들어 달라니.

보통 사람이라면 질색을 하며 그의 의도를 의심했을 것이다.
"이제 뭐가 잘못됐는지 알았냐?"
디스터가 뜨거운 입김을 불어 내며 물었다.
브로큰하트가 고개를 끄덕였다.
"……네."
그날, 브로큰하트는 디스터에게 또 한 번 모진 고문을 당해야만 했다.
"어쩌다 이렇게 됐는지 모르겠군."
마족들이 물러간 후, 브로큰하트는 밤하늘을 올려다보며 몰래 한숨을 쉬었다. 오늘따라 밤하늘마저 그의 마음처럼 어둡기 그지없었다.

*   *   *

람스와 그의 일행들이 머무는 곳에서 아주 멀리 떨어진 어느 장소.
은밀한 그곳에서 두 사람의 대화가 이어지고 있었다.
"아이볼 님."
"무슨 일인가. 베일."
아이볼의 음성에 베일이라 불린 사내가 고개를 조아리며 말했다.

"브로큰하트가 실패했습니다."

"으음."

아이볼이 무거운 침음을 흘렸다.

그만큼 브로큰하트의 실패는 의외였다.

"생각지도 못한 일이군. 크래커가 그렇게 대단한 실력자였던가?"

"아닙니다. 브로큰하트의 실패엔 다른 자의 개입이 있었습니다."

"개입?"

"헬리오스 마탑의 탑주라는 자였습니다."

"……"

아이볼은 잠시 침묵을 지켰다.

헬리오스 마탑의 탑주.

들은 기억이 없다.

천하에 산재한 수많은 마탑에 대해 꿰고 있는 그였지만, 정작 헬리오스 마탑에 대해선 알지 못했다.

"역사도 짧고 활동도 전무한 곳입니다. 마탑주라는 작자도 탑을 떠나 여행을 하는 게 이번이 처음이라 합니다."

"신생 마탑의 탑주가 처음으로 하는 여행이라……. 필시 목적이 있을 터. 압슬라의 사주가 있었던가, 아니면……."

잠시 생각하던 아이볼이 대뜸 베일에게 물었다.

"혹, 헬리오스가 적탑 계열인가?"

"그렇습니다."

"그렇다면 리하라드에서 열리는 적탑주 회의 때문이겠군. 그런데 브로큰하트를 물리치다니. 신생 마탑의 탑주치곤 제법 실력이 쓸 만한 모양이군."

"첩보에 의하면 브로큰하트와 비등한 실력이었다고 합니다."

"그것만으로도 실력을 인정할만하군. 어찌 되었건 생각지도 못한 걸림돌을 만나게 된 셈인데……. 어찌 처리한다?"

사내는 턱을 쓰다듬으며 생각했다.

곧 결론을 내렸다.

"베인."

"네."

베인이 급히 무릎을 꿇었다.

사내는 그를 내려다보며 지시를 내렸다.

"헬리오스 마탑의 탑주에게 늪 부족의 전사들을 보내라. 그리고 그들의 지휘관으로…… 팬크러즈를 보내라."

베인이 놀란 표정으로 고개를 들었다.

팬크러즈를 투입하라는 지시가 다소 과하다고 생각되었기 때문이다. 팬크러즈는 적어도 도시 하나를 상대할 때에나 투입되는 고급 인력이다. 그만큼 뛰어난 실력자이기도 했다.

고작 신생 마탑의 탑주를 상대하는데 쓰기엔 지나치게 과분한 전력.

하지만 그는 이내 다시 고개를 조아렸다.

사내의 명령은 절대적이다.

그 앞에선 어떠한 이견도 있을 수 없다.

가능한 선택지는 오로지 복종 뿐.

사내의 명령이 이어졌다.

"그리고 헬리오스 마탑에도 인원을 보내라. 감히 우리의 행사를 방해한 녀석들에게 그 대가가 어떤 것인지 뼈저리게 깨닫게 해주어라."

섬뜩한 사내의 명령에 베인은 고개를 바닥에 쿵쿵 찍으며 대답했다.

"명을 받들겠습니다."

〈2권에서 계속〉

문우영 신무협 장편소설
ORIENTAL FANTASYSTORY & ADVENTURE

화선무적

『악공전기』의 감동적인 선율로 출사표를 던진
작가 문우영의 신무협 장편소설.

**부드러운 붓끝에서 시공을 초월하는
놀라운 세계가 펼쳐진다!**

일획지법(一劃之法) 만시만종(萬始萬終)!
단 한 번의 휘두름에 만물의 법을 담는다!

dream books
드림북스

DUSK HOWLER

더스크 하울러

태선 게임 판타지 소설
GAME FANTASY STORY

『다이너마이트』, 『타나토스』의 작가 태선의 신작!
소심한 성격을 극복하기 위해 밸런스 막장으로
소문난 게임 '트리키아'에 뛰어들었다!

마법사라면 쳐맞아도 주문은 외워야 산다!

어떤 상황에서도 주문을 외는 강철 주둥이.
인간 종족의 이단아가 되어 암흑 진영을 지배한다!